As garotas que eu fui

TESS SHARPE

As garotas que eu fui

Tradução de Laura Folgueira

Rocco

Título original
THE GIRLS I'VE BEEN

Copyright © 2021 *by* Tess Sharpe

Todos os direitos reservados, incluindo o de reprodução no todo
ou em parte sob qualquer forma.

Edição brasileira publicada mediante acordo com G.P. Putnam's Sons, um selo
da Penguin Young Readers Group, uma divisão da Penguin Random House LLC.

Direitos para a língua portuguesa reservados
com exclusividade para o Brasil à
EDITORA ROCCO LTDA.
Rua Evaristo da Veiga, 65 – 11º andar
Passeio Corporate – Torre 1
20031-040 – Rio de Janeiro – RJ
Tel.: (21) 3525-2000 – Fax: (21) 3525-2001
rocco@rocco.com.br
www.rocco.com.br

Printed in Brazil/Impresso no Brasil

preparação de originais
CATARINA NOTAROBERTO

Este livro é uma obra de ficção. Referências a acontecimentos
históricos, pessoas reais ou lugares foram usadas de forma fictícia.
Outros nomes, personagens, lugares e acontecimentos são produtos
da imaginação da autora, e qualquer semelhança com fatos reais,
localidades ou pessoas, vivas ou não, é mera coincidência.

CIP-Brasil. Catalogação na publicação.
Sindicato Nacional dos Editores de Livros, RJ.

S541g

Sharpe, Tess
 As garotas que eu fui / Tess Sharpe ; tradução Laura Folgueira. - 1. ed. - Rio de Janeiro : Rocco, 2022.

 Tradução de: The girls I've been
 ISBN 978-65-5532-296-5
 ISBN 978-65-5595-150-9 (e-book)

 1. Ficção americana. I. Folgueira, Laura. II. Título.

22-79309
CDD: 813
CDU: 82-3(73)

Gabriela Faray Ferreira Lopes - Bibliotecária - CRB-7/6643

O texto deste livro obedece às normas do
Acordo Ortográfico da Língua Portuguesa.

Para as garotas que me salvaram:
Elizabeth May, Franny Gaede e Mercedes Marks.
Com todo o meu amor,
—T/N

Parte um

A verdade é uma arma

(Os primeiros 87 minutos)

1

8 de agosto, 9h09

Deveria levar somente vinte minutos.

Foi o que disse a mim mesma quando acordei naquela manhã. Seriam só vinte minutos. Íamos nos encontrar no estacionamento do banco, entrar, fazer o depósito, e seria desconfortável, muito desconfortável, mas levaria no máximo vinte minutos.

Eu podia sobreviver a vinte minutos com meu ex-namorado e minha nova namorada. Podia lidar com a situação desconfortável. Eu era muito *de boa*.

Até comprei donuts, achando que talvez fosse ajudar a acalmar os ânimos depois dos amassos interrompidos de ontem à noite; e sei que isso é minimizar o que aconteceu. Entendo que massa frita não pode consertar tudo, mas ainda assim. Todo mundo adora donuts. Especialmente quando vêm com granulado... ou bacon. Ou os dois. Então, eu compro os donuts — e café, porque Iris é praticamente um urso-pardo a não ser que tome sua cafeína de manhã — e, claro, me atraso por causa disso. Quando estaciono no banco, os dois já estão lá.

Wes está do lado de fora de sua caminhonete, alto e loiro, apoiado na tampa da caçamba, o envelope do banco com todo o dinheiro da noite passada ao lado dele. Iris está deitada no capô de seu Volvo usando aquele vestido com estampa aquarelada, os cachos balançando enquanto ela brinca com o isqueiro que achou nos trilhos da ferrovia. Um dia desses, ela vai botar fogo naquele cabelo escovado, juro por Deus.

— Você está atrasada — é a primeira coisa que Wes diz quando saio do carro.

— Eu trouxe donuts. — Entrego o café de Iris, que salta do capô.
— Valeu.

— Dá para a gente só acabar com isso de uma vez? — pede ele. Nem olha para os donuts. Sinto minha barriga se contrair. Voltamos mesmo a esse ponto? Como podemos ter voltado a isto, depois de *tudo*?

Aperto os lábios, tentando não parecer irritada demais.

— Tá. — Coloco a caixa da padaria de volta no meu carro. — Vamos, então. — Pego o envelope de cima da tampa da caçamba da caminhonete dele.

O banco acabou de abrir, então só tem duas pessoas na nossa frente. Iris preenche o papel de depósito, e eu vou para a fila com Wes logo atrás.

A fila anda enquanto Iris vem com o papel, pegando o envelope da minha mão e guardando na bolsa. Ela olha com cautela para Wes, depois para mim.

Mordo os lábios. Só mais uns minutos.

Iris suspira.

— Olha — diz ela a Wes, apoiando as mãos na cintura. — Eu entendo que a forma como você descobriu não foi a melhor. Mas...

E Iris é interrompida.

Mas não por Wes.

Não, Iris é interrompida pelo sujeito na nossa frente. E sabe esse cara na nossa frente? Ele escolhe aquele momento para puxar uma arma e começar a roubar a droga do banco.

A primeira coisa que eu penso é *Merda!* A segunda é *Abaixem!* E a terceira é *Vamos todos morrer porque esperei pelos donuts de bacon.*

2

9h12 (reféns há 15 segundos)

O ladrão — um homem branco de, talvez, um metro e oitenta, jaqueta marrom, camiseta preta, boné vermelho, olhos e sobrancelhas claras — grita:

— NO CHÃO! — Sabe, como é costume dos ladrões de banco. A gente se joga no chão. É como se todos nós naquele banco fôssemos fantoches e ele tivesse cortado as nossas cordas.

Por um segundo, não consigo respirar, meu estômago, meu peito e minha garganta entalados com um bolo gigante de medo. Queima e rasga as partes sensíveis do meu corpo, e quero tossir, mas tenho medo de chamar a atenção dele.

Nunca é bom chamar a atenção deles. Eu sei disso porque não é a primeira vez que isso me acontece. Quero dizer, nunca estive no meio de um assalto a banco, mas às vezes parece que nasci na linha de fogo.

Quando alguém aponta uma arma para você, não é como nos filmes. Não tem um momento de coragem naqueles primeiros segundos. É *assustador*, de estremecer os ossos, de fazer xixi na calça. Iris pressiona seu braço no meu, e me controlo. E se ele achar que estou pegando uma arma? Literalmente todo mundo em Clear Creek tem arma. Não dá para arriscar.

Wes está tenso do meu lado, e levo um segundo para perceber o motivo. É porque ele está se preparando para pular em cima do ladrão — esse é o meu ex. Wes é heroico, age por instinto e tem pouquíssimo juízo em situações complicadas.

Desta vez, eu me mexo. Preciso — senão, o que Wes vai conseguir é levar um tiro. Agarro a coxa dele e finco as unhas na pele, bem embaixo da barra dos shorts. Ele vira a cabeça na minha direção, e lhe lanço um olhar sério, um olhar de *Não ouse*. Balanço a cabeça uma vez e o encaro com mais intensidade. Quase consigo ver o *Mas, Nora...* em suas sobrancelhas levantadas antes de ele finalmente desistir, derrotado.

Está bem. Está bem. Respire. Foco.

O ladrão. Ele está gritando com a moça no caixa. A atendente — só tem uma? Por que só tem uma? — é uma mulher loira de meia-idade com óculos pendurados em uma corrente enfeitada. Minha mente está acelerada, notando detalhes como se eu fosse precisar deles depois.

Ele está gritando algo sobre o gerente do banco. É difícil ouvir porque a atendente está *aos prantos*. As mãos tremendo e as bochechas vermelhas, e não tem como o alarme silencioso ter sido acionado, a não ser que por acidente. Ela está em modo pânico total com a arma na cara.

Não dá para culpá-la. Nunca se sabe qual vai ser a sua reação até a arma ser puxada.

Nenhum de nós três desmaiou ainda, então acho que estamos bem. Por enquanto. É alguma coisa.

Mas, quando se trata de salvar o dia, a atendente está fora de cogitação. O delegado só vai aparecer se alguém tocar o alarme. Meus olhos rastreiam o que há do lado esquerdo da melhor forma que posso sem mexer bruscamente a cabeça. Há outro funcionário escondido em algum lugar? Cadê o segurança? Será que eles têm um segurança nesta filial?

Passos ecoam atrás de mim. Fico tensa, e Iris arfa baixinho. Pressiono meu braço contra o dela com mais força, desejando poder preenchê-la de tranquilidade através da pele. Mas quando há uma arma presente não existe muita segurança a oferecer.

Espera. Passos — apressados. Quando passam por mim, levanto a cabeça o bastante para ver a espingarda de cano serrado na mão do homem enquanto ele contorna até a frente. É um golpe lento no meu peito, todo pavor e enjoo revolto. Não é só um cara. São dois.

Dois ladrões. Os dois brancos. Jeans claros, botas pesadas. Camisetas pretas, sem logomarca.

Engulo com um clique, minha boca seca como o deserto, o coração sapateando ao ritmo de *A gente vai morrer! Puta que pariu, a gente vai morrer!*

Minhas mãos estão suando. Aperto-as — céus, quanto tempo se passou? Dois minutos? Cinco? O tempo fica esquisito quando você está encolhida no chão com uma arma chacoalhando na sua cara — e, pela primeira vez, penso em Lee.

Ah, não. *Lee.*

Não posso levar um tiro. Minha irmã vai me matar. Mas, primeiro, vai tornar sua missão de vida caçar a pessoa que atirou em mim. E Lee fica assustadora quando tem uma missão. Falo por experiência, porque, quando eu tinha doze anos, ela me tirou da nossa mãe com o tipo de golpe que nem a Rainha das Mutretas previu. Ela está presa agora... A nossa mãe, não Lee.

E eu ajudei a colocá-la na prisão.

Não posso deixar o medo me dominar. Tenho que continuar calma e achar uma saída. Isto é um problema. Trabalhar o problema para resolver o problema.

Quando entramos, quem mais estava no banco, fora a atendente? Analiso mentalmente. Havia uma mulher na frente da fila. Boné Vermelho a empurrou para o lado quando ele começou a gritar. Agora, ela está no chão à minha esquerda, sua bolsa jogada a uns trinta centímetros de distância. Boné Cinza tinha vindo por trás de nós. Ele deve estar sentado na área de espera.

Meu estômago revira quando me lembro de que havia outra pessoa sentada lá — uma criança. Não consigo girar a cabeça o bastante para ver onde ela foi parar, mas eu a vi de relance quando entrei. Ela tem dez, talvez onze anos. Será que é filha da mulher que estava na frente? Deve ser.

Mas tenho uma linha de visão perfeita da mulher, e ela nem olhou na direção das cadeiras onde a menina estava.

Está bem. Cinco adultos, ou quase adultos. Uma criança. Dois ladrões. Duas armas, no mínimo, talvez mais.

São números ruins.

— Queremos entrar no subsolo. — Boné Vermelho fica enfiando a arma na cara da atendente, e não está ajudando. Ela está ficando mais assustada, e, se ele continuar com isso...

— Para de gritar.

É a primeira vez que Boné Cinza fala. A voz dele é áspera, não como se estivesse tentando alterá-la, mas como se simplesmente fosse daquele jeito. Como se os anos de vida tivessem rasgado suas entranhas até sobrar somente uma sugestão de voz. Na mesma hora, Boné Vermelho dá um passo para trás.

— Pega as câmeras — ordena Boné Cinza. E o de vermelho debanda pelo saguão do banco para trás dos caixas, cortando os fios das câmeras de segurança antes de voltar para o lado do Boné Cinza.

Iris me cutuca. Ela os está observando com tanta atenção quanto eu. Cutuco de volta para mostrar que eu também vi.

O sujeito de vermelho pode ter sido o primeiro a aparecer, mas quem está no comando é Boné Cinza.

— Cadê o Frayn? — pergunta Boné Cinza.

— Ele ainda não chegou — diz a atendente.

— Ela está mentindo — desdenha Boné Vermelho. Mas ele lambe os lábios. Está assustado ao pensar nisso.

Quem é Frayn?

— Vai procurar — ordena Boné Cinza.

Os sapatos de Boné Vermelho passam por nós, e ele desaparece do saguão.

Aproveito esse momento, assim que tenho certeza de que ele está fora de vista e Boné Cinza está distraído com a atendente, para virar a cabeça para a direita. A criança está embaixo da mesa de centro da área de espera, e, mesmo de longe, consigo vê-la tremendo.

— A menina — Wes sussurra para mim. Os olhos dele também estão nela.

Eu sei, falo sem som. Queria que ela me olhasse nos olhos, para eu poder pelo menos passar uma expressão de conforto, mas ela está com o rosto enfiado no carpete marrom feio.

Passos. O medo aumenta no meu peito quando Boné Vermelho volta.

— O escritório do gerente tá trancado.

O pânico na voz dele a faz falhar.

— Cadê o Frayn? — exige de novo Boné Cinza.

— Ele está atrasado! — guincha a atendente. — Ele precisou ir buscar a Judy, nossa outra atendente. O carro dela não ligou. Ele está atrasado.

Algo deu errado. O que quer que eles tenham planejado, o primeiro passo já está bagunçado. E, na minha experiência, quando as pessoas erram, fazem uma de duas coisas. Ou fogem ou dobram a aposta.

Por uma fração de segundo, acho que talvez eles fujam. Que a gente vai sair desta com pesadelos e uma história que vai nos dar vantagem nas conversas em festas pelo resto da vida. Mas, aí, essa esperança é estraçalhada.

É como em câmera lenta. A porta do banco se abre, e aquele segurança, sobre quem eu estava me perguntando, entra, carregando vários copos de café.

Ele não tem chance. Boné Vermelho — impulsivo, trêmulo e assustado demais — atira antes que o cara possa soltar as bebidas e alcançar o bastão de choque.

Os copos caem no chão. Então, o guarda também. O sangue jorra do ombro dele, uma manchinha que aumenta a cada segundo.

O que vem em seguida acontece depressa, como se eu estivesse folheando rápido um folioscópio. Porque é agora que a coisa fica séria. Antes de o gatilho ser puxado, dá para se apegar a uma chance de ficar tudo bem.

Depois? Nem tanto.

Quando o segurança cai, alguém — a atendente — grita.

Para nos proteger, Wes se joga sobre mim e Iris, e nos enroscamos até virarmos um emaranhado de pernas, braços, medo e mágoas que realmente devíamos deixar de lado, considerando a atual situação... E eu?

Pego meu celular. Não sei se terei outra chance. Tiro do bolso do jeans enquanto Boné Cinza xinga, passando por nosso emaranhado a caminho de desarmar o segurança e gritar com Boné Vermelho. Wes está apoiado no meu braço, então, mal consigo mexê-lo, mas consigo digitar uma mensagem para Lee.

Azeitona. Oito letras. Com certeza não é minha comida favorita. Tecnicamente, um fruto, como o tomate.

E talvez seja a chave para nossa liberdade. Esse é nosso código de emergência desde que consigo me lembrar. Somos garotas que se preparam para tempestades.

Lee vai vir. Minha irmã sempre aparece.

E vai trazer a cavalaria.

3

Transcrição de telefonema entre Lee Ann O'Malley e oficial Jessica Reynolds

8 de agosto, 9h18

Oficial Reynolds: Reynolds falando.

O'Malley: Jess, é a Lee. Pode checar se algum alarme silencioso foi disparado no banco? Na filial da Miller Street, ao lado da antiga loja de donuts que mudou de endereço no ano passado?

Oficial Reynolds: É para algum trabalho? O que foi?

O'Malley: Não é trabalho. Nora me mandou nosso sinal de emergência.

Oficial Reynolds: Vocês têm um sinal de emergência?

O'Malley: Ela é uma adolescente. É claro que a gente tem um sinal de emergência. Ela me disse que ia depositar o dinheiro que as crianças arrecadaram ontem à noite antes de vir para o escritório. Eu rastreei o telefone dela — ela ainda está no banco.

Oficial Reynolds: Alguém mencionou o banco no rádio mais cedo, mas não soou nenhum alarme. Vou checar… Aqui. O gerente do banco sofreu um acidente de carro a caminho do trabalho. Foi levado para o hospital. Será que é um trote da Nora?

O'Malley: Ela não faria isso. Estou indo pra lá.

Oficial Reynolds: Eu te encontro. Não entre até eu chegar, tá?

[*Silêncio*]
Oficial Reynolds: Tá?
[*Ligação encerrada*]

4

9h19 (reféns há 7 minutos)

Eles estão discutindo. Boné Vermelho e Boné Cinza. Vermelho está surtando enquanto o segurança fica lá caído de costas, sangrando no carpete. Graças a Deus o tiro foi só no braço. Provavelmente vai ficar bem. Por enquanto. Mas alguém precisa colocar pressão no ferimento, e eles estão só ignorando o homem.

— Eu disse que era uma péssima ideia. Você falou que ninguém ia se machucar. Que a gente só ia levar Frayn para o subsolo para abrir o...

— Silêncio — rosna Boné Cinza, com um olhar na nossa direção.

Mantenho a cabeça baixa, mas estou ouvindo cada palavra.

Eles devem estar falando dos cofres. É isso que fica no subsolo. Esses negócios são minas de ouro de segredos. As pessoas amam enfiar coisas lá das quais não querem que ninguém mais saiba. Mas, se o gerente do banco é o único capaz de acessar o lugar onde ficam os cofres...

É por isso que precisam dele. E se não estiver aqui?

O plano vai pelos ares.

Não é de se espantar que estejam em pânico a ponto de atirar. Alguém pode ter ouvido o tiro, mas o banco é o único estabelecimento que sobrou neste centro comercial antes lotado. E se ninguém ouviu... pelo menos minha mensagem para Lee foi entregue. A qualquer minuto, ela vai jogar a ira da Investigações Particulares

O'Malley nesses caras. Provavelmente vai envolver o departamento de polícia. Eles não são ótimos, mas vão trazer armas.

Só que nem sempre isso é algo bom. Na maioria das situações, mais armas só pioram as coisas. E a polícia sempre faz isso. Mas é um risco que precisei correr para avisar a Lee de que havia algo de errado acontecendo.

— Tranca as portas e vai olhar o estacionamento — ordena Boné Cinza. Boné Vermelho se apressa a obedecer, como se estivesse grato por ter algo a fazer.

Ele vai ser o elo fraco. O alvo, se eu precisar de um. Minha mente está saltitando como pedras planas em um lago parado, tentando traçar um plano.

— Você — berra Boné Cinza. Wes fica tenso. O peito dele está praticamente na minha cara, e sinto seus músculos flexionarem quando percebo que Boné Cinza está falando com ele. — Você é grande. Arrasta ele para longe da janela.

Wes baixa os olhos para mim, um olhar de apenas meio segundo antes de se levantar, e a expressão dele diz para eu não me preocupar.

Isso, claro, me faz entrar em parafuso completo. O que ele vai fazer? Acho bom que siga as ordens do cara.

A arma e a atenção do Boné Cinza estão voltadas para Wes enquanto ele vai em direção ao segurança, e isso me arrepia. Minha mão segura a de Iris, que aperta, tentando me tranquilizar, mas não tem como ficar tranquila agora.

Wes se abaixa, hesitando enquanto tenta descobrir a melhor maneira de mover o segurança sem machucá-lo mais. Ele o puxa em um movimento só. Wes é alto e forte, e às vezes isso o ajuda, mas aqui, agora, o torna a maior ameaça em todo o banco para esses homens, e meus dentes afundam no lábio inferior quando ele se vira para olhar Boné Cinza.

— Onde quer que eu o coloque?

— Ali. — O homem gesticula com a arma na direção da pequena área do saguão, onde a menina continua escondida embaixo da mesa.

Sinto um frio na barriga, porque Wes hesita. Aquela arma na mão de Boné Cinza se volta a ele tão rápido que Iris segura a respiração ao meu lado.

— Não fui claro? — pergunta Boné Cinza, e lá está. A ira na voz dele. Eu estava esperando. Equilibrada no fio da navalha até que escuto.

Nada se compara a um homem furioso com uma arma. Aprendi isso desde cedo.

— Desculpa, cara, mas isso vai doer. — Wes move o segurança, o rosto se contorcendo quando o homem emite um som baqueado, cheio de dor e medo.

Wes o segura o mais gentilmente possível — consigo ver como ele está sendo cuidadoso; Wes é sempre cuidadoso —, mas sai mais sangue do braço do homem quando Wes o apoia na área do saguão, longe das portas de vidro.

Boné Cinza agarra um dos apoios pesados com uma placa anunciando financiamentos imobiliários, arranca a placa e passa o cilindro pelas maçanetas da porta do banco, dificultando uma fuga ou invasão.

A coisa está piorando a cada minuto. Não temos policiais em Clear Creek; somos pequenos e muito rurais. Temos só o delegado e sua equipe de seis oficiais, dois que trabalham em meio período, e a equipe de casos especiais mais próxima está em... Deus do céu, nem sei. Sacramento, talvez? A centenas de quilômetros de distância do outro lado das montanhas.

— Vocês todos, venham aqui para a área de espera. — Boné Cinza gesticula para onde estão o segurança e a menina. Obedecemos, e a atendente se junta a nós, seu rosto ainda molhado de lágrimas quando ela baixa os olhos para o segurança. Iris tira o cardigã e pressiona contra o ombro dele, e é só então que a atendente parece sair do transe, dando um aceno de cabeça trêmulo e assumindo o lugar dela.

— Vai ficar tudo bem, Hank — diz a atendente ao segurança. A boca dele se contorce de dor enquanto ela tenta parar o sangramento.

— Você está bem? — pergunto à menina. Os olhos dela estão arregalados e vidrados. Ela sacode a cabeça rápido, confirmando.

— Vai dar tudo certo — Wes diz a ela.

— Silêncio, todos vocês. Quero seus telefones, bolsas, chaves e carteiras, tudo numa pilha bem ali. — Boné Cinza aponta com a arma para a mesa do saguão.

Coloco meu telefone e minha carteira na mesa, Wes faz o mesmo. Iris coloca a bolsa de vime com cuidado ao lado de nossas coisas, as cerejas vermelhas de resina grudadas à alça balançando com o movimento. Ela me lança um olhar enquanto se senta, com um brilho nos olhos, e meu estômago revira ao perceber o que está faltando na mesa: ela ainda está com o isqueiro prateado. Vi quando colocou no bolso no estacionamento. E ainda está lá, escondido entre as dobras de seu vestido vintage. A saia é ampla, caindo por cima da segunda crinolina mais bufante de Iris, e o vestido é tão bem cortado que o bolso fica escondido nas dobras abundantes de algodão.

Não se fazem mais roupas assim, Nora. Ela disse isso quando nos conhecemos, quando girava com aquela saia vermelha com as espirais douradas. A roupa se abria no corpo dela como mágica, como se ela fosse o estalido de chama diante de um inferno, e eu não conseguia nem respirar, de tanto que queria que ela fosse uma parte do meu futuro.

Assim como agora. Ela é meu presente e meu futuro, com nossa única arma enfiada nas enganosas camadas de algodão e tule. Já está pensando no caminho até a liberdade, e isso é a faísca de esperança de que eu preciso.

Faço o menor dos acenos de cabeça para mostrar a ela que entendi. Um canto de sua boca se levanta, de modo que suas covinhas aparecem por um só segundo.

Trunfo número 1: isqueiro.

5

A Iris da coisa

Eu não me apaixonei por Iris Moulton assim que a conheci. Na verdade, fiquei caidinha, porque literalmente tropecei nela.

Num fim de semana do ano passado, eu estava levando alguns arquivos ao Centro para Lee, sem olhar por onde andava. Quando percebi, estava caindo de bunda para cima, os papéis por todo lado, e essa garota, uma morena sardenta que parecia *cosplay* de algum personagem de Hitchcock, estava embolada no chão comigo.

Foi o jeito fofo perfeito de se conhecer alguém, exceto que, se você é uma garota que gosta de outras garotas, a dança é diferente, afinal, e se ela não gostar? Então, você não está procurando sinais de perigo como uma garota faz com um cara — está procurando sinais de que ela é *queer*.

Achei que fôssemos ser amigas. E, de início, fomos. Mas eu disse a mim mesma que isso era tudo que poderíamos ser. Depois de tudo com Wes... eu disse a mim mesma que *não podia*. Não até descobrir como explicar de uma forma que não estragasse as coisas. Eu tinha quase certeza de que era impossível; então, basicamente, a perspectiva era uma vida de celibato e infelicidade, em que eu teria que me esconder.

Mas, então, lá estava Iris, com seus vestidinhos bufantes dos anos 1950 e sua bolsa de vime em formato de sapo, e aquela obsessão por fogo que seria assustadora para quem não soubesse que ela queria ser investigadora de incêndios.

Levou meses. Ela implementou lentamente uma espécie de guerra romântica sutil que eu nem notei, e aí, um dia, a gente estava num encontro antes mesmo de eu perceber que estava realmente acontecendo. Foi uma coisa muito sr. Darcy/Elizabeth Bennet, do tipo *Eu já estava envolvida e ainda nem sabia que tinha começado*, em que eu era Darcy e ela, Elizabeth, e não tenho a dignidade nem a arrogância para ser um Darcy, vou já avisar. Mas, aparentemente, eu tinha a falta de noção de Darcy, porque estávamos no meio do jantar quando percebi que, talvez, aquilo fosse um encontro. Em parte porque eu ficava dizendo a mim mesma que não tinha como ser um encontro.

E eu não tive total certeza até ela virar para mim a caminho de casa, na metade da faixa de pedestres da rua vazia, e simplesmente parar. A mão dela passou pela minha cintura, e seu quadril roçou no meu como se ela sempre tivesse feito parte daquele lugar em mim, e parecia ser; parecia que ela morava em cada parte vital minha. A última coisa que vi antes de seus lábios encontrarem os meus foi a luz verde do semáforo de pedestres iluminando os olhos dela, e Iris me beijou como se eu fosse delicada, como se eu já fosse compreendida, como se eu valesse a pena.

Teve um *brilho, faíscas*. Eu nem sabia que era possível alguém se sentir brilhar de verdade. Achei que fosse algo reservado a pedras preciosas, lantejoulas e purpurina, mas, de repente, Iris Moulton me beijou e provou que eu estava errada, e foram só faíscas iluminando toda a minha escuridão.

Eu não me apaixonei imediatamente por Iris.

Mas caí como se fosse uma estrela, e ela, o fim do mundo. Uma explosão cataclísmica de duas pessoas que nunca mais seriam as mesmas. Nunca mais se levantariam.

A não ser que fizéssemos isso juntas.

6

9h24 (reféns há 12 minutos)

1 isqueiro, 0 plano

— O que é isso?

Boné Cinza puxa o envelope do banco da bolsa de Iris. Ele abre, inspeciona o bolo grosso de dinheiro e a olha.

— É o dinheiro que arrecadamos para o abrigo de animais — respondo rápido. Sua atenção passa dela para mim, e o alívio retumba em minhas costelas como aquele batente enfeitado em forma de abelha que Lee colocou na nossa porta. — Fizemos uma arrecadação de fundos. São quase três mil dólares.

Ele ri, e é um som familiar, assim como a arma é uma visão familiar. É horripilante em sua crueldade e condescendência. Feito para rastejar ao meu redor e fazer, ainda mais que a arma, com que eu me sinta menor.

Mas já passei da fase do medo. Ele não foi embora, mas não é útil. Só posso fazer coisas úteis agora.

— Entregando a fortuna, é?

Quanto mais ele fala, mais eu fico sabendo. Então, é melhor mantê-lo falando.

— É o que temos.

Ele joga o envelope aberto na mesa, e o dinheiro cai em leque na superfície polida.

— Não é o que eu quero.

Aí, ele segura a mesa, arrastando-a — e todos os nossos telefones — para longe de nós.

O que você quer? Essa é a pergunta, certo? Minha mãe me dizia: *Dê a uma pessoa o que ela quer, e ela vai comer na palma da sua mão*. Vale em dobro ou triplo para ladrões de banco cujo plano foi pelos ares.

Eles querem o gerente. Não conseguem. Isso quer dizer que precisam do que o gerente lhes daria.

Acesso aos cofres.

Como posso dar isso a eles? Preciso dar isso a eles? Ou só preciso que eles *achem* que eu posso?

Há um plano voando no meu cérebro como um mosquito ao redor de uma lâmpada acesa, mas não tenho certeza ainda de onde se encaixam todas as peças. Preciso de mais. Mais informação. Mais pistas. Mais tempo para entender a dinâmica entre os dois.

Mas não vou ter. Boné Vermelho faz um barulho lá da porta, assustado e preocupado.

— Está vindo alguém — alerta ele do posto de vigia. — Mulher.

O foco de Boné Cinza voa de nós para a porta.

É como se nós sete ficássemos tensos como um só quando o som da porta sendo chacoalhada preenche o silêncio mortal do banco. O som ecoa nas paredes e para. Segundos agonizantes se passam.

— Ela está voltando para o carro.

— Fique fora do campo de visão dela — irrita-se Boné Cinza.

É um momento de prender a respiração, e, bem quando eles estão prontos para soltá-la...

A reação vem voando pelo estacionamento. Dá para ouvir claramente de dentro do banco antes de a voz dela explodir nas paredes, amplificada pelo megafone:

— Estou falando com a pessoa que está com a arma dentro do banco. Meu nome é Lee. Em alguns segundos, o telefone aí dentro vai começar a tocar. Serei eu ligando. Atenda, podemos achar uma solução para este problema em que você se encontra. Não atendeu?

Bom, é uma escolha sua. Só não acho que você vai querer fazer essa escolha.

Assim que ela para de falar, começo a contar.

Dez. Nove. Oito.

Boné Vermelho se afasta da porta e vai apressado espiar pela janela.

Sete. Seis. Cinco.

Boné Cinza anda ao redor de nós: o segurança ferido, a atendente assustada, a idosa, os três adolescentes putos uns com os outros e a criança.

Quatro. Três. Dois.

Ele está levantando a arma. Abrindo a boca. Ficando com raiva. O tipo perigoso de raiva.

Um.

O telefone atrás da cabine do caixa começa a tocar.

Hora do show.

7

A irmã em questão

Acho que devo, neste momento, falar mais da minha irmã. Porque, sim, ela é o tipo de mulher que vem com um megafone. E com uma espingarda que atira balas de borracha, e o tipo de punho que, cacete, parece estar cheio de chumbo mesmo quando brigamos só de brincadeira.

Lee tem quase vinte anos mais do que eu, e tinha abandonado nossa mãe alguns anos antes de eu nascer. Não temos o mesmo pai, mas somos unidas pela mesma genética torta de vigarista.

Ela era criança na época em que a mãe não estava metida em trapaças. O pai de Lee era um cara totalmente normal, mas morreu. E foi assim que nossa mãe começou a dar golpes: para manter o estilo de vida a que estava acostumada.

Tudo se desenrolava rápido demais. Quando caíam, era de um lugar alto pra caramba, então, a queda era ainda pior. E, quando voltavam a se levantar, o que a mãe *fazia* para se levantar daquele jeito... Bom, Lee não gosta de falar sobre aquela época. Pelo menos, não quando está sóbria.

Fico me perguntando se ela acha que vou julgá-la. Não sei como ela acha que eu seria capaz. Ela sabe o que eu tive que fazer para sobreviver.

Somos garotas avariadas, nós duas, nos transformando em mulheres com consertos malfeitos, onde deveria haver suavidade.

Eu nasci em meio aos golpes. Cheguei ao mundo com uma mentira nos lábios e a capacidade de sorrir e encantar, como a minha mãe. As pessoas chamam de *charme*. Sim, isso é *útil*. Ver o coração de alguém e se ajustar a isso, instantaneamente, para espelhar esse coração? Não é dom nem maldição. É só uma ferramenta.

Nunca vivi um período em que a mãe não estivesse enganando alguém. Nem soube como é ter um pai que te ama, mesmo que brevemente. E nunca conheci uma vida fora da mentira.

Mas lembro o dia em que conheci Lee. Eu tinha seis anos, e ela era... *forte*. Na forma como se movia, como se vestia, no olhar que deu à nossa mãe quando ela começou a inventar desculpas de por que eu não estava indo à escola...

Eu nunca tinha visto ninguém capaz de calar a boca da minha mãe. Era ela quem enfeitiçava os outros.

Lee não precisava enfeitiçar. Ela mandava.

Nunca me senti mais instantaneamente conectada a alguém na minha vida. Não a amei de imediato. Já era desconfiada demais para isso. Mas reconheci algo nela, algo que eu queria ser, mas ainda não conseguia nem articular: *livre*.

Na época, não sabia que ela havia ido embora naquele dia com um plano se formando. A ideia de que eu estava lá, sob as garras da nossa mãe, a corroía. E Lee é do tipo que corrói de volta. Levaria seis anos para ela executar seu plano por completo. Mas, quando tem uma missão, Lee fica assustadoramente focada.

E me tirar da nossa mãe era a missão.

Agora? Me tirar deste banco é a missão. Mas não tenho mais doze anos, e desta vez ela não está sozinha.

Ela está comigo.

8

9h28 (reféns há 16 minutos)

1 isqueiro, 0 plano

A arma de Boné Cinza está estável, mas seus olhos, não. Estão indo de um lado para outro, de nós sete até o telefone tocando, depois para a posição de Boné Vermelho perto da porta. Ele não consegue decidir onde focar sua raiva.

Vejo o momento em que dá o clique. Ele se concentra na atendente à nossa esquerda, a espingarda oscilando ao apontar para ela.

— Você acionou o alarme?

Estou presa entre Iris e Wes, como um sanduíche de Nora, então, quando ele fica tenso e ela prende a respiração, não só ouço e sinto, mas praticamente absorvo o estresse deles pela pele. Porque os dois sabem que, se Lee está lá fora, é porque fui eu que soei o alarme (metafórico).

— Não, não acionei! — insiste a atendente.

Ele dá mais um passo à frente para o pequeno saguão em que estamos apinhados, e não conseguimos nos encolher rápido o bastante, porque não tem onde nos escondermos.

— Ela está numa viatura? — pergunta Boné Cinza a Vermelho, ainda achatado contra a parede, olhando pela fresta de janela disponível a ele.

Ele faz que não com a cabeça.

— Caminhonete prateada. Está com roupas normais.

— Arma?

Várias. Mas Lee só vai mostrar se precisar.

— Não vejo nenhuma.

Boné Cinza está se coçando para atirar em alguém. Vejo em cada ruga de seu rosto. Conheço essa expressão.

O telefone não para de tocar. Minha irmã está lá fora, a uma parede e sei lá quantos metros de distância. Desde sempre, Lee é meu porto seguro, e quero estar com ela como se fosse criança outra vez. Como quis naquela noite em que tudo foi pelos ares.

Preciso lembrar a mim mesma que estou mais velha agora. Quase uma mulher adulta, com meus coturnos de couro e meu cabelo curto, e todo o dano feito em mim cicatrizado em força. Detesto aquele ditado de "o que não mata te fortalece". É uma babaquice. Às vezes, o que não mata é pior. Às vezes, o que mata é preferível. Às vezes, o que não mata te estraga de um jeito que é difícil sobreviver com o que sobra.

O que não me matou não me engordou; o que não me matou me tornou vítima.

Mas *mesmo assim* eu fiquei mais forte. Sobrevivi.

Bom, eu, Lee e minha muito paciente terapeuta.

— Será que você não deveria atender ao telefone? — A voz da atendente treme quando ela faz a sugestão. — A polícia... vai te dar o que você quer, tenho certeza.

As palavras dela se dissolvem quando Boné Cinza se vira para olhá-la, a arma chegando perto.

— Como você se chama? — pergunta ele.

— Olivia.

— Eu vou dizer só uma coisa — fala ele, inclinando-se para a frente. — Sabe o que te ensinaram a fazer durante um roubo? Esqueça, querida. Eu conheço as regras e o livro de jogadas da polícia de cabo a rabo.

— Por favor — geme ela.

Tenho tanta certeza de que ele vai atirar nela que estou prestes a ficar de pé quando o telefone para de tocar, e o silêncio é tão abrupto que rouba a atenção dele.

O ombro de Iris gira contra o meu, e Boné Cinza rodopia com a ausência do barulho, tarde demais para impedir que Boné Vermelho atenda a ligação da minha irmã.

— Seu filho da... — começa ele, mas aí não diz mais nada, correndo até o telefone e arrancando da mão do parceiro.

Por um milésimo de segundo, ele hesita. Vejo como seus dedos se fecham ao redor do fone, como se ele quisesse que fosse um pescoço, e como seus ombros ficam tensos, como se ele quisesse bater o aparelho inteiro no balcão.

Mas, então, ele endireita os ombros e, em vez de quebrar o aparelho, leva-o à orelha.

— Você tem vinte segundos.

— 9 —

Transcrição de telefonema, Lee Ann O'Malley interage com sequestrador número 1 (S1)

8 de agosto, 9h33

S1: Você tem vinte segundos.
O'Malley: Então vou direto ao ponto, uma vez que já me apresentei. Como você se chama?
S1: Meu nome não importa. Dez segundos.
O'Malley: O que você quer?
S1: Tenho sete reféns. Quero Theodore Frayn. Traga ele aqui. Agora. Ou vou começar a atirar.
[Ligação encerrada]

10

9h34 (reféns há 22 minutos)

1 isqueiro, 0 plano

— **Levanta todo mundo** — ordena Boné Cinza assim que desliga, fazendo um grande dramalhão em vez de realmente falar com Lee. Ele disse que conhecia o roteiro, mas não está agindo como se isso fosse verdade. Acabou de mostrar suas cartas, jogando-as para Lee sem esconder nada.

— De pé! Você, menino, pegue o guarda. — Boné Vermelho nos cutuca com a arma, e já sabemos como ele gosta de apertar o gatilho, então nos apressamos para obedecer. Vou ajudar Wes com o guarda, e juntos o arrastamos pelo corredor enquanto Boné Vermelho nos aglomera nos fundos do banco, onde ficam os escritórios.

— Jovens neste — ordena Boné Cinza, apontando para a sala à esquerda. — Adultos naquele. — Ele aponta para o escritório em frente ao nosso.

— Os jovens... — começa Olivia, a atendente, olhando-nos de olhos arregalados.

— Sem discussão. Coloquem ele na sala com os outros — diz ele a mim e Wes.

Deitamos o guarda no carpete do escritório, Wes pega minha mão e me puxa para a sala do outro lado do corredor.

— Meninos, vai ficar tudo bem — diz Olivia a nós quatro, mas está tão assustada que soa mais como uma pergunta trêmula do que um conforto.

Boné Cinza fecha a porta atrás de si e fica sozinho na sala com eles, e não podemos fazer nada, só deixar que Boné Vermelho nos leve para o nosso escritório separado. Ele arranca o telefone da mesa e o segura embaixo do braço.

Iris muda de posição sempre que ele se mexe, deslizando o corpo para a frente da menininha.

— Fiquem quietos — diz Boné Vermelho. Aí, sai da sala, fechando a porta, ao que se segue um barulho de raspagem no chão: ele está arrastando algo para bloquear a porta.

Não há tranca, e não tento empurrar. Por enquanto, não. Boné Vermelho pode ainda estar lá fora. Aperto a orelha contra a porta e acredito estar ouvindo o rangido da outra se abrindo do lado oposto do corredor, mas não tenho certeza. Talvez os dois estejam lá fora, e se virem a maçaneta girando... Iris solta uma expiração trêmula. A menina sufoca um soluço. Nunca vi os olhos de Wes tão sombrios.

— Precisamos focar — digo, e as palavras parecem cortar o silêncio assustado que nos dominou. — Não podemos nos abater. — Não estou falando para eles, estou falando para mim, mas parece ter o mesmo efeito em mim e neles, porque nós três tomamos fôlego. Somos mais velhos e precisamos ficar bem, porque, meu Deus, a menina é pequena e está com medo. Será que eu era pequena assim na época em que tinha tanto medo?

— Tem razão — diz Iris, rápido, endireitando os ombros como se estivesse vestindo uma armadura em vez do algodão sobre tule com respingos de aquarela.

Eu dou meia-volta, analisando a sala. Nenhuma janela. Nenhuma porta. Uma mesa.

— Vou distrair a menina — murmura Wes.

— Temos a mesa — responde Iris.

Wes se agacha ao lado da pequena, falando baixo enquanto Iris e eu nos viramos para a mesa. O telefone, obviamente, não está lá, mas talvez haja algo ali dentro que possa nos ajudar.

— Procure armas. — Corro para lá, e Iris vem atrás, investigando as gavetas da esquerda enquanto eu olho as da direita.

— Eles cortaram as câmeras — diz Iris em voz baixa. — E logo vão atirar em quem representar maior ameaça.

Pauso no meio do puxão. Vejo post-its e canetas na primeira gaveta, um grampeador que acho que, numa emergência, posso usar como cassetete. Mas, por um segundo, só escuto as palavras dela.

— Eu sei — sussurro de volta.

Ela estende as mãos, os dedos se fechando em torno do meu punho pelo tempo de um aperto. Não é um toque de *Vai ficar tudo bem*, porque ela acaba de pronunciar as palavras que dizem que não vai. É um toque de *Estou aqui*, e é o bastante. Precisa ser. Porque é tudo o que temos.

Ela tira a mão, voltando-se ao seu lado da mesa, vasculhando a gaveta.

— Bebida — declara Iris, segurando três garrafas em miniatura de vodca barata.

— Para começar um incêndio?

— Possivelmente. — Ela guarda no bolso do vestido.

Trunfo número 2: 3 garrafinhas de vodca

Volto a me abaixar e abro a segunda gaveta. Só tem arquivos, mas os folheio para ver se há algo escondido entre as pilhas de papel. Nada.

— Tesoura! — Ela está na última gaveta, mas é do tipo grande, e de jeito nenhum vai caber no bolso de Iris. O vestido dela, infelizmente, não é a bolsa da Mary Poppins.

— Talvez eu consiga... — Ela a pega da minha mão e tenta enfiar pela gola do vestido, onde sei que seu sutiã é, bom, deliciosamente complicado. As lingeries vintage são grandes, e Iris gosta de autenticidade. Mas ela não consegue achar uma forma de a tesoura ficar nivelada, nem com a engenhoca que deve estar usando hoje.

— Deixa eu tentar. — Pego a tesoura dela quando ela finalmente me oferece e enfio pela cintura do meu jeans folgado, deixando a blusa de flanela cair por cima do cabo que está aparecendo por baixo do meu cinto. Vou para a frente e para trás por um segundo enquanto Iris olha. — Dá para ver?

Ela faz que não com a cabeça.

— Tá. Ótimo.

Trunfo número 3: tesoura

— Mais alguma coisa?

Abro a última gaveta, mas está vazia.

— Nada.

Nossos olhares se encontram, uma colisão do castanho dela com o meu azul, e, naquele segundo, nós duas deixamos o pânico chegar. Não é suficiente. Não temos nem de perto o suficiente.

E, aí, ela passa a língua pelos lábios, e eu endireito os ombros, e reagimos.

— Precisamos de informação — diz Iris.

— Eu sei — respondo, mas estou olhando a menina. — Cadê o adulto dela? — pergunto de repente.

— Como assim?

— Ela não foi em direção a nenhum dos adultos quando nos colocaram juntos no saguão — digo, pensando no que aconteceu. — E nenhum deles surtou quando a colocaram aqui com a gente. Você não surtaria ao ser separada da sua filha?

Iris inclina a cabeça e junta as sobrancelhas. E, então, sem mais uma palavra, vai até Wes e a menina, com um sorriso gentil no rosto ao se agachar.

— Oi, meu bem — diz ela. — Eu sou a Iris. Como você se chama?

— Casey — responde a garota. — Casey Frayn.
Um buraco se abre no meu estômago. O sobrenome do gerente.
— Você está esperando seu pai, né? — Minha voz treme, porque sei a resposta antes mesmo de ela assentir. — Ele é o gerente?
Ela assente de novo.
Olho para Iris e Wes, e meu rosto neste momento deve ser um espelho do deles. Todo *Ah, puta que pariu, estamos ainda mais fodidos*.

Problema número 1: O roubo ao banco dá errado porque
   o gerente não está.

Problema número 2: Os ladrões têm o maior trunfo sobre
   o gerente sumido... Só não sabem disso.

Abro meu melhor sorriso falso.
— Casey, pode checar para mim aquela segunda gaveta da mesa, a que tem os arquivos? Estou achando que deixei passar alguma coisa.
— Tá bom.
Ela vai até a mesa, e, assim que ela está fora do alcance da nossa voz, Wes diz:
— Eles queriam o gerente.
— E não tentaram fazer a atendente dar dinheiro a eles. Nem mencionaram o cofre. Só o porão e o gerente — completa Iris. — Tem alguma coisa estranha acontecendo. Não é um roubo normal do tipo *pegar o dinheiro e dar o fora*.
Olho por cima do ombro para Casey, agachada ao lado da mesa, vasculhando os arquivos.
— A gente tem que conseguir mais informações. Eles precisam do gerente para alguma coisa além do cofre, porque não param de perguntar por ele.
— Não acho que os ladrões vão nos contar o plano todo, Nora — diz Wes, e a frustração que estava cozinhando nele desde o esta-

cionamento surge na sua voz tão rápido que fico com as bochechas quentes.

Certo. Ele ainda está puto comigo. Tipo, muito, muito, *muito* puto. E tem bons motivos. Achar sua ex-namorada ficando com a amiga de vocês é um tapa na cara no que diz respeito a reencontros com um ex. Pior ainda, eu tinha quebrado a promessa de não mentir mais para ele. Nós não quebramos promessas feitas um ao outro, não depois que eu acabei com nosso relacionamento e conseguimos dolorosamente juntar os cacos. *Franken-amigos*, ele gosta de brincar, e sempre me faz rir, porque é verdade... e beira um humor sombrio, que o novo nós — os Franken-amigos — precisa para existir.

Mas, agora, não há humor, e, se todo o meu sistema não estivesse disparando adrenalina na velocidade da luz, me assustaria. Por outro lado, considerando que não sei se vamos sobreviver aos próximos cinco minutos, tenho que deixar isso de lado. Foco.

Como se esconde uma criança à vista de todos?

Eles vão perguntar nosso nome, em algum momento, se é que já não pegaram todas as nossas identidades. Merda. A identidade da menina.

— Casey, você tinha algum documento de identidade?

Ela levanta os olhos da mesa e faz que não com a cabeça.

— Deixei a bolsa na casa da minha mãe. Ela ficou brava porque não tinha tempo de voltar para buscar, tinha uma reunião. Meu celular estava lá também.

— Ótimo — digo, e ela franze a testa.

— Olha, se algum deles lá fora perguntar, não fale seu nome de verdade — instruo. — Não mencione quem é seu pai. Diga que seu sobrenome é Moulton. Você é prima da Iris, tá?

Ela franze a testa ainda mais. Não entende, e não há tempo para explicar, porque ouço o barulho de algo sendo arrastado em frente à porta. Um deles está voltando.

— Casey, repete comigo. — Estou jogando-a de cabeça nisso, e seus olhos estão arregalados; ela não entende, porque a mentira não está em seu sangue como está no meu.

— Eu...

— Casey Moulton. Diga.

A maçaneta está girando.

— Casey Moulton — sussurra ela.

A porta se abre.

11
Rebecca: simpática, silenciosa, sorridente

Uma das minhas primeiras memórias claras é minha mãe na frente do espelho penteando meu cabelo loiro para trás dos ombros enquanto dizia: *Rebecca. Seu nome é Rebecca. Diga, querida. Rebecca Wakefield.*

Meu nome não é Rebecca, caso você esteja se perguntando.

Também não é Nora, na verdade. Mas todo mundo em Clear Creek me conhece como Nora.

Achei que fosse uma brincadeira. A coisa de ser Rebecca. Mas, depois, minha mãe me dá um tapa no braço quando atendo por outro nome que não seja Rebecca, e aprendo que não é brincadeira.

Aprendo que é minha vida.

Rebecca. Samantha. Haley. Katie. Ashley.

As garotas que eu fui. As filhas perfeitas das mulheres que minha mãe se tornou para enganar seus alvos.

Cada garota ainda era eu, mas diferente. *O melhor golpe tem uma semente de verdade.* Ela me ensinou direitinho a pegar essas verdades e manipulá-las em histórias tão críveis que ninguém pensaria em questioná-las.

Rebecca usa o cabelo solto com um arco. É nessa época que minha mãe passa a só deixar cortar as pontinhas. Quando Lee me tira de lá aos doze, meu cabelo bate nos quadris, e as pessoas às vezes param minha mãe para comentar como é bonito. Rebecca usa muito cor-de-rosa. Falo à minha mãe que não gosto de rosa tanto quanto de roxo, e ela diz que Rebecca ama rosa, que é sua cor favorita... e, aí, me faz repetir.

Ela me faz repetir muitas coisas quando estamos sozinhas. Meu cérebro é uma esponja, é o que ela diz, e preciso aprender desde cedo como é o mundo. *Você e eu, querida. Vamos ser algo grande.*

Esse *algo*, afinal, é criminosas.

Rebecca é filha de Justine. Justine é minha mãe, e também não é. Ela usa lentes de contato castanhas e saias-lápis, e chama as pessoas de *docinho* com uma melodia na voz que minha mãe não tem. Justine trabalha como recepcionista em uma seguradora, e seu alvo é Kenneth, o diretor financeiro. Ele está roubando o caixa da empresa — não que o jogo dos seguros já não seja uma grande fraude, mas essa é outra conversa —, e ela faz com que ele dê dinheiro para ela em um esquema de chantagem mais rápido do que um estalar de dedos.

Sou pequena nessa época. Ainda estou aprendendo. Então, não tenho que fazer muito além de ser fofa e encantadora quando ela me leva ao escritório. Isso suaviza sua imagem, e ninguém jamais suspeitaria da doce recepcionista viúva com a filhinha adorável.

Rebecca, porém, me ensina a mentir. A olhar alguém nos olhos enquanto não há uma palavra verdadeira saindo da boca, mas a pessoa acredita, porque parte suficiente de *você* acredita. Isso me endurece cedo demais, esse poder e as linhas borradas entre verdade e mentira. Não sou uma menina fofa de sete anos mentindo de forma óbvia e de olhos arregalados sobre roubar um biscoito. Estou manipulando as pessoas. Aprendendo quais ações geram reações desejadas. Que tipo de sorriso recebe outro em troca. Qual dancinha rodopiante fofa vai fazer as mulheres mais velhas do escritório baterem palmas e me darem um doce. Qual chilique lamuriento funciona quando minha mãe precisa que eu seja uma distração enquanto ela passa de fininho, os papéis na mão, tramando, sempre tramando.

Cada passo na pele de Rebecca é um passo fora da minha, mas espera-se que eu volte a mim assim que minha mãe manda, assim que estamos sozinhas, e vivo abalada pela mudança. Nada é estável. Não há chão firme. Em vez disso, aprendo a dançar em um pêndulo.

Minha mãe sempre sabe quando parar, e, antes que Kenneth fique vingativo ou pão-duro o bastante para vir atrás de nós ou usar o que quer que tenha guardado para mandar alguém matá-la, sumimos, abandonando a cidade e aqueles nomes. Em breve, ela vai pesquisar um novo alvo e me colocar na frente de um espelho em uma nova cidade, arrumando meu cabelo de um jeito diferente e dizendo: *Samantha. Seu nome é Samantha.*

Ela escolhe homens maus. Diz que há justiça em tirar o dinheiro e, portanto, a dignidade deles; porque, para homens assim, dinheiro é tudo, e eles não são nada sem isso.

Conforme os anos passam, porém, e minha lista de nomes de garotas cresce, é difícil negar a verdade. Ela escolhe homens maus porque gosta de homens assim. É atraída por eles e pelo risco que apresentam, porque ela é só risco, na máxima potência, o tempo todo. Ela escolheu essa montanha-russa e me colocou nela sem ter opção, e eu cresci atraída também por homens maus, tal mãe, tal filha.

Há só uma diferença entre nós duas. Ela é atraída por homens maus porque, no fundo, quer amá-los. Ela precisa que eles a amem.

Eu não quero amá-los e nunca precisei ser amada por eles.

Aprendi muito cedo que a melhor coisa que se pode esperar deles é dor.

E a melhor coisa que se pode fazer com um homem mau é destruí-lo.

12

9h47 (reféns há 35 minutos)

1 isqueiro, 3 garrafinhas de vodca, 1 tesoura, 0 plano

Desta vez, é Boné Cinza que entra no escritório.

Os nós dos dedos dele estão sangrando. É a primeira coisa que percebo, e me faz querer agachar ao lado de Casey, escondê-la dele.

Quem ele machucou? O guarda, mais? A atendente, primeiro? Ou a mulher que só tinha chorado, sem demonstrar outra reação, o tempo todo que estávamos no saguão?

O que fazer, o que fazer, minha mente salta e revira, e a única coisa que sei é que esconder a identidade real de Casey é o mais seguro para ela, então me concentro nisso. Esconder Casey.

Tenho a tesoura. Vou usar se necessário.

Um tremor corre pela minha nuca com esse pensamento. Estou fugindo do que todas as garotas ensinaram há muito tempo para mim. Naquele primeiro ano depois que Lee me levou embora, eu sussurrava seus nomes para conseguir dormir. *Rebecca. Samantha. Haley. Katie. Ashley.*

Não preciso fazer isso há muito tempo. Quero fazer agora, mas me forço a focar. Ele está falando algo.

— Vão para o canto.

Obedecemos, e Wes se planta na nossa frente; a boca de Boné Cinza se contrai com aquela demonstração de proteção.

— Olhe tudo — ordena ele, e, por um segundo, fico confusa, mas Boné Vermelho entra.

Fico olhando-o revistar a sala e passar pela mesa, tentar puxar os armários falsos na parede dos fundos, que estão lacrados.

— Cacete — diz ele. — Nada.

É aí que percebo que eles não estão tentando tirar as possíveis armas da sala. Estão procurando alguma coisa.

Dê ao alvo algo que ele quer. Primeiro passo para um golpe. Construa confiança. Descubra o que eles querem e entregue.

Boné Vermelho sai da sala, e Boné Cinza está prestes a ir atrás, então me inclino para a frente, tentando ter um relance do corredor, mas não adianta. Não vejo nada.

— Deve ter uma caixa de ferramentas em algum lugar — murmura Boné Vermelho quando a porta se fecha atrás deles, e há só o som do que quer que estejam usando para bloquear a porta sendo arrastado de volta.

Corro até a porta e coloco a orelha na superfície. Então: sirenes, não vozes.

O delegado está aqui. As coisas estão indo rápido demais. Preciso de tempo e não tenho. Preciso fazer algumas suposições.

> Suposição número 1: Os homens lá fora não estão atrás só de dinheiro, estão atrás de algo a que só o gerente tem acesso: os cofres. Precisam de chaves para abri-los. Talvez até para acessar a sala em que eles estão.

> Suposição número 2: Eles estão tentando invadir o escritório do gerente porque precisam de chaves.

Agora, as sirenes foram desligadas, mas ainda ouço o som distante dos telefones do banco tocando lá na frente. Estão tentando fazer contato mais uma vez. O tempo acabou. Hora de fazer alguma coisa, Nora. Criar uma porcaria de um plano.

— Casey. — Eu me viro para onde ela está sentada, no canto, encolhida e sem mais lágrimas. — Quero que você me conte tudo o que sabe sobre seu pai.

— Meu pai... Como assim?

— Você disse que sua mãe te deixou aqui. Eles são divorciados?

— São, faz três anos.

— Você gosta do seu pai?

Ela franze o cenho para mim como se fosse uma pergunta ridícula, o que já me diz muito.

— Claro. Eu amo ele.

— Ele se preocupa com dinheiro? Quem pediu o divórcio, ele ou sua mãe?

— Por que isso importa?

Iris me lança um olhar, depois sorri, reconfortando Casey.

— Meu bem, sabe os caras lá fora? Estão atrás do seu pai. E não estão tentando entrar nas caixas registradoras nem no cofre. É... bom, é estranho. Então, se você souber de alguma coisa, tiver ouvido alguma coisa, nossa intenção não é criar problemas para o seu pai. Só queremos descobrir o que os caras querem. Quanto antes eles conseguirem o que querem, mais cedo vamos poder ir para casa.

— Vamos conseguir ir para casa? — pergunta ela, e percebo que tenta não deixar as lágrimas escaparem, mas elas caem, e, quando ela as seca, faço-lhe o favor de fingir não notar. Casey está se esforçando para ser corajosa.

Crianças como ela não são treinadas para roubos a banco.

Crianças como ela são treinadas para tiroteios na escola.

Fugir. Esconder-se. Lutar.

Todos conhecemos o procedimento. Todos pensamos nisso. Precisamos pensar.

Quem você vai ser na hora do problema? Não há vergonha em fugir. Não há julgamento em se esconder. Há apenas medo de lutar.

Mas, aqui e agora, não há para onde fugir. Não há lugar para se esconder. Então, de verdade, temos escolha?

Seja uma víbora, querida. Sempre esteja pronta para retaliar. Foi assim que fui criada. Mas você nunca sabe se vai conseguir, até acontecer.

— Sim, vamos conseguir ir para casa — responde Iris, e parece que ela está sendo sincera, embora esteja só torcendo. — Mas precisamos trabalhar em equipe. Consegue pensar em alguma coisa?

— Meu pai estava no Jogadores Anônimos, mas parou de ir. Foi aí que minha mãe pediu o divórcio.

— Alguém foi na casa dele enquanto você estava lá? — pergunto. — Homens querendo dinheiro? Nos últimos tempos, você percebeu algum machucado no seu pai? Algum roxo? Ossos quebrados?

Será que era alguma agiotagem que tinha dado errado? Seria por isso que eles não estavam usando máscaras?

— Não, acho que não.

— Ele some às vezes à noite?

— Eu só o vejo três vezes por semana — explica Casey. — Mas... a gente ficava junto de terça até quinta, e agora é no fim de semana até segunda. Eu sei que foi ele que pediu a mudança, porque minha mãe ficou irritada por perder os fins de semana, e contou à minha tia que ele provavelmente tinha achado um novo jogo de pôquer.

Franzo a testa, algo girando no meu cérebro, e, quando levanto os olhos para Wes, vejo que as sobrancelhas dele também estão enrugadas.

— Seu pai não faz o jogo de pôquer dele na quinta? — pergunto para Wes.

Ele faz que sim com a cabeça.

— Quando minha mãe fica em Chico para a reunião do conselho da ópera. Ele diz que são só amigos, mas você conhece — responde ele.

— Ah, é, conheço, mesmo. — Sai da minha boca de um jeito vil e enojado, porque não consigo evitar.

O prefeito Prentiss me detesta, e o sentimento é mútuo. No início, ele me odiava porque Wes não deveria namorar uma menina de cabelo curto que tem mais camisas de flanela do que o namorado. Não Se Faz Isso. O horror! Quando terminamos, sei que ele achou que tinha vencido a batalha que eu começara com ele, mas ele sempre foi ruim em prever a bondade de Wes; não pôde fazer nada quando continuamos amigos.

— Quanto dinheiro você acha que está sendo apostado naqueles jogos?

— Não faço ideia. Faz anos que não fico em casa durante um jogo.

— Desculpa — murmuro, porque é uma ferida que não gosto de cutucar, mas aqui estou, enfiando o dedo. — Mas você viu os caras que aparecem para os jogos, certo?

Ele assente.

— Alguém parecido com Boné Vermelho ou Cinza já foi?

— De jeito nenhum.

— E um gerente de banco?

— Sim, provavelmente, é só conhecer alguém e ter o cacife — diz Wes. — O que você está pensando?

— Não sei. Os ladrões conhecem o pai de Casey de algum lugar. Se ele joga, talvez tenha dado com a língua nos dentes para alguém.

— Tem os cassinos — Wes me lembra.

— Ele não ia querer ser visto — digo. — Isso acabou com o casamento dele. — Lanço um olhar de desculpas para Casey, mas ela só continua me encarando. — Ainda é respeitado na comunidade. Está tentando manter o problema escondido. Um jogo particular com o prefeito... Isso tem prestígio e uma espécie de cobertura social que as máquinas caça-níqueis que todo mundo pode ver não têm.

— Então, você acha que ele está devendo para alguém no jogo de pôquer do meu pai e eles mandaram esses capangas para roubá-lo? — pergunta Wes.

— Não — respondo. — É só que... eles perguntaram para Lee do gerente e agora querem uma caixa de ferramentas.

— Ou seja, não planejaram precisar de ferramentas — conclui Iris. — Acharam que o gerente ia lhes dar acesso.

— Eles precisam de algo no escritório dele — falo. — Chaves lá de baixo, de repente? O escritório dele ainda está trancado, porque ele precisou ir buscar a outra atendente. Olivia, a atendente que está aqui, não deve ter a chave. Então, eles vão ter que arrombar e...

— Não entendo como isso ajuda a gente — diz Casey.

— Se soubermos o que eles querem, podemos dar isso para eles — explica Wes. — Isso constrói confiança. Pode nos ganhar tempo.

Ele está ecoando palavras que eu lhe disse, mas sua voz está tão morta quanto seus olhos; ele nunca vai realmente me perdoar, né? Rezo para viver o suficiente para mudar isso, mas, olhando para o teto, tentando descobrir como nos salvar, estou começando a me perguntar se isso seria possível.

Meu olhar para na saída de ar. Neste velho prédio de tijolos, é uma das grandes.

Grande o bastante para nós.

O escritório do gerente fica três portas depois desta, do outro lado do corredor. Vi a placa antes. Preciso ser silenciosa. E rápida. Tem um som de algo se quebrando do outro lado da porta, e o toque constante do telefone para. E, aí, escuto Boné Vermelho chamar minha irmã de um nome que não vou repetir aqui.

Meus dedos se fecham em punho e tento não me encolher quando minhas unhas se afundam demais na minha mão. Deixo minhas unhas um pouco compridas, porque, às vezes, sua única arma é você.

Olho de novo a saída de ar.

É uma péssima ideia.

É um começo terrível para um plano verdadeiramente horrível.

Mas é o único que tenho.

Iris se senta ao lado de Casey no chão e começa a conversar com ela sobre a escola, tentando distraí-la dos baques vindos do lado de fora. Não está funcionando, mas é alguma coisa.

Atravesso a sala e paro bem debaixo da saída de ar, levantando a cabeça para olhá-la.

— O que você está fazendo? — pergunta Wes baixinho, vindo atrás.

Aponto para a saída de ar.

— Acha que consegue me dar um impulso até lá?

— Não vamos conseguir sair por aí.

— Não quero sair. Quero entrar.

Ele arregala os olhos.

— No escritório do gerente?

— Eles querem alguma coisa lá, certo? Boné Vermelho estava procurando ferramentas, porque, se começarem a atirar na porta, a polícia vai entrar. Então, se eu abrir a porta por dentro...

— É perigoso. — Ele dá um passo para trás, cruzando os braços, o sinal universal de teimosia, e faz aquela torção dos lábios que conheço tão bem, o sinal de teimosia de Wes. — Você não pode fazer isso.

— Wes, pense por um segundo — falo baixinho. — Quem ele lembra?

Não preciso esclarecer que estou falando de Boné Cinza, não Boné Vermelho, que é atrapalhado e reativo, e nós dois notamos.

Boné Cinza não é atrapalhado.

Boné Cinza é cruel. Tanto Wes quanto eu sabemos o que é alguém cruel. Odeio o quanto sabemos. Queria que fosse só um de nós. Queria que fosse só eu, mas não sou.

Há uma cicatriz curvada na parte de trás do meu quadril, uma espécie de ferradura torta, e não é igual ao nó de tecido danificado no ombro de Wes. Mas, a primeira vez que ele viu, antes até de sermos adolescentes, ele colocou a mão em cima e perguntou: *Quem te chutou?* Eu sabia o que significava a urgência na voz dele, sabia que ele conhecia o formato marcado na pele, com tanta facilidade, pelo salto de uma bota. E a única resposta que pude dar no pico de compreensão entre nós foi colocar a mão na cicatriz do ombro dele, a que o atravessa em uma prega estranha e quadrada, como a fivela de um cinto, e perguntar: *Quem te bateu?*

Isso, compartilhamos. As cicatrizes, o entendimento e a segurança falha, que na verdade nunca existira, porque nascemos de maçãs podres.

A diferença é que ele evoluiu e ficou muito diferente do fruto daquela árvore, enquanto eu sou podre por dentro, mesmo sendo boa em esconder isso.

— Eles só querem o que vieram buscar — diz Wes, como se quisesse que fosse verdade. — Se conseguirem...

— Eles não estão usando máscaras — falo, e desta vez, não afasto o pensamento, ao contrário de com Iris. O peito dele se levanta com a inspiração que ele dá, porque Wes sabe. Ele sabe o que vou dizer agora.

Falo mesmo assim. Preciso tornar real. O roubo deles deu errado. Eles já atiraram em uma pessoa. Precisamos fazer alguma coisa.

— Eles vão matar pessoas — digo, o mais baixo possível. Ele não pisca, e não vacilo. — É a única tática de negociação sólida que têm. E você viu o cara no saguão.

— Ele quase atirou na atendente.

— O de vermelho é burro. Mas o outro...

— Ele gosta.

O alívio se abre em mim como um alçapão. Wes entende.

Ele pode não ter tido uma série de homens maus na vida como eu, mas precisou viver com o dele por dezessete anos, e a simples resiliência necessária para sobreviver a isso também traz habilidades.

Não vai ter herói nenhum hoje. Só sobreviventes. E vou precisar que ele e Iris estejam de acordo se vamos sobreviver.

— Precisamos ser úteis — continuo. — Se você é útil, eles não te matam primeiro. Se você é útil, *eles te ouvem*.

— Se você é útil, *o foco deles está em você*.

— Exatamente.

— Porra, Nora.

Ele dá um passo para trás, como se eu fosse um mofo tóxico cujos esporos estão se espalhando, tentando alcançá-lo. É, de novo, como o dia em que ele descobriu, e elas devem estar aparecendo no meu rosto e na luz dos meus olhos: as garotas que me esforcei tanto para manter escondidas. Mas preciso delas agora, de todas, com seu conhecimento torto, suas cicatrizes de chutes e seus corações de Frankenstein.

— Confia em mim.

— Você está me pedindo para confiar em uma versão de você que eu não conheço — diz ele, e, meu Deus, odeio como ele vai direto ao ponto às vezes. Mas consigo fazer o mesmo.

— Você conhece esta versão, só não gosta dela. Pode confiar em mim ou não, mas você sabe quem eu sou, Wes. Você é o único que sabe. Porque coloquei todos os segredos na mesa para você examinar com uma lupa.

— Só porque eu descobri.

— A gente não vai ter esta briga de novo! — sibilo. — Você vai me dar impulso para eu subir na saída de ar ou não?

— Vou — sibila ele de volta. — É lógico que vou!

— Então, por que está sendo um babaca?

— Porque estou muito puto com você por mentir na minha cara! Várias vezes!

— Bom... que pena! — E, no tempo que levo para inspirar e tentar pensar em uma boa resposta, só murcho, e ele também.

— Porra, Nora — repete ele, e seus olhos me imploram para entender. — Eles vão matar a gente.

— Talvez não, se conseguirmos ficar um passo à frente.

— Não dá para ficar um passo à frente de um cara com uma arma, Nora.

Não respondo.

Mas já consegui antes.

Na época, era diferente.

Eu era diferente.

Mas consegui.

Agora, preciso fazer isso de novo.

13

A criação dos Franken-amigos
(ou a destruição de Wes-e-Nora)

Vamos esclarecer uma coisa aqui e agora: Wes e eu não terminamos porque eu tive uma grande epifania lésbica. Em parte, porque não sou lésbica.

Também não terminamos porque tive uma grande epifania bissexual. Embora eu seja bi. Mas nós dois sabíamos disso antes mesmo de Wes e eu ficarmos juntos.

Terminamos porque eu menti. Não sobre minha sexualidade ou meus sentimentos. Mas sobre quase todo o resto, incluindo meu nome. E ele descobriu sozinho — não fui nem eu que cedi e contei, o que teria sido melhor, aos olhos dele... e pior, aos meus. Mas não tinha como voltar atrás depois disso. A descoberta destruiu nosso relacionamento em um só golpe devastador um dia. Quase destruiu os farrapos que sobraram de nossa amizade depois das minhas mentiras invadirem nosso mundinho doce.

Quando Lee facilitou minha fuga há cinco anos, o lado dela do golpe e os seus sacrifícios me mantiveram limpa legalmente, mas quase acabei com tudo. Isso significava que havia consequências. Precisei jogar meu próprio jogo além da complicada partida de xadrez que Lee estava jogando sem a nossa mãe saber.

Perdi coisas e achei outras, só para perdê-las também.

Minha irmã enterrou a história dela há anos. Ela criou um novo nome, toda uma nova identidade na qual se embrulhar, longe do alcance ou conhecimento da mãe. Foi morar em uma cidade onde ninguém pensaria em procurá-la, e ninguém em Clear Creek suspeitou quando ela se apresentou como Lee O'Malley. Ela tinge religiosamente seu cabelo loiro de castanho, de modo que as raízes nunca apareçam, e montou seu escritório no centro. Fez "amizade" com os oficiais do departamento do delegado e nunca, jamais, dorme sem uma faca ao alcance, porque algumas características você consegue cobrir e alguns nomes você consegue forjar do zero, mas não dá para se esconder de seu verdadeiro eu e das lições que aprendeu na escuridão da noite.

Antes de me trazer para casa, Lee cortou meu cabelo loiro que minha mãe insistia em manter comprido. Enquanto tingia os fios e minhas sobrancelhas de castanho na pia do motel, ela me contou de sua casa de dois quartos na periferia da cidade, do meu quarto novo, da minha escola nova e da minha história nova. Quando saímos daquele quarto e fomos para o lugar que eu aprenderia a chamar de casa até sentir que realmente era, eu havia abandonado a garota que fui com a mesma facilidade do meu cabelo... e Nora O'Malley nasceu em um flash e em poucas palavras... e era para ficar.

Então, eu disse a mim mesma que as garotas que eu tinha sido antes não importavam.

Aprendi do pior jeito que eu estava errada.

14

9h59 (reféns há 47 minutos)

1 isqueiro, 3 garrafinhas de vodca, 1 tesoura
Plano: quase lá

— Ei, vocês dois. — Iris estala os dedos atrás de nós, e nos viramos. Ela está olhando atentamente, as mãos na cintura, a saia balançando de irritação, porque está batendo os pés. — Por que estão discutindo?

— Não estamos — diz Wes de imediato.

— Você está bravo com a gente — fala Iris. — Vamos mesmo fazer isto agora?

— Estou tentando não fazer — Wes fala por entre os dentes.

Mas Iris dá um passo à frente, para Casey não conseguir ouvir.

— Qual é a sua? — sibila ela em voz baixa. — Você me disse que tinha superado totalmente a Nora. Eu nunca teria tentado nada se... Você ia chamar Amanda para sair! Eu planejei uma roupa para você usar no primeiro encontro. Então, ou você mudou de ideia ou pirou e ficou homofóbico, e eu juro por Deus, Wes...

Ele fica branco.

— Caralho, *não*. Não é... Eu *superei* Nora. — Ele olha para mim. — Eu te superei *totalmente* — completa, e não é cruel nem tem mágoa nenhuma enterrada embaixo. Ainda me deixa meio triste, daquele jeito desbotado, como uma cicatriz que você aperta com força demais e o tecido danificado lembra a ferida fresca, mas só por um segundo antes de acabar. — E se conseguirmos sair daqui vivos, eu *vou* chamar Amanda para sair — declara Wes. — Não estou bravo por isso.

— Se está bravo só porque escondemos de você, não te devo um relato detalhado da minha vida amorosa — diz Iris. — Você sabe que ainda não saí do armário para minha mãe. Tenho meus motivos para ser discreta com as coisas.

— Não estou bravo com você, Iris — fala Wes. — Você tem razão, seus motivos são só seus. Desculpa por ter sido babaca. Eu não devia ter agido assim. Você não merece.

Ele respira fundo, o peito se levantando.

— Mas eu tenho direito de ficar bravo com ela — continua. — Pelo meu bem e pelo seu. Não só porque ela mentiu na minha cara quando comentei que achava que você gostava dela.

Ele me olha com raiva e eu fico vermelha, porque eu tinha sido uma total idiota quando ele sugeriu aquilo.

— Eu tenho direito de ficar bravo por você, porque ela te colocou no mesmo lugar em que eu já estive. — A voz de Wes falha quando ele me olha, praticamente abrindo um buraco na minha cabeça com os olhos.

Iris franze a testa.

— Do que você está falando?

— Quanto você contou para ela? — Wes me pergunta. — Você disse que nunca ia...

— Eu disse que, da próxima vez, começaria a contar — eu me irrito, meu temperamento em brasa no meu peito, parte raiva, parte culpa. — Me desculpa se não percebi que era obrigada a despejar todos os meus segredos depois de três meses de relacionamento. Eu não te devo nada, Wes.

Os olhos dele brilham com mágoa profunda.

— Você devia não mentir para mim.

— Eu...

Fecho a boca, porque não consigo me defender. Eu devia, mesmo. Ele tinha me dito no mês passado: *acho que ela gosta de você*, e me cutucado com o cotovelo de uma forma inteiramente nova, quase zombeteira. Wes bancando o cupido de um casal já formado era quase uma história de comédia romântica, e naquele ponto eu já estava ficando com Iris havia um tempo. Precisei de todo o meu controle para não ficar vermelha como um tomate antes de sacudir a cabeça e dizer: *Sabe, só porque nós duas gostamos de meninas não quer dizer que vamos gostar uma da outra*, com uma voz tão entediada que foi ele quem ficou vermelho e se desculpou.

Fiquei semanas me sentindo uma escrota.

— E você deve a Iris — continua, porque é claro que ele vai ficar do lado dela e não do meu. Ele já esteve onde ela está agora: no precário limiar de descobrir a verdade.

— Está bem, um de vocês precisa parar de ser intenso e vago agora, senão eu vou surtar mais do que já estou surtando. E já somos reféns em um roubo a banco enquanto estou menstruada, então, minha ansiedade e vontade de comer chocolate e me vingar estão altas no momento — declara Iris, ainda batendo insistentemente o pé, estressada.

Wes e eu nos concentramos nela como se fôssemos uma pessoa só.

— Você precisa se sentar? — pergunta Wes, ao mesmo tempo que eu digo:

— Você tomou os remédios? Posso fazer te devolverem sua bolsa para você poder tomar.

— Meus remédios vão me deixar zonza. Estou bem. Meu útero está contraindo com força suficiente para amassar uma lata de Coca e meu copo menstrual está prestes a vazar, mas consigo *aguentar*. Desde que vocês dois comecem a falar que nem gente normal em vez de em enigmas que só vocês entendem!

Ela respira fundo e, com um sobressalto, percebo como está pálida. Ela devia mesmo se sentar. Já se forçou ontem na arrecadação beneficente, e agora aqui estamos, presos nisto, quando ela deveria estar descansando.

Eu devia ter dito que ela podia ficar em casa hoje, que eu podia resolver. Mas ela me fez prometer não ficar cheia de dedos com a endometriose dela e com a forma como às vezes as dores que ela sente mudam nossos planos. Então, tento não ficar em cima quando ela insiste que está bem. Só me certifico de levar um saco para ela vomitar, biscoitos de água e sal, e aquele refrigerante de gengibre extraforte, extranojento de que ela gosta. E eu não queria privar nenhum de nós de poder depositar o dinheiro que arrecadamos. A cabine de fotos do festival com o mais fofo dos animais do abrigo tinha sido ideia dela e de Wes. Foram eles que ficaram como voluntários. Eu só estava junto porque o lugar em que mais gosto de estar é com eles. Tinha sido divertido. Fiquei orgulhosa de quanto dinheiro conseguimos.

Agora, esse orgulho é uma memória distante. Substituído pelo pânico, pela preocupação e por um monte de medo.

— Tem a ver com a sua mãe? — pergunta Iris. — Eu sei da mãe dela — diz ela a Wes.

Ele levanta as sobrancelhas para mim.

Eu contei a Iris sobre minha mãe. Mais ou menos. Contei que ela está presa e que minha irmã mentiu quando me mudei para eu não ser a menina nova com uma mãe criminosa. Mas não contei a Iris quem a colocou lá. Como. Por quê.

Ela não sabe o que minha mãe é. Não sabe das outras garotas. Acha que sou a Nora. Só Nora, e nunca fui Só Nora nem *Só* ninguém. Sempre fui mais. Tramando e sendo mais esperta do que os outros, porque não sei como ser de outro jeito. Não sei o que fazer, a não ser procurar as saídas e aí tramar como fazer o alvo me levar direto a elas.

Iris olha dele para mim, e vejo o momento em que a ficha cai naquele cérebro brilhante que ela tem e que ama quebra-cabeças.

— Eu não sei da sua mãe? — E o fato de que as palavras terminam em tom de pergunta me mata.

— Você não sabe de tudo — respondo baixo.

— Ou seja, não sabe nada — irrita-se Wes. — Porra, Nora. Não acredito...

— Você nunca tentou mandar em mim quando estávamos juntos e com certeza não vai começar agora — rosno. — Se vai ignorar os riscos que estou correndo aqui...

— Que riscos? — quer saber Iris.

Solto uma expiração longa, meu olhar pulando na direção de Casey, que está se esforçando para fingir que não está escutando. Não temos tempo para isto. Precisamos fazer alguma coisa logo ou vamos todos acabar morrendo neste banco.

— Minha mãe está presa, como eu falei. — Não consigo nem olhar para ela. Não estou com vergonha, mas estou furiosa. Não era assim que eu queria contar. — O que não falei foi que fui eu que coloquei ela lá. Porque coloquei meu padrasto lá, e ele é o amor da vida dela, e ela faria qualquer coisa por ele, inclusive preferi-lo a mim. E foi o que ela fez; é esse o motivo de ela estar na prisão, porque não aceitou um acordo que ia ferrar com ele. Agora, se terminamos de desembuchar toda a minha merda, podemos, por favor, me levantar até a saída de ar para, quem sabe, conseguirmos sair daqui vivos?

— Saída de ar? — ecoa Iris, perplexa.

— Ela quer entrar na tubulação e abrir o escritório do gerente por dentro para os ladrões — explica Wes.

O que quer que Iris estivesse sentindo com minha revelação parece desaparecer em um segundo com essa informação.

— Quê? Não! A gente não está em um filme do James Bond!

— Iris, pensa bem — digo. — Eles precisam de algo do escritório. Só quiseram entrar no subsolo e no escritório. Então, podemos supor que tem algo lá de que eles precisam *antes* de chegar ao subsolo. Considerando que os cofres ficam lá embaixo, o que você acha que é?

Ela pisca, sugando o ar, ainda um pouco atordoada com as minhas notícias, e odeio ter jogado isso em cima dela. Mas agora está aí. E ainda estamos só arranhando a superfície do que preciso contar a ela. *Rebecca. Samantha. Haley. Katie. Ashley.* Todas as garotas têm histórias. E todas tiveram consequências.

— Os ladrões precisam das chaves dos cofres que querem abrir — diz ela. — Devem estar no escritório.

— E, se conseguirem as chaves, acha que o líder vai deixar o de boné vermelho simplesmente descer lá sozinho para pegar o que vieram procurar?

Um sorriso lento repuxa o rosto dela.

— Eles não confiam um no outro.

— A gente abre o escritório, eles acham o que querem lá dentro e vão precisar ir *os dois* até o porão. Deixando a gente sem vigia. É, pelo menos, uma chance de sair.

Agora, ela está olhando a saída de ar.

— Podemos abrir a tampa, mas você vai ter que arrebentar a de lá. Eles podem ouvir caindo. Me dá a tesoura.

Entrego a ela, e ela sobe a saia, expondo as camadas de sua anágua antes de cortar uma longa faixa e me entregar.

— Amarra isso na tampa da saída de ar antes de colocar pressão. Se ela se soltar, vai ficar pendurada em vez de cair.

Envolvo no punho como se fosse uma pulseira.

— Iris...

Ela balança a cabeça, me cortando.

— Não é um plano excelente, mas você tem razão. Precisamos nos dar uma chance.

Quero falar alguma coisa, mas qualquer explicação que eu der vai levar um século, e não temos tempo.

— Virem, vocês dois.

Wes franze a testa.

— Por quê?

— Porque vai estar cheio de poeira lá em cima e, se eu não virar minha roupa do avesso, vai ficar óbvio quem abriu o escritório. Queremos que eles fiquem em dúvida.

Os dois se viram, e Casey, no canto, também. Levo só um minuto para tirar as botas e virar a calça e a camiseta do avesso. Vou deixar minha camisa de flanela com Iris.

— Ok. Estou pronta.

— Qual é o plano? — pergunta Wes.

— Imagino que vou levar pelo menos cinco minutos para rastejar até o escritório. Fiquem de olho no relógio. Se eu não voltar em quinze, provavelmente deu errado.

Wes assente.

— Não façam nada que os atraia até aqui antes de eu voltar. Se eles souberem que estou à solta, vão começar a atirar no teto.

— Toma cuidado — diz ele.

Eu me viro para Iris. Ela sorri, mas é um sorriso trêmulo, e quero beijá-la porque e se isso for o fim? E se eles me pegarem? Mas, se eu fizer isso, vai confirmar um talvez-adeus.

— Vou voltar — digo a ela. — E vou te explicar. Tá? Vou explicar tudo.

Ela faz que sim com a cabeça, tensa, e tiro a tesoura da cintura. Wes se abaixa, entrelaça as mãos, me dando um apoio para subir. Ele me levanta e, usando a borda lisa da lâmina da tesoura, solto a tampa da saída de ar, coloco a tesoura lá dentro e entrego a tampa; aí, Wes me levanta mais. Agarrando a tubulação, eu me alço e entro.

15

Abigail Deveraux, também conhecida como Rainha do Golpe (ou minha mãe)

Não sei nem por onde começar com ela. Minha mãe. Justine. Gretchen. Maya. Os nomes são muitos... Quem sabe quantos realmente houve?

Mas o nome verdadeiro dela é Abby.

Eu poderia escrever romances sobre o que ela fez. As lições que aprendi. As merdas pelas quais ela me fez passar. O amor que sinto por ela. O conhecimento que é tão terrível que apaga completamente esse amor. Eu ficaria sem tinta antes mesmo de chegar ao final.

Eu a conhecia, esse que é o negócio. E, quando se vive uma vida como a dela, pouquíssimas pessoas são capazes de dizer isso.

Eu a conhecia, e isso não é bom.

Ela queria filhas que crescessem para ser exatamente como ela. E, em vez disso, acabou comigo e com Lee. Garotas que foram moldadas pelas ações dela, não pelas belas palavras. Garotas que cresceram se equilibrando na linha estranha entre o bom e o ruim. Em seu trabalho, Lee flutua entre o mundo do crime e o da lei. E eu?

Eu não me encaixo em lugar algum. Lee me arrancou antes de nossa mãe conseguir me agarrar por completo, mas ela teve tempo demais para me manipular, e não consegui viver uma vida de verdade. Fui garotas diferentes demais para me compreender profundamente, e não sei o que fazer com nenhuma dessas partes. São todas eu. São todas úteis. São todas um pouco destrutivas... e esse sempre foi meu problema.

Dancei por tempo demais no solo inclinado. Não sei o que fazer comigo mesma quando estou em algo estável.

Minha mãe e eu?

Temos isso em comum.

Temos coisas demais em comum.

16

10h15 (reféns há 63 minutos)

~~1 isqueiro, 3 garrafinhas de vodca,~~ 1 tesoura,
1 faixa de anágua
Plano: em andamento

O duto de ventilação é nojento. Empoeirado e fedido, e respiro pela boca o tempo todo enquanto rastejo adiante, de barriga para baixo, centímetro a centímetro, tentando desesperadamente fazer silêncio e não espirrar.

Deixei as botas para trás — elas fariam muito barulho — e serpenteio entre as teias de aranha e o ar parado, olhando para baixo através das ripas de cada abertura de ar que encontro, contando. Uma, duas, três.

Espio a sala escurecida abaixo de mim, e aí *bam*. Escuto até no teto. Estão tentando estourar a porta. Não entenderam ainda que não vai dar certo? Eu já estaria procurando por um pé de cabra. Ou buscando como arrombar uma fechadura no Google. Tem vídeos e tudo.

Desenrolo a faixa de anágua do pulso e amarro ao redor da tampa. Há um murmúrio de vozes que não consigo distinguir, e as batidas param. Não consigo identificar se há passos. Fecho os olhos e conto até vinte.

Eu me arrasto à frente e enfio o cotovelo no centro da grade de ventilação. Ela sai com facilidade e fica pendurada no ar pela faixa de anágua, enquanto eu a abaixo silenciosamente até o chão. E desço, fazendo uma careta quando meus pés descalços batem no assoalho. Eu me abaixo atrás da mesa, esperando.

— ... não está dando certo — escuto, abafado, pela porta. — Mal deixou marca!

— Foi você que sacou a arma antes de garantir que Frayn estava na sala dele — devolve a voz rouca de Boné Cinza. — Esta bagunça é problema seu. Eu nunca devia ter te trazido.

— Ah, vai se foder.

Mais batidas, desta vez com frustração em vez de propósito. Mas cada explosão irada de som me causa um pico de medo. Estou forçando tanto as costas contra a mesa que vou ficar com o formato do puxador da gaveta impresso para sempre nas minhas costelas.

— Dá um tempo — ordena Boné Cinza, e aí fica silêncio. Graças a Deus.

A sala está escura, a única luz vindo das janelas minúsculas e inacessíveis no topo da sala, que não têm mais de quinze centímetros de largura. Espio por cima da mesa, tentando obrigar meus olhos a se ajustarem. Vejo a sombra de um telefone, e meu coração dispara.

Como não voltam a forçar a porta, não sei se é porque os dois foram embora ou se um deles está do lado de fora, esperando o outro se acalmar e voltar.

Olho de novo para o telefone. *Risco. Recompensa. Risco. Recompensa.*

Agarro e disco o número do celular de Lee. Toca duas vezes antes de ela atender.

— Alô?

— Sou eu — sussurro o mais baixo possível.

— Nora? — A voz de Lee racha. — Você está bem? Onde do banco você está? Wes está com você? A caminhonete dele está aqui.

— Estou nos fundos, onde ficam os escritórios. Wes e Iris estão comigo. São dois assaltantes. Vi duas armas. Uma espingarda e uma semiautomática. Não sei se têm mais. Eles querem os cofres. Estou tentando fazer com que desçam até o porão para a gente poder fugir.

— Nora, eles usaram os móveis para fazer uma barricada na frente — diz Lee. — *Não* tente sair pela frente. Vocês podem não ter tempo para tirar tudo antes de eles voltarem. É um beco sem saída. Não temos como entrar até a SWAT chegar com os equipamentos de explosão. A porra do prédio é uma fortaleza de tijolos.

— Como saímos? — sussurro.

— Tem uma saída no porão. Mas não conseguimos acessar por fora.

Claro. Fecho os olhos. Merda. Hora de jogar o plano do porão pela janela.

— Nora? — chama Lee.

— Eu te amo. — Preciso dizer a ela. Não digo muito. Devia dizer mais.

— *Nora.* — Um alerta de que eu não preciso.

— Vou pensar em algo. — Uma promessa inevitável. — Só... preciso que você use o megafone. Preciso ter certeza de que eles estão longe deste corredor.

— Qual corredor?

— Lee.

— Certo. Megafone. Entendi.

— Preciso ir.

Desligo antes que começo a soluçar ou choramingar. Fico agachada naquele escritório escuro por um momento, o medo me bombardeando como punhos. E espero. Daqui, tão longe do estacionamento, ouço a voz dela diminuta, mas Lee sabe projetá-la, mesmo sem um megafone.

— Tenho informações para vocês sobre seu amigo sr. Frayn. Mas vocês não estão atendendo o telefone.

Os telefones começam a tocar de novo, bem na hora.

Faço esforço para escutar: passos se distanciando. Acho que escuto. Deus, por favor, que seja isso e não só uma ilusão.

Minha única escolha é começar a agir. Não tenho tempo de ser organizada, então, ataco a gaveta dele como um tornado. Onde estão? Chaves de ouro, latão, prata, longas, finas, curtas, preciso delas. Entrei pensando que queria entregar as chaves como um presente, e, agora, a última coisa que quero é que coloquem as mãos nelas. Se entrarem no porão, não vamos sair vivos. Boné Cinza é totalmente o tipo de cara que usaria um refém como escudo humano.

Não há chave alguma em nenhuma das gavetas da mesa de Theodore Frayn. Seus arquivos também não dão em nada. Não tenho muito tempo mais. Os telefones seguem tocando. Boné Cinza ainda não atendeu. *Atenda, seu babaca.*

E, aí, o toque para, e meu estômago se contorce de alívio. Boné Cinza está falando com Lee. Não está bem aqui fora.

Empurro de volta o arquivo, e é aí que escuto o clique metálico embaixo. Puxo de novo, olhando de cabeça para baixo, e lá estão: duas chaves em um aro, grudadas embaixo da gaveta. Uma se soltou da fita adesiva e está pendurada. São das antigas, com o número do cofre gravado. São do mesmo tipo que Lee usou para abrir seu próprio cofre aqui.

Pego as chaves e guardo dentro do sutiã. Estou aqui há tempo demais. Mesmo que haja uma forma de abrir a sala em algum lugar, não tenho tempo de procurar. Tenho parte do que eles querem, pelo menos. Agora, é hora de montar a armadilha.

Primeiro, posiciono a cadeira embaixo da saída de ar. Com minha fuga assegurada, pego uma caneta da mesa e o bloco de post-its. Rabisco duas palavras e grudo no grampeador. Aí, vou pé ante pé até o outro lado da sala, destranco a porta e abro um pouquinho, deslizando o grampeador na abertura para não fechar.

O segredo é chutar a cadeira para o lado enquanto me puxo de volta para os dutos. Assim, ela deslizará para seu lugar exato atrás da mesa, e toda a sala vai parecer intocada. Exceto pela porta aberta e meu bilhetinho.

Uma manipulação mental.

Passo um do meu novo plano.

Se não pode vencê-los, junte-se a eles.

Ou, neste caso, dê um golpe neles.

17

Transcrição de telefonema, Lee Ann O'Malley interage com Sequestrador número 1 (S1)

8 de agosto, 10h20

S1: Vocês estão com Frayn? Ele está aí com vocês?
O'Malley: Sabe, isso seria bem mais fácil se eu pudesse te chamar de alguma coisa.
S1: Quinze segundos, delegada.
O'Malley: Eu não sou delegada. Só para você saber. Sou civil, como você. A não ser... que você nem sempre tenha sido civil.
S1: As palavras saindo da sua boca não têm nada a ver com Frayn.
O'Malley: Bom, eu tenho um oficial da polícia comigo agora. Com certeza, você ouviu as sirenes. E o oficial me informa que o sr. Frayn sofreu um acidente de carro hoje de manhã. Está no hospital.
S1: Você está mentindo. Ganhando tempo.
O'Malley: Não, eu não faço isso.
S1: Bom, então, é uma pena para todo mundo neste banco.
O'Malley: Não precisa ser assim. Tenho certeza de que consigo te dar o que quer que você queira do sr. Frayn.
S1: Já chega.
O'Malley: Vamos falar de...
[*Ligação encerrada*]

18

10h30 (reféns há 78 minutos)

1 isqueiro, 3 garrafinhas de vodca, 1 tesoura,
  2 chaves de cofre
  ~~Plano 1: descartado~~
  Plano 2: em andamento

— Rápido, rápido — sussurra Iris enquanto desço da saída de ar de volta para a sala com eles. — Um dos dois não para de gritar lá fora. Ele está puto.

Saio rolando para longe quando bato no chão, e Wes empurra uma cadeira para baixo do duto.

— Está bem, precisamos mudar o plano — digo, me levantando enquanto Wes sobe apressado na cadeira.

Não há tempo para recato. Casey virou de costas educadamente, mas Wes e Iris estão ocupados e, sinceramente, os dois já me viram só de sutiã, então arranco a camiseta, sacudo para tirar o máximo de poeira possível e a visto do lado certo.

— O que aconteceu? — pergunta Iris enquanto entrega a tampa a Wes.

— Liguei para Lee do telefone do escritório enquanto estava lá. Eles fizeram uma barricada na porta da frente — explico enquanto arranco a calça. Sacudo também.

Visto de volta e, aí, pego minhas botas e minha camisa de flanela.

— Não vamos conseguir sair por lá. A única saída é pelo porão.

— O delegado...

— Não pode fazer nada até a equipe da SWAT chegar.

— Vai demorar horas! — sibila Wes, empurrando de volta a tampa e pulando da cadeira. Entrego a tesoura a ele.

— Tem poeira no meu cabelo? — pergunto, me abaixando para Iris poder verificar. Ela passa os dedos pelos fios, livrando-se de qualquer vestígio.

— O que vamos fazer? — pergunta ela.

— Precisamos separá-los — digo. — Plantar desconfiança.

— Como? — questiona Wes.

Antes que eu consiga responder, escuto um "Que porra é essa?" alto do fim do corredor. E, aí:

— Cheque as salas, agora!

Eles descobriram a porta aberta.

— Vão para o canto — diz Wes, guardando a tesoura no jeans e embaixo da camiseta.

Ele quase pega Casey no colo na pressa de tirá-la da linha de visão. Amontoamo-nos enquanto o rangido de algo improvisado, que é arrastado e bloqueia a porta, enche a sala. Há uma pausa, um silêncio que se estende, insuportável, e então Boné Cinza entra pisando duro, o pescoço vermelho e os olhos queimando.

Uma veia pulsa na testa dele. Vejo-a latejar sob a sombra do boné. Wes respira fundo, como se estivesse tentando ocupar mais espaço para nos proteger, e sinto Casey tremendo, o ombro dela apertado contra a parte de trás do meu braço.

Boné Cinza gruda o post-it na parede à nossa frente, meu *De nada* enfeitado com uma estrelinha, um charme extra.

— Qual de vocês fez isto? — exige ele.

Ninguém se olha. Wes e Iris não sabem o que fazer. Casey está aterrorizada.

Levanto o queixo, depois levanto a mão.

E sorrio.

19

Samantha: graciosa, delicada, recatada

Ser Samantha é o primeiro golpe longo da minha mãe desde meu nascimento. Já tenho idade, ela diz. Já aprendi o bastante.

Fico orgulhosa por ela confiar em mim. Não entendo as consequências. A diferença entre ser alguém por algumas semanas ou meses em vez de ser por anos.

Samantha tem oito anos e usa tranças embutidas duplas, porque as mães no bairro rico para onde Abby nos levou têm tempo para trançar o cabelo das filhas toda manhã.

Ela tem um jogo de chá na sala de brinquedos e uma montanha de bichos de pelúcia. Às vezes, levo um deles para meu próprio quarto e durmo com ele como se fosse algo secreto e vergonhoso. Eu me afasto do conforto sem entender o porquê, já desenhando o limite entre eles e eu. Por que o urso de pelúcia de Samantha me confortaria quando me liberto dela depois de as luzes se apagarem, e só o que existe é a escuridão e a garota que ninguém pode conhecer?

É difícil escapar dela. É difícil segurar-me a ela, na escuridão ou durante o dia. Então, seguro o urso.

Samantha é um teste. Um lançamento suave, por assim dizer. Abby precisa garantir que sou capaz de interpretar o papel de filha perfeita antes de entrar na vida de um homem que queira uma. Então, o alvo dela não é um homem. O alvo é uma mulher — a vizinha, para ser mais precisa; uma mãe chamada Diana, que tem uma garotinha da mesma idade que eu. O marido dela morreu, e o dinheiro que ele lhe deixou é o que minha mãe quer.

Minha mãe, desta vez, é Gretchen, viúva como Diana, o que é verdade, mas também não é. Tantas coisas são verdade, mas não são.

Ela conta a história trágica de um homem que a amava, que morreu cedo demais, antes mesmo de conhecer sua garotinha. Faz aflorar as emoções, e nos encaixamos perfeitamente na casa igual às outras no bairro bege, nas saídas para brincadeiras, nas aulas de balé e nos brownies recém-assados na bancada a cada sexta.

Vou à escola pela primeira vez, e é mais fácil do que eu esperava e mais chato do que eu jamais teria sonhado. Não gosto. Leio um livro embaixo da carteira, mas a professora me chama depois da aula quando me pega, e sei que não devo chamar a atenção, assim, então paro.

Samantha não pode chamar a atenção. Samantha tem que ser perfeita. Graciosa, delicada e recatada.

Minha mãe me dá três palavras para cada garota que preciso ser. Rebecca tinha sido simpática, silenciosa e sorridente.

Quanto mais quieta fico, mais se esquecem de que eu estou ali. E as pessoas — homens, especialmente, percebo — dizem e fazem as coisas mais secretas em voz alta quando acham que você não é importante. Quando você é doce, pega cervejas, corta fatias de limão e nunca incomoda de verdade. Eu não era real para nenhum deles, e, quando você não é real, as coisas que fica sabendo são infinitas.

Mas os homens ainda não são importantes. O alvo de Samantha é. Porque, neste golpe, tenho um papel maior do que jamais tive.

Diana não faz ideia do que fazer com a filha, e não tem interesse em descobrir. Entro na casa para brincar pela primeira vez e, quando saio, entendo por que minha mãe me vestiu com sapatos de couro envernizado, meias de renda e um vestido formal e empertigado que combina com as tranças embutidas amarradas com fitas que caem pelas costas.

Diana quer uma filha como Samantha: enfeitada, com babados e rendas, e muito, muito cor-de-rosa.

A filha dela não é assim. Passamos a maior parte da brincadeira pulando no pula-pula dela, e ela ama dar saltos duplos, embora não devamos. Victoria é destemida e livre de uma forma que as crianças não devem ser, e, a cada segundo que passo perto dela, percebo o quanto somos diferentes. O quanto eu sou diferente de Victoria, e Samantha, e qualquer outra criança que tenha sido criada para viver a infância em vez de fingir.

Quando minha mãe vem me pegar, Diana suspira, dizendo que meu vestido era lindo e como ela queria que Victoria parasse de usar jeans e colocasse um vestido bonito, e Victoria revira os olhos. Quero sorrir para ela, porque também não gosto muito do vestido, mas *Samantha* gosta. Samantha é perfeita. A filha perfeita. Sempre obediente e sorridente. Brincando quietinha no quarto com os bichos de pelúcia e o conjunto de chá, o cabelo dourado angelical caindo pelas costas. *Ela é um doce. Qual o seu segredo, Gretchen?*

Samantha não tem necessidades ou desejos. Ela existe para servir aos de outra pessoa.

Quando estamos na segurança de nossa própria casa, com as cortinas caras fechadas, minha mãe solta meus cabelos das tranças apertadas e, penteando, diz: *Você foi bem, querida*, e o brilho quente do orgulho quase apaga o golpe de culpa quando penso em Victoria revirando os olhos.

Entro com facilidade no papel da filhinha-boneca delicada que Diana quer. Ela me ama, e passa muito tempo parada na porta, vendo Victoria e eu brincarmos. *Você é uma ótima influência, Samantha*, ela me diz, e na hora não entendo muito bem o que ela está de fato dizendo. Não entendo do que ela tem medo.

Imagino que Diana ficaria surpresa em saber que foi a menina vestida de babados que acabou descendo pelo arco-íris na direção da capital bissexual. Se bem que, vai saber, talvez Victoria tenha tornado realidade os piores medos da mãe. Eu meio que espero que não, porque, olhando em retrospecto, Diana parecia o tipo que diria *na minha casa, não*, e deserdaria a filha. Na época, eu não conhecia muita coisa — e não conhecia a mim mesma — e não enxerguei a preocupação cifrada nela, mas minha mãe, sim. Minha mãe cria Samantha para atiçá-la. É doente. É perverso. É perigoso.

É minha mãe, em resumo.

Minha mãe se enfia habilmente na vida de Diana; na maioria das manhãs, elas tomam café juntas, deixando Victoria e eu na escola enquanto vão fazer ioga, depois resolver tarefas, então, um dia, minha mãe casualmente menciona uma ideia de negócios que tem, uma loja de tricô, e Diana cai que nem um patinho.

Minha mãe é boa; há listas de estoque, e elas visitam lojas e falam de cadeia de suprimento, é tão convincente. Minha mãe é o tipo de sistema de apoio de que Diana precisa, e eu sou tão perfeita. Sou o tipo de filha que ela quer, o tipo que ela imaginou que teria, suave por dentro e por fora, que costuraria suas próprias roupinhas de boneca e não daria saltos duplos no pula-pula nem correria alegre pelo cinturão verde atrás das nossas casas até os carrapichos grudarem no seu jeans e eu precisar me abaixar e arrancar um por um das barras de Victoria, porque Samantha não gosta de desordem.

— Por que ela não pode só ficar feliz? — pergunto para minha mãe um dia. — Victoria é legal. Ela não arruma problemas. Por que ela quer alguém diferente?

— Quase nunca somos felizes com o que temos — ela me diz, uma de suas verdades universais.

Meu estômago se revira.

— Você está feliz comigo?

A maioria das mães correria para reassegurar a filha. Não iam nem parar e pensar.

— Você está aprendendo muito rápido — responde ela. — Mais rápido do que a sua irmã. Mais rápido do que eu. — Ela se inclina na minha direção e alisa meu cabelo. — Você tem talento natural. Vamos ser algo, querida.

Não é uma resposta, e ela me afiou, mesmo tão jovem, para ver isso. Mas sou jovem demais para entrar no jogo em que ela me enfiou.

Não serei por muito tempo.

20

10h36 (reféns há 84 minutos)

~~1 isqueiro, 3 garrafinhas de vodca, 1 tesoura,~~
    2 chaves de cofre
~~Plano 1: descartado~~
Plano 2: talvez funcionando

Ele me arrasta pelo corredor pela parte de trás da camisa. Iris grita meu nome, e o som me machuca mais do que meus joelhos contra o carpete.

— Fique aí e cuide deles — ordena ele a Boné Vermelho, e a raiva em sua voz é o bastante para impedir que Boné Vermelho faça qualquer coisa que não obedecer.

Fico com o corpo mole. Não luto. Deixo que ele me puxe como uma boneca pelo chão e me jogue no saguão. Então, estou caída, com a bochecha no azulejo frio, e rolo para longe e me levanto antes que ele tente me chutar. Eles sempre tentam fazer isso. É como se não conseguissem resistir. Ficar de pé dói, mas ser chutada nas costelas também.

Eu não estava esperando esse nível de raiva. O que Lee dissera a ele? Ela deveria saber que não podia contrariá-lo, então, o que quer que tenha dito, não percebeu que era uma granada.

Isso era ruim. E se eu também puxasse o pino?

Estamos a menos de um metro de distância, e vejo as portas da frente daqui. Eles apoiaram os armários grandes dos fundos contra elas, bloqueando-as completamente, preparando o refúgio por bastante tempo.

O que quer que haja naquele cofre é importante.

— Você se acha esperta? — pergunta ele.

— Acho que quero sobreviver... e vocês queriam entrar naquele escritório.

Ele solta uma respiração que pode ser, em outra realidade, uma risada sem humor. Percebo que ele não está com a espingarda. Há uma arma em seu quadril, mas a espingarda está fora da jogada.

Onde está? Com Boné Vermelho?

— Preciso admitir, menina, você é corajosa. Não tem porra de bom senso nenhum. Mas tem coragem.

— Só estava dando uma mãozinha.

— Muito bacana da sua parte, considerando que vou atirar em você e nos seus amigos.

Ouvi-lo dizer isso é como um soco no estômago. Confirma meus piores medos. O que eu sabia, lá no fundo, no segundo que vi que não estavam usando máscaras.

— Gostaria de evitar isso, se possível — digo, e, cacete, como sai com tranquilidade.

Ele bufa outra vez. Atraí seu interesse. Meu olhar não vacila. Se você pisca demais, eles ficam nervosos. Se eu demonstrar medo, ele vai se alimentar disso. Ele gosta. Mas está interessado no fato de eu não ter medo dele, porque está interessado em me *fazer* ter medo.

— Quem é você? — pergunta ele, e sei que não está querendo saber meu nome. Essa pergunta é algo mais.

Essa pergunta é *Por que você se arriscou* e *Por que não está chorando* e *Por que não está tremendo* e todas as perguntas que, no fundo, se resumem a *Qual a porra do seu problema, Nora?*. E, tipo, cara, você não faz ideia. Você não é nem a pior coisa que me aconteceu, e saber disso é o que me mantém de pé.

Já sobrevivi a coisa pior. Não sou inocente de pensar que, só por esse motivo, vou sobreviver a isto. Mas posso tentar.

Olho de relance para a mesa de centro, ainda com todas as nossas bolsas e telefones.

— Preciso do meu celular para te responder isso.

Ele me olha com os olhos apertados por um momento, aí vai até a mesa com nossas coisas empilhadas.

— É o da capinha azul.

Ele pega e traz.

Levanto o dedo, e ele o pressiona na tela para destravar o telefone. Não faço esforço para agarrar o aparelho, para ele não pensar que é uma tomada de poder ou um truque, embora seja com certeza uma tomada de poder.

— Tem um arquivo na segunda página do menu. Chamado Miscelânea. A senha é TR, sinal de dólar, 65.

Inspirando e expirando, rezo para meu coração não estar irrigando rápido demais levando o sangue ao meu rosto. Se eu ficar vermelha, ele vai notar.

Vejo o exato momento em que a galeria carrega. Porque as sobrancelhas dele se unem, e aí seus olhos se levantam e abaixam. Confirmando que a menina loira nas fotos é a mesma que a menina morena mais velha na frente dele.

— Sim, sou eu — digo.

— E esse é...

— Sim, é ele — confirmo.

Então espero a pergunta que vem depois. Aquela que Boné Cinza tem que fazer, porque todo mundo conhece o rosto daquele homem, e ninguém conhece o meu. Lee garantiu que eu estivesse bem longe, parecendo outra garota, antes de os tabloides e repórteres ficarem sabendo da prisão do FBI e dos boatos iniciados por uma garota que talvez exista, talvez não.

— Por que você tem uma galeria de fotos com você e Raymond Keane?

Inspiro. Não fundo, não de forma óbvia, só faço uma pausa. Na minha mente, imagino um espelho. *Ashley. Meu nome é Ashley.*

— Porque eu sou Ashley Keane. Ele é meu padrasto.

— 21 —

O Açougueiro

O que posso dizer sobre Raymond Keane?

Os tabloides que agarraram a história o chamavam de Açougueiro de Bayou. É de se imaginar que isso diz tudo o que é preciso saber sobre ele, mas é só o começo.

Ele era intocável. Um empresário, um banqueiro, um traficante — não só de drogas, mas de segredos. Doava às instituições de caridade certas, molhava a mão dos políticos certos, sabia segredos das pessoas certas e tinha saído de um pântano e subido até uma McMansão nos Keys.

Quando minha mãe conheceu Raymond, eu tinha dez anos. Nessa época, ela se sentia com a própria idade, embora não parecesse. Ainda assim, naquele ano, tínhamos passado por dificuldades — ela desistira do golpe no proprietário da concessionária de carros — e nós duas estávamos nos matando para conseguir algum dinheiro para recomeçar. Eu me sentia culpada o tempo todo, porque ela largara o último golpe pela metade por minha causa. Tinha sido a coisa mais maternal que ela já fizera, e o brilho disso me deixava fraca, em vez de cautelosa.

Devia ter me deixado cautelosa. Já estava escaldada, mas... eu precisava de uma mãe. No entanto, dois anos morando com Raymond Keane arrancou esse impulso de mim.

Nem foi um golpe. Talvez eu pudesse ter aceitado se ela o estivesse enganando. Talvez meu bem-estar importasse mais, porque, antes, uma vez, tinha importado.

Mas não, Raymond nunca foi um alvo.

Raymond era *amor*. Amor real, de subir pelas paredes, *nunca pensei que fosse achar alguém como ele, meu bem.*

Eu não tinha chance. Eu era só a filha. Ela já tinha renunciado uma filha sem nem pensar.

Eles se casaram em seis meses.

Na época, tudo pareceu dar errado em apenas uma noite. Mas, hoje, consigo ver os sinais do que estava por vir.

Da primeira vez em que ele me machucou, era meu aniversário. Veio do nada. Ele estava preparando aquele momento havia meses. Como essas duas coisas opostas podiam ser, simultaneamente, verdade? Ainda não sei. Só sei que, no durante — no duradouro —, parecia que eu não conseguia respirar, não conseguia nem inspirar fundo, quanto mais abrir a visão o bastante para ver que, o tempo todo, eram as mãos dele me estrangulando.

Acho que eu não tinha demonstrado o bastante que gostava do presente que ele me dera. Ele gostava de se mostrar. Amava a ideia de ser a figura paterna forte. A figura paterna dura. Amava a ideia de uma família perfeita, já pronta. A esposa linda, a enteada loira bonita, ambas amarradas com um laço de fita. Mas, se você não reagisse exatamente como ele imaginara, aqueles laços ficavam apertados.

Ele não me bateu nem me socou. Ele me *empurrou*. Do sofá, exatamente de joelhos, e meus pulsos doeram com o impacto no dia seguinte. Bati a cabeça na mesa de centro e levei segundos, ou talvez minutos, para perceber que a coisa quente e grudenta na minha pele era sangue.

Quando ela deu um grito, ele bateu nela. O tipo de soco que, na época, eu não sabia — mas aprenderia — que chacoalha os dentes na sua cabeça e enche sua boca de um sabor acre que não dá para cuspir nem lavar.

E, em vez de fazer o que ela *sempre* dissera que faria se alguém batesse na gente — fazer as malas, ir embora na hora, recomeçar em outro lugar, com um novo alvo —, ela só se encolheu.

Eu nunca tinha visto minha mãe, em sua manipulação precisa e sua graça de bailarina, nem tremer antes. Isso me assustou ainda mais do que o sangue na minha boca, então, quando o punho dele foi para trás para dar mais um golpe...

Eu não fui forte nem corajosa. Tinha acabado de fazer onze anos, fiquei assustada e fugi.

Deixei-a ali e me escondi no meu quarto, tremendo pelo que pareceram *horas* até, finalmente, haver uma batida na minha porta e uma voz tentando me convencer. *Querida, pode sair, tá? Ele pediu desculpas. Não foi de propósito. Ele quer compensar pelo que aconteceu.*

Era um clássico. Mas, na época, eu não sabia, porque algum nível de perigo nos homens que ela trazia para conviver comigo era certo. Era meu normal.

Mas ela não ir embora quando o homem se torna uma ameaça era novo. O novo normal.

Porque Raymond era amor.

O amor vence tudo; meu bem.

E venceu — venceu ela.

Mas eu me recusei a deixar que vencesse a mim também.

Parte dois

A confiança é uma lança

(Os 72 minutos seguintes)

22

A original

Para entender Ashley, você precisa conhecer Katie. E, para conhecer Katie, você precisa conhecer Haley. E, para Haley existir, Samantha precisou vir primeiro, como treino, e, antes de Samantha, houve Rebecca. Mas, antes de Rebecca havia...

Uma garota.

Ela tem um nome. Mas fui criada para mantê-lo guardado, como um tesouro secreto.

Ela já foi a filha de alguém. Mas envelheceu o suficiente para virar uma distração conveniente. Um pouco mais velha, e se tornou uma ferramenta. Só um pouco mais, e era uma isca.

E quando tivesse idade o bastante? Aqueles anos lá na frente, que acabavam com dezoito velinhas?

O golpe evoluiria. Filhas perfeitas não são necessárias para sempre. Elas crescem.

E viram presas perfeitas.

Há uma escolha quando você sabe que seu destino é ser caçada, engolida, usada.

Você pode ceder como se fosse inevitável ou pode virar a mesa.

Fui criada para uma espécie de abate. Mas virei, em vez disso, uma caçadora. Que sempre acerta o alvo. Independentemente do que aconteça.

Rebecca e Samantha foram um treino.
Haley e Katie eram coisa séria.
E Ashley?
Bom, ela era perigosa.

— 23 —

10h45 (reféns há 93 minutos)

~~1 isqueiro, 3 garrafinhas de vodca, 1 tesoura,~~
   2 chaves de cofre
~~Plano 1: descartado~~
Plano 2: talvez funcionando

— **Ashley Keane** — diz. Ele me avalia, e permito, sem deixar o medo que faísca sob minha pele transparecer. — Puta merda. Achei que você fosse uma porra de um mito.

— Não achou.

Ele dá de ombros.

— É o que todo mundo diz.

Fico olhando o pedaço de atadura elástica saindo por baixo da manga da camiseta dele.

— Você está cobrindo uma tatuagem de prisão, né?

Ele consegue se impedir antes de levar a mão ao bíceps, mas é por pouco.

— Mas não é acanhado o bastante para ter sido preso recentemente. Já saiu faz pelo menos alguns anos.

Ele só me observa. *Prossiga com cautela*. Vai saber o que o incitou quando Lee falou com ele.

— Se você estava lá há alguns anos... um cara durão que nem você? Deve ter conhecido as pessoas certas. Então, teria ouvido falar de mim — continuo. — Mesmo aqui tão longe.

A boca dele se contrai de leve. Ele não consegue impedir. Claro que ouviu.

— Tem um prêmio pela sua cabeça — fala, enfim.

— Você pode dizer logo que ele mandou me matar. — Dou de ombros. — Não precisa ser todo arcaico e falar como o Xerife de Nottingham.

— A zombaria é um tique nervoso ou algo assim, menina?

— É você quem está usando termos que deveriam ficar nos tempos medievais. Talvez eu tenha me enganado... Talvez você tenha ficado preso por mais tempo do que eu pensei.

Ele revira os olhos.

— Da última vez que fiquei sabendo, ele queria que você fosse entregue viva.

Sorrio. *Faça o alvo corrigi-la. Ele vai se sentir inteligente.*

Homens amam se achar mais inteligentes que os outros. E já sabem, claro, que são mais inteligentes do que meninas adolescentes. Praticamente todo mundo acha que é mais inteligente do que uma adolescente. É por isso que isso é tão poderoso, se você souber usar essa suposição, que é, na verdade, um erro gigantesco.

— Acho que você tem razão: não mandou me matar exatamente. Na verdade, é um monte de dinheiro por uma excursão prolongada para entregar a mercadoria. E é por isso que é melhor você parar de apontar esse negócio para mim. — Olho para a arma. — Porque, se você me matar e ele ficar sabendo, vai ficar puto. Além do mais, se você me matar, vai deixar de ganhar em dobro. Você pode roubar o cofre *e* me levar.

Nem menciono Boné Vermelho, porque quero ver se ele vai mencionar. (Sei que não. Já saquei. Ele já está planejando sacanear o cara.)

Boné Cinza flexiona os dedos na arma, olha para baixo e de novo para mim.

— E você simplesmente vai vir na boa?

— Se eu puder escolher entre *morta agora* e *talvez morta depois*, vou escolher o segundo. Especialmente porque este seu assalto ferrou com os meus planos para o verão.

— Ah, é?

— Por favor, você acha que aquele dinheiro que eu trouxe era mesmo para um abrigo de animais? — pergunto, com desdém pesado na voz. — Pareço o tipo de garota que passaria o verão levantando dinheiro para o sr. Miau?

Ele levanta uma sobrancelha.

— O cara lá dentro? Com quem eu estava? O pai dele é rico — falo. — E é bem descuidado em trancar o cofre, e agora você está fodendo com meu golpe de verão. Só precisava de mais alguns trabalhos e estaria finalmente me mandando daqui e fugindo da minha tia, com quem estou presa desde a coisa toda com Raymond. O "dinheiro para o abrigo de animais" fazia parte disso. Agora vai ser confiscado como prova quando tudo isto acabar e seu parceiro inevitavelmente tiver estragado alguma coisa e te feito tomar um tiro ou ser preso.

Reviro os olhos, a mescla de adolescente contrariada e golpista girando em meu cérebro. Não sou Ashley no momento. Ashley era... bom, Ashley era assustada. E, depois, um pouco traumatizada. Aí, ficou violenta.

Não sei quem é esta garota. (Sou eu? Me livro do pensamento assim que ele chega.)

— Então eu estraguei seu golpe? — pergunta ele, a voz pingando condescendência, e sei que eu tinha razão.

Ele é como Raymond. O tipo patriarcal. Gosta de garotas malcriadas. Gosta de línguas afiadas.

Gosta de calar a boca delas. Gosta de fazê-las sangrar e de quebrá-las. Posso acabar isto aqui ensanguentada, mas não vou ceder.

Ele é só mais um alvo. E eu sobrevivi a todos os outros. Vou sobreviver a ele. Digo isso a mim mesma aqui e agora. Faço um juramento, porque, a cada segundo que fico a sós com ele, é mais perigoso.

— É, você estragou meu golpe — confirmo. — Podia, pelo menos, pedir desculpas — resmungo, quando ele solta uma risada curta.

— O cara com a arma nunca precisa pedir desculpas — diz ele, e meus dentes se apertam quando ele a agita à frente. *Lembre-se de quem está no comando.*

Ele pode estar no comando, mas eu vou acabar no controle. É a única saída.

— Então, o que tem no cofre? — pergunto. — Ou é bom o suficiente para fazer você se juntar com aquele gênio de boné vermelho ali — outra contração da boca —, ou está desesperado o bastante para aceitar o pior dos piores de nosso meio criminoso. E não estou falando no bom sentido.

— Acho que é hora de você parar de falar.

— Eu já entrei no porão — digo, forçando a barra. Preciso semear o caminho para os espinhos crescerem. — Se eu fosse você, trocaria a melhor refém que você tem por um kit de soldagem e começaria a derreter aquelas grades. Abra à força o cofre que você está procurando. Aí, vai ficar bem. Quer dizer. Melhor.

— Vou adivinhar: a melhor refém é você — desdenha ele.

— Nossa, não — respondo e, quando continuo, é a verdade completa. — Eu tenho *algum* valor. É por isso que você não devia atirar em mim. Mas sua melhor refém é a criança. — Outra verdade, mas não no sentido que ele acha. — Ela é minúscula, assustada e tal. Se você trocar a vida dela pelo equipamento de soldagem, o delegado vai achar que você está cooperando e vai dar o que você quer, porque imaginam que não tem como você sair daqui. Eles ganham tempo para a SWAT aparecer, porque devem ter tipo uns seis caras lá fora: os cortes no orçamento destruíram totalmente o departamento.

— Anda de olho na força de segurança local?

— E você não? — Outro olhar incrédulo e arrogante. Ele vai querer me colocar no meu lugar. Só mais um empurrãozinho.

Mas, antes que eu possa continuar incitando-o, ele olha por cima do meu ombro, e fico tensa. Passos. Boné Vermelho voltou.

— A garota de vestido não para de falar que vai vomitar em cima de mim se eu não contar o que está acontecendo — reclama ele a Boné Cinza. — E ela está fazendo barulho de náusea. Acho que vai vomitar mesmo.

Iris Moulton é uma porra de um presente para o mundo, vou te falar. Ela *vai* totalmente vomitar nele.

— É sério isso?

— Eu tenho um problema com vômito! — protesta ele.

— Volte agora pra lá para vigiar eles! — irrita-se Boné Cinza, mas solta uma respiração frustrada, guarda a arma e agarra meu braço. Vou atrás dele para ele não me arrastar outra vez, porque é quinze centímetros mais alto, com o tipo de músculo e personalidade que aparecem quando você está tomando bomba. Ele rosna algo para Boné Vermelho enquanto me puxa. Acho que é *Idiota de merda*, mas estou concentrada nele e em seu controle, que está por um fio.

Boné Cinza está acostumado a ser um lobo solitário.

Eles são perigosos, os lobos solitários. Arrancam a própria perna a dentadas para se livrar de uma armadilha. Consigo ver isso em Boné Cinza, o brilho de *Estou pouco me fodendo, vou fazer o que precisar*, que nunca é bom, a não ser quando aplicado em uma situação de vida ou morte. Exceto que, neste caso, é a vida dele e a morte é minha e dos meus amigos. Então, estamos fodidos, a não ser que as sementes que plantei floresçam em espinhos afiados disfarçados de flores tentadoras. Você colhe uma e o espinho o fura em uma punhalada. Ele arrasta a mesa que está bloqueando a porta enquanto ainda me segura. Mas não abre a porta. Em vez disso, vira-se para mim.

— Chega de ajudar — ordena. — E, quem sabe, eu não atire em você.

— Tá bom.

Então acontece. Ele me olha de cima a baixo, realmente absorvendo. Não pisco nem vacilo, embora esteja com comichões e meu coração clame como um sino: *corra*. Simplesmente deixo que ele faça isso antes de ouvir a pergunta que me prova que as sementes que plantei criaram raízes.

— Você fez mesmo o que dizem?

Espero um segundo. Uma respiração. É preciso escolher seu momento. Meu sorriso, quando vem, é lento. Doce no início, depois quase sinistro, porque se afia e vira algo que não devia estar no rosto de uma garota tão linda. Ele está transfixado, e seus dedos involuntariamente se apertam no meu braço. Mais alguns segundos, e ele vai estar todo arrepiado.

Eu sou boa a esse ponto. Ou talvez seja ainda mais perigosa.

— Não — digo. — Eu fiz mais.

24

O mito *versus* a garota

Eis o que o mundo comum sabe de Ashley Keane: ela é um fantasma. Um nome apagado em um monte de arquivos do FBI e algumas peças processuais. É uma interrogação que nunca foi respondida durante os julgamentos. Havia uma filha? Era só um boato? Outra mentira da minha mãe? Ashley existia mesmo? Ela fez o que dizem que fez?

Há sites dedicados ao mistério. Aparições. Discussões. Esboços de como ela poderia ser na época, como poderia ter envelhecido. Tantas teorias, nenhuma nem perto de verdadeira.

Minha mãe ficou calada sobre mim, o acordo de Lee com o FBI nos deixou livres e furtivas em todos os sentidos. E Raymond?

Raymond não queria que o FBI soubesse o que fiz. Ele não queria ninguém me procurando, a não ser que fosse em nome dele. Porque Raymond tinha uma nova missão na vida atrás das grades: ficar livre para poder me achar e me matar.

Eis o que o mundo do crime sabe de Ashley Keane: ela é uma X-9. Uma chave de cadeia bonitinha que virou mortal. Uma *femme fatale*, loira, cintilante e de boca cor-de-rosa, que estripou a operação de Raymond Keane com um aceno do dedinho pré-adolescente. Eles a sexualizam, todos os homens que falam dela e a procuram. No mais, ela lhes mete medo, porque fez o que eles jamais teriam coragem de fazer.

Há um preço pela cabeça de Ashley Keane — e seu padrasto querido vai pagar praticamente qualquer coisa por ela. Nem sei se, neste ponto, ele liga que esteja presa ao meu corpo. Sei que ele preferiria, mas, por enquanto — e por muito mais tempo do que Raymond imaginou —, me esquivei da busca por Ashley. Então, virei uma obsessão: Raymond Keane precisa levar a melhor sobre a garota que levou a melhor sobre ele.

Eis o que eu sei sobre Ashley Keane: ela tinha doze anos. Estava com medo. Foi acuada. E fez o necessário para sobreviver.
Mas houve consequências. E elas ainda poderiam me matar.

— 25 —

10h58 (reféns há 106 minutos)

1 isqueiro, 3 garrafinhas de vodca, 1 tesoura, 2 chaves de cofre
~~Plano 1: descartado~~
Plano 2: em andamento

— O que ele fez com você? — pergunta Iris quando entro de volta no escritório e a porta se fecha.

Estendo a mão e esperamos um momento, o arranhar da mesa começando e parando quando estamos bloqueados de novo.

— Você está bem? — quer saber ela, e, ao mesmo tempo, Wes diz:

— O que você fez?

Duas perguntas bem diferentes, vindas de duas pessoas bem diferentes, direcionadas a duas garotas bem diferentes. Wes conhece a verdadeira. Iris está prestes a conhecer.

Meu coração chacoalha na costela com o pensamento. Com a memória de como Wes reagiu ao descobrir.

— Você está bem, Casey? — pergunto, em parte para me distrair do inevitável.

Ela está sentada em um canto, os joelhos encolhidos. Faz que sim com a cabeça.

— Segura firme. Está quase acabando.

Wes puxa uma respiração.

— O que você fez? — repete ele, todo intenso e franzindo a testa. Ele vai detestar isto, mas não consegui pensar em nenhum outro jeito.

— Me tornei a coisa mais valiosa deste banco.

Ele endurece. Praticamente pula para longe de mim.

— Você não fez isso.

— Tive que fazer.

— Você contou para ele?

— Ele já foi preso. Sabe o quanto ela vale. Então, mostrei a prova.

Iris olha de Wes para mim como se estivéssemos em uma partida de tênis, mas ele só tem olhos para mim.

— E o que eu devia ter feito? — pergunto, porque não sei.

Minha única arma aqui é a verdade. Não sou mais a perfeição loira cuidadosa. Não sou mais fofa nem tímida como as garotas que fingia ser. E Ashley... Ela começou pequena. Começou fofa. Começou como mais um estereótipo de filha perfeita. Mas se transformou em lenda no meio da lama. No pesadelo de alguns homens.

— Eu não sei o que você devia ter feito — diz Wes. — Mas até eu sei que expor sua identidade secreta é uma péssima ideia.

— Ele está a cinco segundos de atirar em alguém — falo em um sibilo sussurrado para Casey não ouvir. — Precisei jogar alguma coisa. Eu não tinha mais nada.

— Dá para vocês dois por favor pararem com essa linguagem secreta de melhor amigo e me contar o que está acontecendo? — diz Iris.

— Caralho. — É Wes, não eu, quem diz, embora eu sinta o mesmo. Ele esfrega a testa como se fosse ele que estivesse prestes a desembuchar seus segredos mais profundos e sujos.

— Você está no programa de proteção à testemunha? É isso que está rolando? — perguntou Iris.

Wes solta uma respiração que é quase uma risada, e olho feio para ele. Eu sei por que ele está rindo.

Ele me perguntou exatamente a mesma coisa.

— Você não está ajudando.

— Tá. Tem razão. Desculpa. A história é sua.

O negócio é que a história *é* minha. Mas, em parte, agora também é dele. Porque eu o amava. Porque ainda o amo, só que de outro jeito. Porque Lee e eu deixamos Wes ser parte da família de um jeito que nunca deveríamos ter feito. Porque eu não só contei a verdade a ele, mas o envolvi nela.

Olho para Iris, e ali está ela, e aqui estou eu, e eu queria que fosse mais fácil. Wes descobriu quando o caos reinava ao nosso redor e o sol brilhava vermelho no céu com fumaça de incêndio florestal, como uma espécie de alerta doentio. Ele descobriu, e gritamos, choramos, quebramos em tantos pedacinhos que levaram meses para a gente se colar de volta em Franken-amigos.

Eu queria contar a Iris de um jeito que fosse o contrário disso. Tinha sonhado com paz e tranquilidade; nada de sol vermelho-sangue gritando *corra*. Eu não queria mais lágrimas. Estou tão cheia de chorar por elas... aquelas garotas, o que aconteceu com cada uma delas. Minha mãe e no que ela me enfiou... como saí a dentadas.

Mas nunca seria fácil, e agora chegou o momento, e é no meio de um assalto a banco, porque é claro que é. Então. Lá vamos nós. Aperte os cintos, Nora.

— Minha mãe é uma golpista — começo. Frases curtas, baseadas em fatos.

Atenha-se aos fatos. Talvez, assim, minha voz não trema.

— Ela dá golpes do baú. A versão dela. Tem como alvo homens que não vão procurar a polícia porque seus negócios já são obscuros... e eles também.

— E você a colocou na cadeia?

— Sim.

— Tá, então, por que estavam falando de identidades secretas? — Ela direciona a pergunta a Wes, mas os dois me encaram. As rugas na testa dela se aprofundam. — Se ela é golpista, então você...

Ela lambe os lábios; o gloss dela tem gosto de frutas vermelhas, mas nunca um sabor específico, e sou tomada pela noção de que talvez nunca mais sinta a mescla de doce de frutas e ela.

— Você não é quem diz ser.

Ela quase suspira ao dizer, e a expressão em seu rosto me faz sentir como se alguém tivesse enfiado um boleador de melão afiadíssimo no meu estômago e começado a arrancar bolinhas.

Olho para Casey por cima do ombro. Não posso contar a história toda. Não com a menina na sala. Contar a Iris já é ruim o bastante.

— Eu...

Mas preciso parar, porque todos ouvimos: vozes se elevando no corredor.

— Eles estão discutindo — diz Wes, bem baixinho.

— Isso é bom. — Iris dispara à frente e aperta a orelha contra a porta, ouvindo com atenção. Consigo distinguir alguns palavrões, e vem o silêncio de novo.

Fico me perguntando se funcionaram. As sementes que plantei. Se sim, preciso preparar Casey. Rápido.

Ela precisa dar uma mensagem a Lee por mim.

26

Haley: humilde, fiel, modesta
(em três atos)

Ato 1: Feche os dedos

— **O nome dele** é Elijah — ela me diz enquanto escova meu cabelo no espelho e lança um olhar para o site que abriu em seu notebook.

Está em um blog chamado Vida Feliz, Esposa Feliz, cheio de fotos de garotas sorridentes, de cabelo comprido, com idades próximas, usando vestidos iguais e parecendo pequenas versões de sua mãe sorridente, de cabelo castanho-escuro e comprido.

— E o filho dele é o Jamison — continua ela, começando a trançar meus fios no estilo meio-preso das meninas do blog.

Percebo que estou encarando a menina com a idade mais próxima da minha, em vez de ouvir o que minha mãe está dizendo.

— Haley? Haley! — Ela puxa forte meu cabelo.

— Ai!

— Você precisa prestar atenção — ordena ela. — Vamos à igreja dele no domingo.

— Desculpa — murmuro, voltando minha atenção ao reflexo no espelho.

— Me diz — solicita ela, gentil.

— Elijah Goddard — recito dos arquivos que ela me fez decorar. — Quarenta e dois anos. Começou na pastoral da juventude, em um ministério pequeno no Colorado, que transformou em um negócio milionário.

— O evangelho da prosperidade é o melhor golpe. — Ela balança a cabeça. — Se eu fosse homem, teria entrado para a igreja. Imagina o dinheiro que a gente ganharia.

— Você prega do seu jeito — aponto, e isso a faz rir, o que dispara um calor no meu peito. Ela quase nunca ri com sinceridade. Estou acostumada à risada falsa: leve, rouca e ensaiada, um som de tentação, não alegria.

— Continue.

— Jamison Goddard, onze anos. A mãe dele morreu em um acidente de carro quando ele tinha cinco anos. Elijah nunca se casou de novo.

— Até agora. — Minha mãe sorri. — É bem direto: o golpe longo mais simplificado possível para a sua primeira tentativa real. Você vai ser muito fofa e educada com Elijah, mas sem chamar atenção demais, a não ser que eu dê o sinal. *Seu* trabalho é manter Jamison ocupado.

— Como faço isso?

Ela me concede outro sorriso; gosta quando faço perguntas. Gosta de compartilhar seu conhecimento comigo.

— Preste atenção quando você o conhecer. Se ele sorrir, você vai saber usar isso até ele ficar a fim de você ou, se ele começar a agir que nem um merdinha, você pode aproveitar isso também.

Minhas sobrancelhas se juntam.

— Como assim?

— Todo valentão precisa de alguém com quem fazer bullying, querida. E você é durona, né? Consegue aguentar o que ele jogar em você.

Passo a língua pelos lábios. Meus dedos roçam no dedão antes de eu responder. Para a frente e para trás, para a frente e para trás.

— Claro — respondo.

Ato 2: Não esconda o dedão

Jamison Goddard é o principezinho dos Ministérios Mountain Peak. O menino dos olhos do pai. O líder do grupo de jovens meninos.

Não é só um merdinha ou um valentão. É uma porra de um terror. Nunca escutou a palavra *não* sem forçar para tirá-la da frente.

Ele não me nota de imediato. Haley deve ser meio dócil, com a cascata de cabelos dourados, os vestidos modestos e a cruzinha branca e dourada que usa no pescoço. Então, no início, ele não me nota. Nesse tipo de cristianismo, as garotas são tratadas como inferiores de formas discretas e óbvias (no mundo inteiro, vamos ser sinceras).

Faço o que minha mãe pede: deixo a reação dele guiar minhas ações. Fico pelas beiradas naquela primeira quarta-feira e no domingo que se segue, observando, sorrindo docemente e falando com suavidade quando falam comigo. Mas, na quarta seguinte, avanço. Chego cedo, antes de qualquer um, exceto Michael, o pastor da juventude, que tem um cavanhaque que precisa muito raspar, porque não o deixa tão descolado quanto ele pensa. Mas não digo isso a ele. Ajudo-o a dispor as cadeiras e me certifico de me sentar no lugar em que vi Jamison recebendo seus súditos.

Eu o observei; ele rouba pedaços de pizza do prato dos amigos e ninguém nem pisca. Riu duas vezes no último encontro: uma quando alguém fez uma piada de peido — minha mãe diria *isso mostra que ele é menino* — e uma quando Michael tropeçou na cadeira — o que me diz que ele é cruel.

Então, deslizo para a cadeira que ele acha que é dele e espero como um canário em uma mina que já sei que é tóxica.

Ele me nota no segundo em que entra na sala. Os pelos do meu braço se arrepiam. Algo dentro de mim sussurra: *Fuja*.

É a primeira vez que ignoro o instinto.

— Você está no meu lugar — diz ele.

Meus olhos já estão arregalados, mas arregalo ainda mais, como uma boneca.

— Ah, não, me desculpa. — Levanto-me na mesma hora, indo algumas cadeiras para o lado e, para realmente reforçar, hesito na frente da cadeira nova e olho para ele. — Posso ficar nessa? — pergunto, como se precisasse de sua permissão.

Ele faz que sim e, quando se vira de volta aos amigos, vejo o sorrisinho.

Abby tem razão: todo valentão precisa de alguém com quem fazer bullying.

Então, torno Haley o alvo perfeito, e ele cai que nem um patinho.

O golpe demora séculos, porque Elijah está mais preocupado com as aparências do que outros alvos. Ele se recusa a assumir o relacionamento — Jamison nem sabe ainda. Haley não deve saber, mas, claro, recebo um relato passo a passo de cada um dos encontros, além de um detalhamento do que minha mãe fez para se enfiar mais na vida dele.

Quando ela vê os hematomas no meu pulso, arqueia uma sobrancelha.

— Que merdinha — murmura. — Você consegue dar conta dele, querida?

— Está tudo bem. — Puxo a manga do cardigã para me cobrir direito.

Não está tudo bem. Jamison tem dez centímetros e três anos a mais do que eu. E, mesmo que não tivesse, não tenho permissão para me defender. Haley não sabe dar um soco. Uma garota como ela esconderia o dedão dentro do punho cerrado, se tentasse. É uma presa fácil.

— Ele vai ficar bravo — aviso-a quando ela me mostra o anel que Elijah finalmente lhe deu.

Minha mãe sorri.

— Então vamos usar essa raiva, certo?

— Você está namorando a mãe *dela*? — reclama Jamison.

— Jamison, modos — repreende Elijah do outro lado da mesa de brunch.

— Não tem problema — diz minha mãe. — Eu sei que pode ser uma surpresa para vocês dois. — Ela pega minha mão e a coloca em cima da mesa, envolta na dela.

— Passamos muito tempo juntos desde que Maya se ofereceu para assumir a agenda quando a sra. Armstrong quebrou a perna — explica Elijah. — E oramos muito em relação a isso, não foi, anjo?

Minha mãe faz que sim, o olhar nele suave e de adoração. Ela absolutamente brilha para ele.

— Sim, oramos.

— O Senhor falou — conta Elijah a mim e a Jamison. — Ele trabalhou para nos unir.

— Para sermos uma família — completa minha mãe, estendendo a outra mão e segurando a de Elijah.

— Do que ela está falando? — Jamison está olhando sério para o pai, com os olhos apertados.

— Pedi Maya em casamento — Elijah responde a ele. — Ela aceitou.

— O que você acha, querida? — ela me pergunta.

Ensaiamos minha resposta na noite anterior. Jamison vai ser o encrenqueiro neste cenário, o que faz de mim o que minha mãe chama de *filha de ouro*.

— Quero que você seja feliz, mamãe — digo a ela. — O senhor também, pastor Elijah. — Sorrio, deixando meu sorriso trêmulo, os ombros um pouquinho encurvados. — O senhor ajudou tanta gente, pastor Elijah. Merece isto.

Essa última frase, a última parte, é bem verdade. Ele merece mesmo o que vai acontecer com ele. É um golpista, igual a nós. Só idolatra o dinheiro, não fala verdade nenhuma, apenas palavras cuidadosamente desenhadas para arrancar a grana de gente inocente. *Ofertas para a igreja*, meu cu. São *ofertas para pagar o combustível do jatinho de Elijah*, isso sim.

— Que *palhaçada*! — declara Jamison, e os olhos de Elijah ficam gelados, como quando ele fala do demônio naquele palco, com o microfone de estrela do pop preso em volta da cabeça.

— Não use esse tipo de linguagem, jovenzinho.

Mas Jamison já se levantou e saiu voando do restaurante.

Elijah suspira e minha mãe me dá um olhar significativo.

Sei o que devo fazer.

Também sei o que vai acontecer se eu for atrás dele.

Vou mesmo assim.

Quando Jamison sai batendo os pés para ficar de mau humor no carro, meu lábio está sangrando. Toco o ponto com a língua, sentindo o gosto de cobre.

— Aqui. — Um guardanapo é colocado sob meu nariz. Pego, segurando no lábio enquanto levanto os olhos para o pastor Elijah.

— Está tudo bem. Só mordi o lábio — digo, testando-o.

Ele olha para o estacionamento, onde o carro está, e depois de volta para mim. Sabe exatamente por que meu lábio está sangrando.

— Eu fiquei te olhando nesses últimos meses — fala.

— Não quis chamar a atenção.

— Você é uma boa menina. Continue sendo doce, não importa o que aconteça — me diz ele e, quando sorri cheio de aprovação, sorrio de volta, porque, ah, como eu saquei esse cara.

Ele está me dando uma mensagem: É isto que eu sou — um alvo sangrando. Ele quer que eu fique ainda menor.

Mas, esse tempo todo, eu não estava pequena. Só estava esperando para me expandir.

— Quero ser boa — digo, e, de certa forma, é verdade. Quero ser ótima. Quero ser *perfeita*. Igual à minha mãe.

— Você vai ser uma ótima irmãzinha — me diz ele, e é mais uma ordem do que um elogio.

— Espero que sim — respondo, e também é verdade. Se tem algo que quero ser, fora a filha perfeita da minha mãe, é ser amada pela minha irmã.

— Vamos — chama ele. — Vamos pegar sua mãe. Temos muitos planos a fazer.

Ele estende a mão, como se esperando que eu a segurasse.

Então, seguro.

Faz tudo parte do plano.

Ato 3: Mire onde dói

Elijah faz todo ano uma comemoração do dia em que abriu a igreja. Fora a Páscoa e o Natal, é o maior pagamento em termos de ofertas dos fiéis.

Minha mãe planejou cada momento: a missa começa às duas da tarde, e algumas das mulheres depois vão fazer a comida na cozinha da igreja, enquanto outras se espalham para lidar com as crianças. Elijah anda pelo mar de gente, minha mãe ao seu lado. Ela me vê e dá um aceno de cabeça.

Haley é discreta. Ninguém presta atenção nenhuma a ela na multidão. Então ninguém nota quando saio de fininho do santuário e corto o labirinto de corredores que mapeei não só mentalmente, mas no papel, para praticar.

Pego a bolsa que escondi atrás de uma pilha extra de cadeiras, depois vou ao banheiro.

Os banheiros mais próximos do escritório estão vazios, e leva dez minutos para entupir as privadas, de modo que a água comece a vazar pelo piso de azulejo. Saio na ponta dos pés, para meus sapatos não deixarem marcas na umidade, e cantarolo enquanto volto pelo corredor. Na minha bolsa só sobrou uma pilha de Bíblias. Tiro-as e jogo a bolsa na lata de lixo ao passar. Elas se encaixam direitinho embaixo do meu braço. Olhando por cima do ombro, vejo que o carpete em frente à porta do banheiro está escurecendo.

Perfeito. Bem na hora.

Agora, minha mãe já deu a desculpa de ir checar as mulheres na cozinha, deixando Elijah para trás, no santuário.

Ele nunca mais a verá.

Ainda agarrada às Bíblias, bato de leve na porta do escritório no fim do corredor, depois a abro e coloco a cabeça lá dentro antes da resposta.

Adrian, assistente administrativo de Elijah, está sentado à sua escrivaninha como sempre faz após um culto. A beleza deste golpe é que a operação de Elijah é grande, e ele a administra de uma forma financeiramente boa para ele, mas ruim se estiver prestes a ser roubado, o que está. Ele paga mal as pessoas e não gosta de gastar com segurança. Adrian é um estagiário mal pago de vinte e três anos do instituto bíblico. Não devia estar aqui sentado "protegendo" o cofre. Mas Elijah não confia em mais ninguém para cuidar do dinheiro — nem para contá-lo. Vem tudo direto para cá, completamente não contabilizado até a manhã seguinte, quando ele tem tempo de lidar com o assunto. É um jeito horrível de fazer as coisas, mas facilita muito para nós. Porque, depois de um dia grande como hoje, o cofre vai estar cheio. E o único obstáculo no nosso caminho é Adrian, que é um amor e o tipo de ingênuo que vem de pais que o protegeram do assustador mundo secular e de nunca, jamais, colocar um pezinho para fora.

— Adrian, acho que tem algum problema *grande* no banheiro — falo. — Eu estava devolvendo estas Bíblias ao estoque para a minha mãe e tem água suja pelo corredor todo!

— Quê? — Ele fica de pé num salto, e seguro a porta aberta para ele, que acelera pelo corredor, virando uma esquina e saindo de vista. — Ai, não! — escuto sua voz ecoar mais à frente no corredor quando ele vê o desastre que criei.

Não tenho muito tempo. Meu coração está na garganta enquanto corro até a janela, destrancando-a e abrindo. Minha mãe já está lá e entra assim que tem espaço, e saio do caminho quando ela desliza para a sala.

— Você fica de vigia.

Meu corpo todo parece estar vibrando quando vou até a porta e abro um pouquinho. Fico com um olho no corredor, mas, a cada poucos segundos, olho para trás para ver o progresso dela.

— Levei semanas para fazer com que ele digitasse a senha enquanto eu estava junto — murmura ela, enquanto ajoelha em frente ao cofre e abre a bolsa cara de couro que todas as mães ricas carregam. — Talvez esteja perdendo o jeito.

Ela digita o número. O cofre se abre.

O barulho que ela faz é de triunfo satisfeito. Minha mãe vai mais rápido do que consigo acreditar, e aquele dinheiro está todo na bolsa num piscar de olhos. Ela fecha o cofre com um estalo.

— Agora, me fale os passos — ordena.

— Vou oferecer para buscar mais ajuda para Adrian. Aí, vou sair de fininho e atravessar o cinturão verde, onde você vai estar me esperando no carro.

Ela sorri e beija os dedos indicador e médio, apertando-os na minha bochecha.

— Essa é minha garota. Vamos lá.

Pego o cobertor do sofá no escritório e saio pela porta, e ela pula a janela com a bolsa de couro cheia de ofertas dos fiéis.

Corro pelo corredor, exagerando na falta de fôlego quando empurro a porta do banheiro, brandindo o cobertor.

— Achei isto! Para absorver a água!

Adrian está parado em meio a sete centímetros de água da privada, sua camisa geralmente impecável está manchada e os olhos meio insanos.

— Que... Que bom — diz, olhando perdido ao redor, porque um cobertor não vai ser suficiente. — Como isso aconteceu?

Baixo os olhos, com os dentes no lábio inferior.

— Haley — diz ele, porque estou dando tanto na cara que até ele percebe. — Você sabe de alguma coisa?

— Não, eu...

Paro, mordendo o lábio outra vez.

— Pode me contar.

— É só que eu vi Jamison saindo do banheiro. Só isso. Mas com certeza tem alguma explicação.

— Sim. Com certeza. — Ele pigarreia, nervoso. — Você pode ir achar o nosso zelador? E, por favor, dizer ao pastor Elijah o que está havendo? Eles vão precisar cortar a água do prédio, e ele tem as chaves de acesso.

— Tá bom. Vou agora mesmo.

— Obrigado, Haley.

— Imagina.

A excitação — a onda — vibra sob minha pele quando tomo de novo os corredores, mas não na direção do santuário. Agora, estou indo embora.

Finalmente livre deste lugar, de Jamison Goddard, dos seus beliscos, tapas e hematomas, aquele merdinha. Mas, quando dou a última volta em meu mapa mental, é como se pensar nele o tivesse conjurado, porque ele está lá, parado na frente da máquina de vendas que fica junto à copa.

Merda. É tarde demais para dar meia-volta. Preciso seguir em frente. O foco dele está na seleção de doces, mas a qualquer momento vai se voltar para mim. Tenho meio segundo para decidir. O que fazer?

— Oi. — A voz que sai da minha boca não é de Haley; a dela era mais suave e tímida. Esta é *minha* voz: mais grave, mais dura.

Meu punho encontra o rosto dele no segundo em que ele se vira. Jamison cambaleia e cai de bunda na frente da máquina de vendas;

é mais de surpresa do que pela minha força, mas, mesmo assim, fico contente.

Ele cospe meu nome como se não conseguisse acreditar.

Sorrio. Meu sorriso verdadeiro agora e, pela primeira vez, não só entendo a dinâmica de poder, mas gosto disso, porque os olhos de Jamison ficam arregalados como se eu fosse a coisa mais assustadora que ele já viu.

— Sabe, se você bate tanto em garotas, uma hora, encontra uma que revida.

— Eu... eu...

Nem o deixo terminar; não tenho tempo. Preciso ir antes que ele comece a berrar ou coisa assim.

— Não esqueça.

E, aí, saio saltitando, sem querer correr, mas precisando dar o pé dali. Empurro as portas e começo uma corrida, só para caso ele tente me seguir. Mas ele não faz isso. Aposto que vai atrás do papai, e não que venha me perseguir.

A igreja se espalha por hectares de terreno inexplorado, e demoro alguns minutos para ver o carro enquanto corro pela grama alta, protegida por carvalhos antigos. Tento ignorar a pontada de pânico que cresce em mim, a vozinha irracional que diz: *Ela foi embora sem você.*

Mas, então, vejo algo azul entre as árvores. Acelero, desajeitada com os sapatos-boneca xadrez de Haley que não têm amortecimento na sola.

Entro no carro e ela liga o motor, dirigindo pela estrada de terra até chegarmos à principal, virando à esquerda e nos afastando da igreja.

— Tudo limpo? — pergunta ela, olhando pelo retrovisor.

— Tudo limpo.

— O que você fez? — ela gesticula para minha mão.

— Jamison estava no corredor — explico enquanto entramos na rodovia.

— Achei que você tivesse dito que estava tudo limpo.

— Eu disse. Está tudo bem.

Ela entra no fluxo do trânsito, pegando a pista do meio. Ela nunca dirige rápido demais — é amador ser parada por excesso de velocidade — e já vamos ter atravessado a fronteira estadual na direção da Costa Oeste bem antes de eles perceberem que sumimos.

— Mas você deu um soco nele?

— Eu precisava passar. Pareceu o jeito mais fácil.

Ela ri.

— Achei que ia nos dar mais tempo — explico. — Ele vai chorar para o papai. Elijah vai te mandar uma mensagem. Quando você não responder, ele vai pensar que é porque está lidando comigo. Talvez ele fique tão distraído que só cheque o cofre amanhã à noite, ou coisa do tipo. Provavelmente vai culpar Adrian antes de perceber que a gente foi embora.

Ela não está mais rindo. De repente, está quieta. Será que fiz algo errado? Achei que ela fosse ficar orgulhosa.

— Você pensou em tudo isso?

— Pensei no que você faria.

— Ah, querida — diz ela. — Você é tão linda.

A conversa me faz sorrir.

Pensar nela agora me faz sorrir. Só que por motivos bem diferentes.

27

Transcrição de telefonema, Lee Ann O'Malley interage com Sequestrador número 1 (S1)

8 de agosto, 11h03

O'Malley: Obrigada por atender. Você ainda não me disse seu nome.
S1: Pode me chamar de Senhor.
[*Silêncio de cinco segundos*]
S1: Achei que você não fosse gostar.
O'Malley: Você está de bom humor. É animador. Pode me dizer se os reféns aí dentro estão bem?
S1: Estão ótimos. Por enquanto.
O'Malley: O que podemos fazer para colocar um fim nisto de modo seguro para todos?
S1: Quero falar com Frayn.
O'Malley: O sr. Frayn ainda está em cirurgia, então, infelizmente, não será possível.
S1: Você vai mesmo continuar com essa tática de enrolação de *ele sofreu um acidente de carro*?
O'Malley: Não é enrolação. Uma F-150 atravessou o farol vermelho e bateu com tudo na lateral do carro dele. Se você parar por um segundo para pensar, vai perceber que eu te impedir de ter acesso à única coisa que você expressou querer não beneficia ninguém. Se eu pudesse colocar o gerente para falar com você, colocaria. Mas ele está meio ocupado, tirando asfalto da pélvis esti-

lhaçada, então, você vai precisar começar a pensar no que mais quer fora uma conversa com o sr. Frayn.

S1: Você não é policial mesmo, é?

O'Malley: Só estou aqui para ajudar. O que posso fazer?

S1: Pode mandar o delegado recuar uns dez metros. E, aí, pode me trazer um kit de soldagem.

O'Malley: Posso fazer isso. Mas, para o delegado concordar, vou precisar levar uma boa notícia a ele. Se você soltar os reféns...

S1: Posso liberar *uma*.

O'Malley: Tá bem. Posso aceitar isso. Vai levar um tempo para achar um kit. Você pode ficar na linha.

S1: Arrume o kit. Afaste o delegado. Aí, você recebe a garota.

[*Ligação encerrada*]

28

11h04 (reféns há 112 minutos)

1 isqueiro, 3 garrafinhas de vodca, 1 tesoura, 2 chaves de cofre
~~Plano 1: descartado~~
Plano 2: em andamento

— Casey — digo. — Pode vir aqui?

Ela se levanta e caminha na minha direção, parecendo incerta.

— O que foi? — pergunta.

— Em alguns minutos, eles vão entrar. Provavelmente, vão amarrar suas mãos. Pode deixar. Eles vão te trocar.

— Me trocar? — A voz dela treme.

— Você vai sair daqui — explico. — Eles precisam de um kit de soldagem para passar pelas grades lá embaixo. Vão trocar você por isso. Vão te levar pela saída do porão, não pela frente. Vai dar medo, e eles vão te colocar na frente deles, como um escudo. *Deixe.* Se concentre em seus pés, seus passos. Sem movimentos repentinos. Não fuja deles nem corra na direção dos policiais quando você os vir. Só continue andando devagar e firme até um oficial te pegar.

— Por que não vão soltar todo mundo? — quer saber ela.

Não tenho tempo de explicar a fina arte de enganar, nem o poder da sugestão, mas, por sorte, Wes tem uma resposta melhor:

— Você é a mais nova, então, vai primeiro — diz, com firmeza.

— Wes está certo — fala Iris, mas está me olhando fixamente.

Quase enxergo as engrenagens girando naquele cérebro brilhante dela. Iris gosta de quebra-cabeças, e acabei de apresentar-lhe um: eu. Nem imagino quantas direções ela está explorando agora com os pedaços que contei somados ao que Wes falou. Além do que quer que eu tenha deixado escapar no último ano, coisinhas que não pareciam nada de mais quando eu era só Nora, mas que agora devem girar na sua cabeça enquanto ela tenta chegar à imagem completa.

— E o Hank?

Todos olhamos para Casey, confusos. Ela continua:

— O segurança? Não é melhor ele ir primeiro?

Nenhum de nós diz nada. Porque estamos todos nos perguntando a mesma coisa: será que ele ainda está vivo? Boné Cinza tinha sangue nas mãos. Será que ele...

— Crianças primeiro — digo, sem responder à pergunta dela. Isso a deixa pálida, e cerro os dentes.

— Não quero ficar sozinha com eles. E se eles... — Ela não termina. É como se não conseguisse. Seus lábios tremem.

Iris faz um som dolorido e estrangulado no fundo da garganta.

— Eles não vão te machucar — digo, firme. — Precisam de equipamento para entrar na câmara dos cofres. O delegado só vai dar o equipamento se eles entregarem você bem a ele.

— Como você sabe?

Porque eu fiz acontecer. Mas isso só vai confundi-la.

— Porque foi o que o de boné cinza me disse que faria. Mas temos que ser rápidos. Preciso de papel. Uma caneta.

Wes e Iris entram em ação e, em poucos segundos, tenho um post-it e uma caneta. Desenho um mapa rudimentar de um lado, detalhando o corredor e onde eles estão nos prendendo. E, do outro, escrevo uma mensagem.

— Minha irmã se chama Lee. É ela que está lá fora com o megafone — conto para Casey, entregando-lhe o bilhete. — Põe isso no seu sapato. Entrega para ela quando você estiver em segurança. E diz uma coisa para ela por mim: fala para ela que o líder, com quem ela está falando, é um Raymond.

— Eu...

— Ela vai entender o que significa — garanto. — Você consegue fazer isso?

Os olhos dela estão enormes, as pupilas dilatadas de medo e adrenalina, quase engolindo o azul com manchinhas cor de mel. Ela respira fundo e faz que sim, tremendo.

— Ótimo. — Minhas mãos agarram os ombros dela um pouco forte demais, e, quando ela levanta os olhos brilhantes de lágrimas para mim, quero ser o tipo de pessoa que abraça alguém que mal conhece em uma crise. Mas não sou. Iris é assim. Ou Wes. Eles são aconchegantes, e eu sou afiada. O tipo de pessoa que pode contar em uma das mãos, em quatro dedos, aqueles que abraçou genuinamente na vida.

— Você vai ficar ótima. Vai superar isto e, prometo, sua mãe não vai ficar brava por você ter esquecido sua bolsa.

Isso tira dela um quase sorriso, mas ele desvanece quando continuo:

— Lembre-se: não fuja deles. Faça o que mandam.

— E dar a mensagem para a sua irmã.

Aperto os ombros dela.

— São só alguns minutos de caminhada, e aí você vai estar segura.

— Tá bom — diz ela, assentindo com a cabeça. Então, engole em seco.

Meu Deus, não é justo. Eu me vejo nela. Vejo o aço, embrulhado por medo, que todas as menininhas encontram durante a estrada espinhosa que é virar mulher. Odeio que seja neste momento que ela o encontre.

Olho para Iris e Wes por cima do ombro, e nem quero começar a descobrir o que as expressões deles significam.

— Vocês dois precisam fingir que estão nervosos quando ele levar ela embora. Como se não soubessem por que ela está indo.

O arranhar, agora familiar, da mesa que bloqueia a porta sendo arrastada vaza pelas paredes, e todos nós voltamos ao canto.

Boné Vermelho entra primeiro, seguido por Cinza.

— Pega ela — ordena ele a Vermelho, e Iris solta um grito de protesto quando Casey é agarrada com força demais pelo braço.

— Ei! — irrompo quando Wes dá um solavanco à frente.

— Não encosta nela — diz ele.

— Aonde vocês vão levá-la? — exige saber Iris, mas eles ficam em silêncio enquanto tiram Casey da sala. Luto contra o impulso de agarrar Casey de volta, porque soltá-la... Vai ser melhor assim, lembro a mim mesma. Eles não vão machucá-la. Precisam dela; só não sabem por que ou quanto, e, se eu conseguir tirá-la daqui antes de perceberem, ela estará segura.

Iris encosta-se à parede quando a porta se fecha novamente. As mãos dela estão tremendo. Seu gloss está borrado. Ela está tão pálida. E a preocupação surge em mim até os olhos dela brilharem e encontrarem os meus. E lá está aquele inferno de garota envolvida em tule de setenta anos atrás pelo qual me apaixonei. A sobrancelha dela se arqueia, e seus braços se cruzam enquanto ela se inclina contra a parede em busca de apoio.

— Você fez isso acontecer — diz ela. Não é nem de longe uma pergunta.

— Até escutarmos buzina no estacionamento, não saberemos se eles realmente a soltaram — digo, porque realmente não sei como *não* tentar evitar. Minha terapeuta provavelmente me chamaria de patológica ou coisa do tipo, mas só chamo de pura sobrevivência.

— Você é uma golpista — afirma ela.

— Ela não está mais no esquema — aponta Wes.

— *Agora* você decide me defender? — questiono.

— Só quis dizer que você não está por aí dando golpe nas aposentadorias de velhinhas — continua Wes, como se isso ajudasse.

— Eu nunca dei golpe em velhinha nenhuma!

Tecnicamente, é verdade. Mas o que também é verdade é que deixei atrás de mim uma longa lista de crimes. Eles se empilharam e ficaram cada vez piores. Quanto mais velha eu ficava, mais fundo minha mãe me arrastava, mais garotas eu precisava ser. E todas as coisas terríveis e inevitáveis em que você pensa quando imagina uma garotinha crescendo com esse tipo de vida? Elas aconteceram. E isso foi aumentando e aumentando, até a noite na praia, com Raymond me empurrando: *Vai, pega, agora!*, e, quando explodiu, a areia ficou ensanguentada e eu fiquei livre, mas não limpa. Nunca limpa.

Não é como se eu tivesse parado completamente desde que me mudei para Clear Creek. Só reduzi ao essencial.

— O que você fez, então? — pergunta Iris. — Porque, de onde estou vendo, conseguiu, de algum jeito, mexer com a cabeça do ladrão para ele entregar a melhor refém em troca de uma solda, antes mesmo de ele perceber que ela é a melhor refém.

— Foi exatamente o que ela fez — diz Wes.

— Isso é... — Os lábios dela se apertam, borrando ainda mais o gloss. — Seu nome nem é Nora O'Malley, é?

Faço que não com a cabeça.

— E essa não é a cor natural do seu cabelo, né?

Preciso lamber os lábios secos antes de resmungar a resposta.

— Está tingido. — Gesticulo para o cabelo e para minhas sobrancelhas, e as bochechas ardem.

É quase pior estar acontecendo na frente de Wes. A única pessoa que sabe todas as respostas, que esteve no lugar dela. Talvez seja melhor para ela ter alguém que entende.

Eu a amo, e isso quer dizer colocá-la em primeiro lugar neste momento. Porque menti como se fosse verdade tantas vezes que os limites ficam assustadoramente borrados até para mim. E sei como é amar alguém dessa forma. É difícil demais. Não dá para segurar a pessoa. Não há o suficiente para segurar.

— Seus olhos são azuis mesmo? — questiona ela, e sua voz falha e meu estômago afunda. Estou indo na direção dela antes de conseguir pensar direito, mas ela balança a cabeça, curta e decisiva, e fico paralisada no lugar.

— Eles são azuis. Lentes de contato coloridas fazem meus olhos coçarem.

Ela pisca, absorvendo a informação.

— Então, você faz bastante isto. Mudar de aparência. De nome. De... — Ela deixa sem completar.

— Não mais — digo, preenchendo aquele silêncio temeroso, quase exaustivo. — Minha mãe me criou assim. Mas, quando eu tinha doze anos, fugi — explico, e possivelmente é a forma mais atenuada de colocar o que realmente fiz. — Lee me ajudou. Minha mãe está na prisão desde essa época. Eu estive...

Agora, eu é que deixo sem completar. Não por causa da exaustão, mas porque não sei como dizer.

— Ela esteve se escondendo — termina Wes.

Mas era verdade? Estive me escondendo? Ou estive dormente, à espera?

— De quem? — quer saber Iris.

— Do meu padrasto.

— Mas você disse que ele também estava preso.

— Ele está. Mas era poderoso antes da prisão e, só porque está lá, não quer dizer que tenha perdido esse poder.

— Ele quer matá-la — diz Wes.

— Wes. — Olho feio para ele.

Ele está fazendo parecer assustador. Mas acho que é, pelo menos para ele. E ele sabe que vai ser para Iris também.

Não sei se para mim ainda é assustador ou só um fato da vida que não posso permitir que me esmague.

— E ela acabou de contar tudo para aquele cara lá fora, porque quem levá-la de volta à Flórida vai ganhar uma tonelada de dinheiro.

O rosto pálido de Iris ganha um toque de cor.

— Quê? Por que você faria isso?

— Porque ela é completamente incapaz de se manter segura.

— Eu te odeio — digo a ele.

— Não odeia, não — diz ele de volta.

— Tá, tudo bem, não odeio. Mas *sou* totalmente capaz de me manter segura. O que você acha que eu estava fazendo nos últimos cinco anos?

Ele só me dá um daqueles olhares, e minha relação de amor e ódio com sua veia sarcástica balança por completo para o ódio.

Iris revira os olhos para nós, depois olha para mim.

— Quanto você vale?

— A recompensa é de até sete milhões se me levarem viva para a Flórida — conto. — Ele aumenta a quantia toda primavera. Feliz aniversário para mim.

Algo cintila em seu rosto enquanto ela absorve minhas palavras.

— Então, ele não é um peixe grande num lago pequeno, seu padrasto.

Mordo o lábio. Contar isto a Iris vai mudar as coisas. Ela lê e escuta conteúdos sobre crimes e incendiários. Vai ter ouvido falar dele.

Vai ter ouvido falar de Ashley. De mim.

Olho para Wes, que assente, me encorajando. *Está tudo bem. Eu sei que você consegue.*

— Minha mãe se casou com Raymond Keane — falo. — Foi ele que coloquei na prisão.

Há um milésimo de segundo em que o nome não significa nada, mas, aí, a ficha cai, e os olhos dela se arregalam. Ela diz, tão rápido que sua voz falha:

— O cara que dizem que cortava os dedos dos inimigos e jogava para os crocodilos?

— Não é o que dizem. É o que ele fazia. É uma das histórias de bebedeira favoritas dele.

Era uma das ameaças favoritas dele. Havia uma gama de cutelos em casa, de sua época como açougueiro de verdade — o apelido não veio sem precedentes. Eu não só me perguntava se ele podia quebrar o corpo de alguém como um pedaço de carne... eu *sabia* que ele podia. Ele me ensinou tudo o que sei sobre facas. Provavelmente se arrepende disso agora.

— Ah, meu Deus — diz Iris. — Eu...

Mas, antes que ela consiga articular o que quer que esteja sentindo, escuto: buzinas. Estão vindo do estacionamento. Três longas, depois duas curtas.

Meus joelhos quase cedem de alívio. Wes abre um sorriso um pouco exagerado para a situação atual.

— Ah, meu Deus — repete Iris. — Você conseguiu. Casey está segura.

Então, imediatamente se vira e vomita na lata de lixo ao lado da mesa.

29

Transcrição de telefonema: Lee Ann O'Malley + oficiais de Clear Creek recebem refém número 1 (Casey Frayn)

8 de agosto, 11h25

O'Malley: Estou com a solda. Você vai liberar um dos reféns?
S1: Sim. Você vai ver que sou um homem razoável. Estou te entregando a mais nova do grupo. Uma garotinha.
O'Malley: Agradeço por isso. O que está acontecendo não é coisa para criança. Você tem filhos?
S1: Você tem?
O'Malley: Ah, você sabe como é família. É complicado. Por que não te conto como faremos isso?
S1: Acho que não. Coloca a solda na frente da porta dos fundos. Fica na parte de trás do estacionamento.
O'Malley: Isso pode ser arranjado.
S1: Me liga quando estiver pronto.
[*Ligação encerrada*]
O'Malley: Precisamos ir para os fundos. Ele vai entregar uma das crianças.
Delegado Adams: Coloque esta máquina em posição.
O'Malley: Temos que ser cuidadosos, delegado. Não queremos assustá-lo com o restante dos reféns lá dentro.
Delegado Adams: Já entendi, Lee. Fique aqui atrás, tá?
Oficial Reynolds: Senhor, ela está liderando a negociação. Se ele não a vir…

Delegado Adams: É uma ordem, Reynolds. E você também fique para trás.

O'Malley: Goste ou não, estou liderando esta negociação. Quando acabar, e todo mundo tiver saído em segurança, você pode ficar com todo o crédito e a glória. Mas, se continuar no meu caminho e algo acontecer com os reféns, *você* vai ser culpado. Então precisa dar uns três passos para trás e me deixar cuidar disso. Estamos entendidos?

[*Pausa*]

Delegado Adams: Sim.

O'Malley: Então vou fazer a ligação.

Delegado Adams: Se isto der errado…

O'Malley: Não vai.

[*Pausa. O'Malley liga para o telefone do banco. Três toques.*]

S1: Está tudo posicionado?

O'Malley: A solda está pronta.

S1: Quero todos os policiais na frente. Se eu vir alguém além de você esperando a refém no beco dos fundos, vamos começar a atirar.

Delegado Adams (em segundo plano): Babaca.

O'Malley: Vou estar só eu.

Delegado Adams (em segundo plano, abafado): Porra, que loucura. Detetives particulares do caralho.

S1: Cinco minutos.

O'Malley: Te vejo lá.

[*Ligação encerrada*]

Delegado Adams: Alguém pega um colete para O'Malley. O que você está carregando, O'Malley?

O'Malley: Minha Glock… e minha Winchester está no porta-malas.

Delegado Adams: Se eu fosse você, penduraria um rifle nas costas.

O'Malley: É raro eu e você concordarmos, delegado. Vou tomar como sinal de boa sorte.

Delegado Adams: Coloque aquele colete. E não tome um tiro. Não vão me deixar em paz nunca.

[*Barulhos e vozes abafadas, ininteligíveis. Tempo transcorrido: 3'18''. Do relatório oficial: oficiais se retiraram para a frente do banco, deixando O'Malley na entrada dos fundos.*]

O'Malley: Milwaukee. Akron. Austin. San Francisco. Seattle. Rochester. Milwaukee. Akron. Austin. San Francisco. Seattle. Rochester. Milwaukee. Akron. Austin. San...

[*Som de algo batendo*]

O'Malley: Mãos para o alto!

S1: Achei que íamos ser civilizados.

O'Malley: É civilizado apontar uma arma para uma garotinha?

S1: Tempos difíceis.

O'Malley: Deixe a menina vir na minha direção e aí eu empurro a solda para você. Fechado?

S1: Fechado.

O'Malley: No três. Um. Dois. Três.

S1: Vai.

[*Do relatório oficial: refém número 1 (identidade: Casey Frayn, onze anos) cruza o beco e entra em custódia policial. O'Malley chuta o carrinho com o equipamento de solda na direção de S1. Ele volta para dentro do banco.*]

O'Malley: Ei, ei, você está bem? Te machucaram? Como você se chama? Preciso de paramédicos aqui!

Casey Frayn: Você é a Lee? Você é irmã dela?

O'Malley: Sou. Ela está bem?

Casey Frayn: Ela me mandou te dizer que ele é um Raymond. Você entende o que isso quer dizer? Ele vai matar todo mundo. Ela achou que eu não soubesse, mas eu percebi. Eu senti. Ela me disse para... Aqui... Tem um... Ela...

Oficial não identificado: A ambulância vai chegar em dois minutos.

O'Malley: Leva ela. Tira ela daqui. E, pelo amor de Deus, alguém liga para a mãe dela.

Oficial Reynolds: O que é isso?

O'Malley: Nada.

Oficial Reynolds: Lee. Você colocou algo no bolso agora mesmo.

O'Malley: Não coloquei, não.

Oficial Reynolds: Lee. Eu...

O'Malley: Não coloquei. Agora, vamos descobrir quando diabos a SWAT vai chegar. Ou vai ser preciso um milagre para tirar todo mundo do banco vivo.

30

A piscina

Dois meses atrás

Quando Iris e eu começamos a sair, mantivemos isso em segredo. Fico culpada de me sentir aliviada por ela não estar pronta a sair do armário para a mãe, porque sei que se esconder é difícil. Mas não contar a ninguém torna tudo muito mais fácil para mim. Cerca a gente numa pequena bolha que não quero estourar com o mundo real.

Estou vivendo em um mundo de verdades com Wes e Lee já há anos, e, quando preciso fechar portas que abri, dói. Estou adiando o inevitável com Wes ao não lhe contar sobre Iris, e mentir para Lee sobre certas coisas é normal, mas Iris é...

Tenho uma tela em branco com ela, e a última vez que tive isso com alguém foi com Wes. Enchi de mentiras, e achei que estivessem escritas com tinta permanente, mas, na verdade, eram giz e sumiram quando o amor e a segurança me libertaram delas. Wes desvendou-as todas.

Iris vai me desvendar. Talvez não hoje. Talvez não amanhã. Mas vai descobrir, a não ser que eu descubra como contar.

O rabo de cavalo dela está sedoso contra meu braço, a cabeça descansando na minha barriga. Poder brincar com o cabelo de Iris me dá mais prazer do que consigo expressar. Achei que, talvez, me lembrasse da cascata e do balanço do loiro às minhas costas, o calor no verão, as mãos da minha mãe trançando os fios no estilo de cada garota, mas é diferente quando não é meu. O cabelo de Iris tem cheiro de jasmim, como o arbusto que fica em frente da nossa caixa de correio e só floresce à noite, e me lembra do lugar que demorei uma eternidade a chamar de *casa*.

— Seu telefone está vibrando — ela me diz, e estende o braço para alcançá-lo na mesa que fica ao lado da sua cama. Pego e vejo que é Terry ligando.

Terrance Emerson Terceiro é o melhor amigo de Wes desde o jardim de infância, herdeiro de um império de amêndoas. É fofo a ponto de ser influenciável, passa a maior parte do tempo chapado e se mete em problemas sem parar, mas nunca continua neles, por causa da coisa toda de ser herdeiro de um império de amêndoas. Ele seria o alvo mais fácil do mundo, tipo tirar doce de um bebê muito rico e muito sonolento, mas Wes o ama e Terrance é um cara bacana — divertido, desde que você tire suas guloseimas de perto dele.

— Terry? O que foi?

— Nora? Ah, graças a Deus — diz Terry. — Você tem que vir.

— O que aconteceu?

Minha pergunta faz Iris se sentar.

— Wes está loucão. Não pode voltar para casa assim.

— O quê? — Agora, me endireito, e sem fazer um som Iris pergunta: "O que foi?" Levanto um dedo para ela, em sinal de silêncio. — O que você fez?

— Eu não droguei ele, se é isso que você está querendo dizer — responde Terry, todo magoado.

— Terry... — Cerro os dentes.

— Tá, é meio que minha culpa, porque eu tinha um monte de brownies em um saco, e não estavam marcados.

— Ele comeu brownies de maconha? Ah, caralho. — Começo a abotoar a camisa. — Quantos?

— Ele engoliu metade do saco antes de eu subir de volta.

— Terry!

— Eu sei, eu sei, desculpa, mas...

Estou ouvindo uma cantoria desafinada ao fundo? Provavelmente. Wes fica muito emotivo e melódico quando está chapado.

— Você sabe o que aconteceu da última vez. — Quero que soe como uma advertência, mas sai estrangulado, carregado demais de memória.

— Foi por isso que te liguei — responde ele, sincero. — Não posso deixar ele aqui... Quando meus pais voltarem e o virem assim, vão avisar para o prefeito.

— Só deixa ele no seu quarto até eu chegar.

Desligo, e Iris me olha com expectativa.

— Desculpa mesmo — digo. — Preciso ir.

— Wes está bem?

— Como você sabia que eu estava falando do Wes?

Ela arqueia uma sobrancelha.

— Não estou falando por mal, mas de quem mais seria? Você não sai muito com mais ninguém.

— Eu saio com *você*.

— Você entendeu o que eu quis dizer.

— Eu nunca fui o tipo que tem um monte de amigos — respondo, tentando soar despreocupada, mas ela me olha daquele seu jeito perceptivo.

— Ele está bem?

— Está. Só preciso levá-lo de volta para a minha casa até ele ficar normal. Não quero que ele se meta em encrenca. — Mantenho a voz estável, mas meu coração está batendo com violência contra o peito como se eu tivesse quinze anos de novo, subindo as escadas e abrindo a porta do banheiro dele, sabendo o que eu ia encontrar. Preciso ir. Preciso chegar até ele.

— Posso ir com você? — A forma como ela pergunta é cuidadosa, e seu olhar, cauteloso, quase como se me desafiando a dizer não.

Estou tão concentrada em sair dali que nem penso direito.
— Claro. Eu dirijo.

Terry abre a porta com um saco de Doritos nas mãos e um zilhão de pedidos de desculpa nos lábios.

— Eu só deixei ele sozinho por alguns minutos — me diz enquanto marcho para cima, o som da cantoria ficando cada vez mais alto. Wes tinha uma voz *terrível*. Não consegue ficar afinado nem por um decreto, e em geral se lembra disso, mas, quando dá uns tapas, começa a cantar como se estivesse em uma ópera.

— Tenho certeza de que vai ficar tudo bem — fala Iris em tom tranquilizador a Terry, mas, quando ele só balança a cabeça, sombrio, ela franze um pouco a testa. Terry não é de ser sombrio, e é perturbador, mas ele sabe o que vai acontecer se o prefeito descobrir.

Terry enfiou Wes na sala de TV, e ele se ilumina ao nos ver. Não consigo evitar sorrir de volta, porque faz um tempo que Wes não parece tão aliviado.

— Vocês estão aqui!
— Fiquei sabendo que você comeu uns brownies.
— Achei que fossem normais.
— Você já deveria saber que qualquer comida no quarto de Terry provavelmente está cheia de maconha — aponto.
— Mas tinham gotas de caramelo. — Ele chega a fazer beicinho depois de falar isso.
— Ah, bom, então, não tinha o que fazer — digo, e ele assente sério, totalmente alheio ao meu sarcasmo. — Levanta. Você vem comigo para dormir até passar.
— Acho que Lee vai querer um brownie. Mas eu comi todos. — Ele ri por um tempo um pouco longo demais, e agarro seu braço, puxando-o para ficar de pé.

Desço com Wes e o coloco dentro do meu carro, embora ele precise de três tentativas para afivelar o cinto e seus olhos comecem a se fechar no caminho de casa. A tolerância dele para bebida ou maconha é uma bosta.

Não penso muito bem antes de abrir a porta do que era o quarto de hóspedes, mas agora se entende ser o quarto de Wes. As roupas dele estão na cômoda, os sapatos, no chão, e seu notebook, na escrivaninha, aberto naquele fundo de tela que é uma foto dele posando com alguns dos cachorros do abrigo usando fantasias. Ele se joga na cama com um suspiro e puxa o cobertor amassado como se tivesse feito isso centenas de vezes, porque fez mesmo.

Só me ocorre quando me viro e vejo Iris lá, parada na porta, absorvendo o fato de que nunca havia entrado ali. O acordo tácito que Lee e eu temos nesta casa — que Wes é bem-vindo a qualquer hora, dia ou noite, pelo tempo que precisar — só fica claro a Iris naquele momento.

Evitei o assunto. Disse a mim mesma que não precisava contar a ela. Mas, agora que estou guardando meus segredos, os segredos de Wes e alguns de Iris, minha lealdade está dividida, e não quero que eles também se estilhacem.

— Você vai descansar? — pergunto a ele, que faz que sim embaixo da coberta. — Tá bom, vamos estar na piscina.

Deixo a porta do quarto entreaberta e inclino a cabeça na direção dos fundos.

— Quer?

— Ah, quero, sim — diz Iris, e a nitidez da voz dela bate no fundo do meu estômago como uma pedra jogada em um lago calmo.

Ela está chateada, e merece estar, porque ser amiga do seu ex é uma coisa, mas meio que morar com ele é outra.

Saímos, e espero até ela se acomodar em uma das espreguiçadeiras que Lee construiu com paletes de madeira, para as quais achei almofadas em um bazar de caridade.

— Então — começa Iris. — Você vai dizer *posso explicar*?

Sento na ponta da segunda espreguiçadeira, virando e desvirando a etiqueta da almofada entre os dedos.

— Gosto que vocês dois sejam amigos — continua ela quando não ofereço explicação nenhuma. — Gosto mesmo. Mas eu não... Ele mora aqui?

— Não oficialmente.

— Quase sempre que eu venho, ele também está aqui, a não ser que esteja com Terry ou no abrigo — diz Iris devagar, como se tivesse acabando de perceber. — Na semana passada, Lee estava ajudando na redação dele para a faculdade. Tem aqueles biscoitos de cebola que ele gosta na despensa, e eu sei que você acha aquilo nojento. E ele tem um quarto na sua casa. Na frente do seu.

— Por favor, não fala desse jeito.

— De *que* jeito?

— Como se fosse sórdido ou coisa do tipo. Não é.

— Então o que é? Porque estou confusa — diz ela, com tanta sinceridade que me mata. — Ninguém na escola sabe por que vocês dois terminaram. Eu perguntei quando fiquei amiga de vocês. Ouvi a mesma história de todo mundo: que um dia vocês estavam juntos e no seguinte, pá, acabou, sem explicação, e vocês voltaram a ser amigos como se nada tivesse acontecido.

— Não foi assim.

— Então como foi? — pergunta ela. — Como é? Porque, agora, estou me perguntando se entrei no meio de algum término prolongado que um dia vai se consertar. E não vou me meter nisso, Nora. Não sou a distração bi no Ato 1 da comédia romântica em que você termina voltando com o cara gato no Ato 3.

— Você não é distração de nada — falo com intensidade, porque não sei como lidar ao ouvir o medo dela desse jeito. — Não tem nada do que me distrair. Você... — Solto uma expiração. — Você me deixa aterrorizada — deixo escapar, porque é isso. Isso é a verdade.

E é, provavelmente, a coisa errada a dizer, porque faz com que ela faça uma carranca.

— Não é uma coisa que a gente queira ouvir da namorada.

— Você me faz querer te contar tudo, bem aqui e agora — continuo. — Cada erro que já cometi. Cada segredo. Cada cicatriz, ferida e coisinha que me machuca. Estar com você... Eu não sabia que as coisas podiam ser assim. Estou apavorada de foder com tudo. Se eu te contar tudo sobre mim e sobre meus erros, tenho medo de que isso *vá* foder com tudo. Mas não é porque ainda estou a fim de Wes, e nem ele a fim de mim. Você viu como ele estava olhando a Amanda fazendo o discurso dela na semana passada? É *assim* que ele fica quando está a fim de alguém.

— Ele precisa mesmo chamá-la logo para sair — murmura Iris.

— Eu sei. Ela é ótima.

— Como você acha que *ela* reagiria a esse arranjo de moradia? — pergunta Iris, e, meu Deus, ela é afiada como estilete novinho... o tipo que você mesmo tem que montar rezando para não cortar os dedos no processo.

— Ele é meu melhor amigo — falo.

— É o que vocês dois sempre me dizem.

— O pai dele é uma merda, Iris.

— Eu sei que eles não se dão bem — responde ela, como se fosse algo desimportante. — Mas...

— Não, Iris, escuta — digo devagar, olhando bem para ela, tentando fazer a verdade transparecer pela voz porque, se usar minhas palavras, vou traí-lo. — O pai dele é uma *merda*. Você entende?

Ela inclina a cabeça, o rabo de cavalo caindo dos ombros com o movimento.

A porta dos fundos se abre com tudo antes de ela poder responder, e nós duas nos viramos com o barulho e vemos Wes correndo pela grama atrofiada e mergulhando na piscina, jogando água em nós duas.

Iris dá um gritinho e fica de pé em um salto, e eu só falo atabalhoada enquanto ele flutua na água, encantado.

— Wes! Este cinto tem lantejoulas de gelatina de oitenta anos! Elas estragam se forem molhadas. — Iris balança a cabeça, abanando a saia à frente do corpo para secar melhor. — Você é tão...

Ela levanta os olhos, e sua voz morre quando ela as vê.

Ele tirou a camiseta antes de pular na piscina. Ele não tira a camiseta na frente de ninguém e também não nada mais, a não ser que esteja aqui comigo e com Lee. Tomou esse cuidado por muito tempo.

Mas ele não está tomando cuidado agora, e Iris se senta com força nas almofadas amarelas da espreguiçadeira com um *"ah"* suave.

Ele está de shorts, graças a Deus. E está jogando água como um golden retriever de tamanho humano, então, não vê, nem ouve, nem percebe. Meus olhos estão em Iris, que fixa um olhar horrorizado nos ombros dele, e não tenho nem como começar a transformar verdade em ficção quando ela finalmente se arranca do choque.

Tento ver as cicatrizes como se fosse a primeira vez, mas conheço tanto ele quanto elas bem demais. Meu coração está envolvido em um pedaço de Wes, como um curativo. Minha pele levará a memória dele para sempre, porque não se esquece a primeira pessoa que nos toca com amor depois que a vida ensina que todo toque é medo e sofrimento.

Falo o nome dela, tentando tirá-la do feitiço de *Ah, meu Deus, o que houve?*. Quando ela vira de repente para mim, qualquer raiva que existisse antes transformada em preocupação.

— Você está bem? — pergunto. — Quer uma água ou...

Ela faz que não com a cabeça, olhando para o chão enquanto junta as peças. Suas sobrancelhas estão tão franzidas que me pergunto se o V entre elas vai ficar marcado ali permanentemente.

— Por que você não disse antes? — pergunta ela enfim.

— Ele é meu melhor amigo — respondo, como um disco quebrado.

Com isso, ela só assente. Um aceno de cabeça rápido e decisivo.

— Então ele fica com você e Lee para não precisar ficar na casa dele.

— Isso é uma parte — falo.

Eu podia simplesmente deixá-la pensar que é só isso, mas não posso permitir que ela ache que Wes precisa de caridade. Não quero que ela ache que é isso. Mas também não quero que ela ache que é *isso*. A ideia de que ela andou olhando por cima do ombro, se perguntando quando eu vou soltar a mão dela e pegar a dele, me deixa enjoada. Não é algo que eu quero nem que Wes quer, considerando que passou metade do último semestre olhando Amanda como se as respostas do universo morassem nas covinhas dela. Talvez morassem; como já falamos, Amanda e suas covinhas são ótimas, mesmo.

— E a outra parte? *Partes?*

Sento-me ao lado dela, inclinando as pernas e o corpo em sua direção. Luto contra a vontade de pegar a mão de Iris. Não sei se, neste momento, ela quer que eu a toque. Não sei de nada. Acabou? Não quero que acabe.

— Wes e eu terminamos por minha causa — digo. — Eu fodi com as coisas. Podemos falar sobre tudo isso um dia, mas não é o tipo de conversa que se tem com um mês de namoro, Iris. Desculpa, mas não é. Eu não...

Olho fixamente para a piscina. Wes conseguiu pegar a boia de unicórnio que um dia Lee trouxe para casa em um raro acesso de extravagância. Ele está espalhado nela, os olhos semicerrados.

— Ele é minha família — completo, enfim. — Não vou dizer que é como um irmão, porque seria nojento. Mas, até ele, eu só tinha uma pessoa em quem confiar. E estar apaixonada era só uma parte pequena. Essa parte terminou, e terminou mesmo, *mesmo*. As outras, não.

— Os Franken-amigos — diz ela.

— Ele te contou isso?

— Ele me conta muitas coisas. Ou, quer dizer, achei que contasse. — Ela quase sorri enquanto observa Wes puxando o pescoço da boia de unicórnio, cantarolando para si mesmo, mas aí o sorriso se extingue.

Vai vir em ondas, a percepção de todos os segredos que ele e eu guardamos; ela não sabe nem metade. Não tenho certeza de que um dia vá saber.

— Meu Deus — diz Iris, quase para si mesma. — Será que o pai de todo mundo é simplesmente do mal?

Isso chama a minha atenção.

— Como assim? — Será que eu tinha deixado algo escapar? Estou repassando nossas conversas em flashes, tentando pensar.

— Nada — responde ela.

E, aí, segue com um balanço de cabeça e outro "nada". Provavelmente, teria prestado mais atenção se não estivesse tão abalada, mas não consigo deixar de reparar.

Não fui eu que deixei algo escapar. Foi *ela*.

— Não sei ao certo se já te ouvi mencionar seu pai — digo com cuidado, embora *tenha* certeza. Tenho um catálogo de fatos sobre Iris no fundo de minha mente, como uma pequena Biblioteca de Iris à qual vivo acrescentando prateleiras.

— Não tem nada a se dizer — responde ela, de um jeito tão articulado que sei que na verdade tem um monte de merda a dizer, mas ela não vai fazer isso. — Meus pais estão se divorciando. Eu não o vejo. Há quanto tempo isso está acontecendo? — Ela faz um gesto para a piscina.

— Essa história não é minha — respondo. — Ele vai ficar com vergonha quando o efeito dos brownies passar e ele perceber que você viu.

Ela assente com a cabeça.

— Certo. Vou descobrir o que fazer. Ele ainda está sendo machucado?

As perguntas saem dela de um jeito compulsivo.

— Ficar fora de casa funciona na maior parte do tempo — digo com cautela. — Faz um tempo que... — paro, passando a língua nos lábios. — Faz alguns anos.

— Então ele parou — fala Iris.

— Homens assim não param — respondo, e ela me olha séria, com todas as perguntas que não vai fazer e respostas silenciosas que ainda não conheço o suficiente para ouvir.

— Não, não param — concorda ela, baixinho.

Será que o pai de todo mundo é simplesmente do mal? A pergunta dela circula em minha mente, porque "do mal" é uma boa expressão para o prefeito, mas faz com que eu me pergunte o que o pai dela fez para ganhar essa alcunha. Ela faz com que eu me pergunte se preciso fazer algo em relação a isso, como fiz com o prefeito. Ele clama dentro de mim, o impulso que é um cavalo selvagem, e sai galopando quando me lembro dos ombros de Wes antes de serem marcados e depois; daquele dia no bosque, quando forcei uma mudança perigosa que podia irromper a qualquer momento, só para nos arruinar de vez.

— Então, você, Lee e Terry sabem — diz ela.

— E você.

— E eu — concorda Iris.

— A gente tenta mantê-lo em segurança. — Ela entende o que estou dizendo? O que estou pedindo?

— Entendo — responde ela, virando-se de volta para vê-lo boiando na piscina, batendo os pés que nem uma criancinha.

— Entende?

Ela faz que sim com a cabeça, ainda com os olhos nele.

— Você e eu... somos mais parecidas do que você imagina — diz ela, e depois não diz mais nada.

Seu dedinho roça o meu nas almofadas amarelas, e o segura. Não é uma promessa, mas um enlaçamento entre nós duas, e essa compreensão mútua. Uma virada de algo bem mais profundo que um juramento, algo que está enraizado em mim, pronto para desabrochar.

    Sei que é amor, mas, naquele momento, antes do cuidadoso desenrolar, é mais simples fingir que não sei.

    Mas nunca fui boa em enganar a mim mesma. Nem quando quero.

31

11h21 (reféns há 129 minutos)

1 isqueiro, 3 garrafinhas de vodca, 1 tesoura,
2 chaves de cofre
~~Plano 1: descartado~~
Plano 2: em andamento

Tiro o cabelo de Iris do rosto e da linha de fogo enquanto ela vomita, uma mão pressionada no ventre, e lágrimas caindo pelos cantos de seus olhos. Quando ela se endireita, seu lábio inferior treme, e ela seca as lágrimas com os nós dos dedos. A maquiagem dos olhos quase nunca borra com aqueles dramas históricos tristes com corseletes, morros e andanças pelos morros a que ela gosta de assistir, e não borra agora. Eu ficaria impressionada se não estivesse tão preocupada.

— Estou bem — diz ela. — Só está doendo.

Mas, aí, apoia-se na mesa, o corpo inteiro se dobrando.

— Queria um pouco de água — completa, com uma voz mais baixinha. E se endireita, como se os ossos fossem vidro quebrado só por um momento e, agora, voltassem a ser de aço. — Vodca não é ideal para enxaguar a boca.

— Só se você estiver se preparando para uma bebedeira — concorda Wes, e ela sorri sem firmeza para ele.

Ela coloca a lata de lixo num canto, depois vai se sentar com Wes no chão, do outro lado da sala. Fico perto da mesa, porque não tenho certeza de que sou bem-vinda. Tenho certeza de que isso não se faz. As perguntas dela. Minhas revelações.

Mas, se os ladrões estão distraídos pela máquina de solda e a câmara dos cofres, provavelmente ganhamos tempo o suficiente para a SWAT aparecer e fazer alguma coisa de verdade.

O problema de *provavelmente* é que é *provavelmente*. Não posso apostar nossa vida nos agentes federais de Sacramento serem rápidos e chegarem até aqui a tempo. Cidades no meio do nada como Clear Creek não são prioridade de ninguém.

A única certeza que tenho aqui sou eu. Então, ou posso confiar nos agentes federais, o que vai contra tudo o que me ensinaram... ou posso confiar em mim mesma. E o que posso dizer? Nunca respeitei autoridade nenhuma. É mais provável eu me converter do que confiar no FBI, e, considerando tudo, nenhuma das duas alternativas parece provável. Nunca vou ceder à autoridade de uma divindade, nem de um pai ou mãe, nem de uma agência governamental.

— Foi por isso que vocês dois terminaram? — pergunta Iris de repente.

Sei que estou com uma expressão totalmente assustada, porque a de Wes agora é um espelho da minha.

— Você me disse que foi você que fodeu com tudo — diz ela a mim. — Achei que queria dizer que traiu, ou algo do tipo.

— Eu meio que deixei isso implícito para você não descobrir a verdade — respondo, porque, afinal: sinceridade. É essa a política aqui.

— Então eu imaginar que você traiu o Wes é melhor do que saber a verdade.

— Tem um motivo para chamar de "identidade secreta" — digo. — Não é para ninguém saber.

— Wes sabe.

— Ela não me contou — responde ele. — Eu descobri.

— Bom, agora eu me sinto tonta por não ter descoberto — fala ela.

— Não precisa se sentir assim. Levei três anos, um incêndio florestal e ela fazendo um esquema insano de chantagem para descobrir — explica Wes.

— Não foi insano. E, se você continuar falando sobre isso, vamos ter que *falar sobre isso* — aviso.

Mas, para minha surpresa, ele dá de ombros.

— E daí? Olha onde estamos. Você acha que eu não me lembro? Eu não estava tão chapado. Eu sei que ela viu minhas costas.

— Ah, Wes — diz Iris, mas ele dá de ombros outra vez. As bochechas se mancham de vermelho.

— Não precisamos... — começo a dizer, porque quero protegê-lo. Quero protegê-la. Não sei se posso fazer as duas coisas. Sei que não posso me proteger. Posso proteger os dois de mim? O que isso significa? Como funcionaria?

Eu indo embora, bem longe deles.

— O que mais vamos fazer? — pergunta Wes. — Você está revelando tudo. Também posso fazer isso. Que tal, Iris? Podemos morrer a qualquer minuto. Verdade por verdade?

Iris alisa a saia do vestido.

— Verdade por verdade — concorda ela.

Eles me olham com expectativa.

— Tá — falo. — Verdade por verdade.

32

Verdade por verdade

Uma das primeiras coisas que descubro sobre Iris é que, se você a desafia a fazer algo, ela faz — a não ser que prejudique uma pessoa ou animal. Mas ela não se inclui nas categorias de pessoa ou animal. É incauta, alegre e tem os instintos de autopreservação de uma mariposa atraída a desafios e chamas.

E é assim que — depois de um jogo de Verdade ou Desafio que acaba com Iris torcendo o pulso por quase cair do telhado da casa de Terry quando ele a desafia a escalar o miradouro — Wes cria o jogo Verdade por Verdade.

É exatamente o que parece: se você der uma verdade a alguém, a pessoa tem que te dar uma de volta. Em geral, envolve beber, o que facilita. Mas, agora, envolve só nós, perigo, esta sala trancada, e, claro, Iris tem aquela vodca no bolso, mas não é hora de álcool.

É só hora da verdade. Para todos nós.

33

O prefeito

Quase três anos atrás

Por três anos inteiros, faço o que Lee me pede. Ajo normalmente. Como uma adolescente, não como golpista. Ainda procuro saídas e pessoas para convencer a me deixarem passar por elas. Ainda acordo três de quatro noites lutando com pessoas que não estão lá. Mas vou à terapia e não falto à escola. Wes e eu somos amigos, e meses, anos se passam, e temos catorze anos e somos algo mais... e, aí, temos quinze e somos *nós*.

Eu não entendia como era ser parte de um "nós". Não sabia o que esse tipo de amor alimentaria e floresceria em mim. Uma espécie de planta espinhosa, mais cardo que flor, que protegia e furava, que, se ameaçada, viraria veneno.

Quando viramos um nós, tínhamos uma rotina. Somos bons em fazer malabarismo com o tempo dele dentro e fora daquela casa. Não penso no lugar como casa *dele*. Não é — é do prefeito. É seu pequeno feudo. Um alojamento em estilo de chalé de madeira, em um terreno de quatro hectares que ele governa como um senhor medieval. Organizamos tudo para Wes sempre sair pela porta enquanto o prefeito está entrando. Não é uma ciência exata, e não é perfeito. Não consigo impedi-lo de apanhar. Mas posso reduzir o tempo que ele fica lá, para o pai ter menos oportunidades.

Há desculpas boas e desculpas fracas, sessões de estudos e madrugadas em que só seguramos a respiração, e há vezes em que penso em criar um clube que se reúne todos os dias depois das aulas por horas, se necessário, só para mantê-lo fora dali, para mantê-lo longe.

Lee observa. Quase sempre não diz nada sobre o garoto no quarto de hóspedes. Nem vai dizer, a não ser que eu ultrapasse o limite. A não ser que eu coloque a gente em risco.

E, aí, eu coloco.

Porque, um dia, Wes não vem quando era para vir. Um dia, tenho que ir atrás dele.

Sei o que vou achar antes mesmo de entrar sem ser vista ou entrar sem bater pela porta dos fundos, porque três anos e o amor dele não são suficientes para me arrancar instintos que doze anos e seis garotas marcaram em mim.

Ele está sem camisa no banheiro do andar de cima, e tem tanto sangue nas toalhas de banho que meu estômago e minha cabeça giram ao mesmo tempo. Preciso agarrar a beirada da pia. O azulejo é frio nos meus dedos e me faz retornar à realidade e conseguir respirar. Os olhos dele estão inchados; há rastros de lágrimas em seu rosto quando ele se afasta de mim.

Estou de joelhos no azulejo com uma pilha de toalhas ao lado dele e, por um momento terrível e longo demais, minhas mãos ficam pairando. Não sei por onde começar. Não sei o que fazer. Os ombros dele...

Estou paralisada; a garota que sempre sabe o que fazer. Quero perguntar o que aconteceu. Não sei como dizer de uma forma que não faça parecer que o estou culpando por alguma coisa, porque o prefeito, caralho, o prefeito costuma ser mais esperto que isto. Odeio esse pensamento mais do que tudo, mas é verdade. Ele quase nunca deixa marcas que não vão desaparecer.

E essas não vão.

— Do que você precisa? — solto, porque é o que minha terapeuta às vezes me pergunta. Precisar é mais do que querer. É... Posso lidar com necessidades. Posso ajudá-lo.

(*Você podia fazer o prefeito parar*, algo em mim sussurra, e soa tanto comigo, e não como minha mãe ou qualquer uma das garotas, que não sei o que fazer a não ser rejeitar esse pensamento.)

— Você tem que ir embora — diz ele.

Ele sussurra, como se ainda estivesse com medo, e é aí que percebo que está mesmo, e que nunca o vi com medo antes. Ele é forte e quieto até ficar à vontade, e aí tagarela do melhor jeito, mas se comporta como se tivesse aceitado a dor do mundo, não como se a temesse.

— Ele vai voltar logo. Se te achar aqui...

— Eu não vou te deixar — digo. — Você precisa ir para o hospital. Pontos.

Ele faz que não com a cabeça.

— Não posso.

Claro. Por que eu disse isso? Por que não estou pensando direito? Estou pensando como Nora. Como se eu fosse normal. Hora de parar com isso.

— Cadê o kit de primeiros socorros?

— Lá embaixo. Na cozinha.

— Eu já volto. Continue aplicando pressão. — Aperto a toalha no ombro dele, e sua mão se levanta para segurar, os dedos roçando nos meus. — Eu te amo — falo, e é tão pequeno; não é *nada*, mas ele me olha com olhos avermelhados como se fosse tudo.

Levo uma eternidade para achar o kit de primeiros socorros. Ainda estou revirando os armários inferiores quando escuto: o som de pneus no cascalho. Tem alguém chegando.

Levanto-me em um solavanco, batendo a porta do armário, esquecendo o kit. Os pelos do meu braço se arrepiam com o som ficando mais forte, e olho por cima do ombro. A porta dos fundos está bem ali. Eu podia...

Mas se o prefeito encostar de novo em Wes...

Minha cabeça está cheia de pensamentos malformados; estou enferrujada. É como se a parte de mim que devia reagir de forma rápida e inteligente estivesse atrofiada, lutando para ganhar vida dentro de mim. Mas meu corpo assume o controle como se soubesse o que fazer. Coloco uma panela no fogão antes mesmo de pensar no plano. Vou até a geladeira, puxando os vegetais da gaveta e o que quer que esteja embrulhado em papel pardo de açougueiro na prateleira de baixo. *Não se apresse*, lembro a mim mesma. Vou ficar vermelha se correr, e ele vai me olhar com atenção.

Pego a maior faca de carne. A mãe de Wes gosta de cozinhar, e as facas dela são lindas. Feitas à mão no Japão, afiadas com amor e destreza. Seria tão fácil...

Eu podia...

Não. Não podia.

Escuto o apito do prefeito trancando seu carro. Ele estará dentro de casa a qualquer minuto. Ponho um fio de azeite de oliva na panela no fogão e me viro para a tábua de corte. Quando os passos chegam ao corredor, já piquei uma cebola inteira e joguei na panela quente. Ela começa a fritar. Rezo para Wes ficar lá em cima. Se ele se mantiver fora de vista, consigo fazer dar certo.

— Wes, você está cozinhando alguma... — Ele para de repente na cozinha quando me vê.

Levanto os olhos da cenoura que estou cortando e dou um sorriso casual. É uma das coisas mais difíceis que já fiz. Quero gritar com ele. Quero esfaqueá-lo. Quero tantas coisas, a maioria é violenta, e todas são aterrorizantes, porque não era mais para eu ser assim.

Era para eu ser a Nora.

Mas, nesse momento, não sou. Volto imediatamente a meus antigos hábitos agora que estou acordada — *viva* — mais uma vez, agora que tenho um plano.

— Nora, o que você está fazendo aqui?

— Desculpa, te assustei? — pergunto. — Wes não estava se sentindo bem, e tem aquela gripe rolando. Vim dar uma olhada nele. Ele já estava dormindo, então pensei em fazer uma sopa para quando ele acordar. A sra. Prentiss disse que tudo bem se eu usasse os ingredientes. Eu liguei para ela.

Volto a cortar os vegetais enquanto as cebolas suam no fogão. Fico alerta a ele pelo canto do olho. Está tentando entender o que está acontecendo.

Jogo as cenouras da tábua de corte para a panela com a parte lisa da faca e volto à bancada para cuidar do aipo.

— Vou fazer uma sopinha de macarrão caseiro — continuo, preenchendo o silêncio sombrio que dominou a cozinha cavernosa da sra. Prentiss. O prefeito está só lá, parado, me encarando, se perguntando se eu sei. Se não sei. O que fazer nos dois cenários.

— Não sabia que você cozinhava, Nora — fala ele, enfim. Entra mais na cozinha enquanto fala, aproximando-se de mim. Meus dedos apertam com mais força o cabo da faca. Quantos passos levaria para chegar à porta dos fundos? Dez? Quinze? Eu deveria saber. Devia ter contado.

— Sei tricotar também. Minha mãe me ensinou as duas coisas antes de morrer.

— Cozinhar é uma boa habilidade para se ter.

— Especialmente quando se tem uma irmã que trabalha tanto quanto a minha. O mínimo que posso fazer é cozinhar o jantar algumas vezes por semana.

A menção a Lee o obriga a desacelerar. O lembrete: tenho alguém me esperando em casa. Ela vai caçá-lo e estripá-lo com um clipe de papel se ele me machucar.

Adiciono o aipo à panela e mexo os vegetais, que amolecem. O prefeito se acomoda em uma banqueta do outro lado da ilha da cozinha, e cerro os dentes. Pelo menos, se ele está aqui comigo, quer dizer que não pode estar lá em cima com Wes.

Desembrulho o frango e coloco na tábua de corte. Ele está me olhando com muita atenção; sei que, se respirar fundo para me acalmar, como quero fazer, ele vai notar. Então, pego a faca e começo a quebrar o frango como Raymond me ensinou a fazer. Sou boa com facas e nunca fui fresca com carne crua, então, me ensinar o básico foi o jeito de ele criar uma conexão comigo naquele primeiro ano, quando ele ainda estava cortejando a mim e a minha mãe.

Corto o frango, separando carne, osso e pele com a destreza de um cirurgião, e, quando levanto os olhos para o prefeito, ele olha para minhas mãos com um propósito surpreendente.

— Meu filho me contou que você não caça — diz.

— Não mesmo — respondo, separando as coxas e as asas do frango antes de partir o peito em metades. Troco para uma faca menor para tirar um pouco da gordura.

— Mas sabe usar muito bem uma faca.

— Só sei cozinhar. — E, aí, em contradição direta à minha afirmação, giro a faquinha. É exibido e malicioso, e sei que não devia fazer, mas faço mesmo assim. Porque quero desnorteá-lo. Porque já decidi: vou estripá-lo à minha própria maneira.

Ele desce da banqueta.

— É melhor eu ir ver o Wes.

Minhas mãos se fecham na faca de carne à minha direita antes de ele pronunciar completamente as palavras. Seus olhos caem em minha mão, e os meus focam os dele. Não faço movimento de cortar o frango nem disfarço o fato de que estou segurando a faca, porque ele tem razão: eu sei mesmo usá-la.

— Não precisa — digo a ele, com o sorriso de volta ao rosto. Aquele sorriso casual e ingênuo. — Você é tão ocupado. Com certeza vai querer ir direto ao escritório relaxar. Pode deixar que eu vou.

Mas ele insiste. Porque eles sempre insistem. Porque se você coloca um limite, eles vão lá e ultrapassam. *Eu te conheço*, algo lá dentro, que talvez seja puramente eu, sussurra. *Eu vou acabar com você.*

— Se ele está doente...

— Eu vou, senhor prefeito.

É como se o tempo congelasse e andasse para trás entre nós, porque o olhar dele faz com que eu me sinta com doze anos outra vez. Mas, agora, não solto minha faca. Envolvo o cabo com força. E não fujo.

— Tenho mesmo muita papelada para resolver.

— Eu aviso quando o jantar estiver pronto — falo, desejando poder trancá-lo lá dentro e tirar Wes daqui antes de colocar fogo neste lugar.

— Faça isso, então — diz ele, antes de se virar e sair da cozinha.

Minha respiração fica presa na garganta, meio assustada de ele subir direto as escadas para mostrar que está no comando. Mas seus passos continuam soando no azulejo de pedra que leva ao escritório; não há baques suaves pelos degraus de madeira, abafados pelos carpetes antigos.

Jogo o corpo contra a bancada enquanto os vegetais chiam e aquecem, prestes a queimar.

Não solto a faca.

Leva quase dois meses para Wes se curar. Tentamos manter tudo limpo e com curativos, mas, como tudo só está fechado com sutura cutânea adesiva em vez de pontos e grampos, os machucados ficam reabrindo. Cicatriza muito pior. Os ombros dele agora são um território novo; a antiga cicatriz que me mostrou que éramos iguais está partida ao meio pelo tecido sensível arroxeado e lívido na pele dele.

Ele tenta agir como se o que aconteceu não fosse nada. Diz que não quer tocar no assunto. Que está bem, embora passe horas sozinho no quarto, que não é mais de hóspedes, lendo qualquer livro que Lee lhe dê.

Seu hábito de leitura recém-adquirido me dá o tempo que preciso.

Saio do normal tão facilmente que é risível eu ter achado que ia durar. É ingênuo pensar que alguns anos com Lee iam desfazer alguma coisa. Só tranquei, mas agora estava livre.

Então, crio dois planos. Consigo algo para usar contra ele. Mas não fico esperando.

Vou atrás.

O prefeito gosta de caçar aos domingos depois da igreja. Gosta de ir sozinho. Só ele, seu rifle e seus pensamentos lá na torre de caça enquanto ele abate o Bambi — mal, porque é lógico que ele é um caçador de merda além de babaca abusivo.

Antes de Clear Creek, eu nunca tinha morado em nenhum lugar com florestas assim. Abby preferia cidades em que ficasse livre, por motivos óbvios. Mas as trilhas com Wes durante o ensino fundamental e médio me ensinaram não só sobre a beleza, mas sobre o valor dos bosques. São secretos e silenciosamente barulhentos, as estradas de mineração esquecidas deixam a parte de mim que nasceu para fugir e se esconder docemente tranquila. E, agora, se mostram úteis.

Sinto-me meio boba espreitando atrás das árvores no pé do morro onde fica a torre de caça, escutando os tiros ruins do prefeito e esperando a cerveja dominá-lo, abrindo minha janela de oportunidade. Finalmente, os tiros erráticos cessam, e escuto o baque e o rangido da escada. Ele está saindo.

Eu me movo ao mesmo tempo que ele, observando-o desaparecer pelas árvores para ir mijar em algum lugar longe de seu território de caça. Corro pelo barranco, na direção das árvores pelas quais ele vai passar no caminho de volta à torre. Colo as fotos no tronco que fica na altura dos olhos, onde não tem como ele deixar de vê-las. Subo na torre, puxando a escada para dentro atrás de mim.

Sentada nas sombras, espero, o coração acelerando a cada momento que passa. O rifle dele está bem ali. Me afasto. Não é que esteja com medo... e não é que esteja tentada.

É que sei para onde vão as coisas se eu tocar na arma. Então, não toco.

Os passos dele trituram a vegetação rasteira, tão altos que provavelmente fazem qualquer presa se dispersar para um quilômetro de distância. Minhas unhas furam a palma das mãos. Acho que ele encontrou as fotos. Espero que esteja aterrorizado.

— Ei — grita ele lá de baixo.

Eu me dou um momento para respirar. Porque parte de mim está com medo, mas a outra está gloriosamente animada. O tipo de felicidade que as criancinhas sentem ao ver seu bolo de aniversário. Contente do jeito *vou vencer*, porque é nisso que sou boa. Mas preciso agir direito. Muita coisa depende disso, então, não posso errar.

— Eu sei que você está aí.

Apareço na porta da torre de caça como a pior das surpresas.

— Oi, prefeito.

A boca dele se abre com tanta força que o maxilar deve doer até hoje. Ele fica completamente sem fôlego e se curva de choque, quase chiando meu nome. Mas, na sua mão, está uma das fotos que colei na árvore. É brilhante e em alta definição. Eu tinha esbanjado no papel bom para criar um efeito. A imagem range e se amassa no punho dele.

— Vou ficar aqui em cima enquanto a gente conversa — digo, tomando muito cuidado ao me acomodar na porta e deixar minhas pernas balançarem na beirada.

Ele não fala, atabalhoado, mas leva uns bons dez segundos para reagir. Eles passam devagar, porque dez segundos é tempo demais quando somos somente nós dois no bosque e há material de chantagem preso nas árvores. Um pouco de drama para fazer o sangue dele correr.

— O que está fazendo aqui, Nora? — quer saber, como naquele dia na cozinha quando minha mão estava em torno da faca de carne.

Não dá para fugir disto. Não quero. Vim aqui para isto.

O prefeito nunca gostou de mim. Sempre o deixei nervoso e nunca consegui saber se era porque eu não era tão feminina quanto ele gostaria ou se, de algum jeito, ele sentia a vigarice em mim.

Além dos pastores, políticos são, afinal, o outro tipo aceitável de vigarista. Eu soube desde o primeiro dia que o prefeito é mais do que um pouco desonesto. E, agora, há provas na mão dele e em umas poucas árvores que ele não viu na corrida para voltar e pegar a arma.

— Sua irmã tirou estas fotos? — exige ele. — Ela também está por aqui? — Ele olha por cima do ombro, nervoso pela primeira vez.

— Eu tirei as fotos. Lee não sabe nada das suas atividades pós--trabalho. Só eu.

A expressão dele muda e, embora eu espere por isso, a adrenalina faz meu coração chacoalhar contra as costelas quando ele dá um passo à frente, indo de *estou fodido* para *vou foder com ela* num piscar de olhos.

— Nada disso.

Aperto o polegar na arma de choque que tiro do bolso. Será que ele reconhece que a jaqueta é de Wes? Provavelmente não. Uso como um lembrete. Uso para me dar forças.

A eletricidade faísca, o *zapt crack* preenchendo o espaço entre nós, e, como um cachorrinho adestrado, ele para.

Seus olhos se apertam. Ele está pensando. Encaixando as peças. Aquela tarde na cozinha quando o impedi de ir ver Wes. Todos os pequenos momentos antes disso. Que tipo de garota anteciparia cada um de seus movimentos? Que tipo de garota faria *isto*? Ele está chegando lá.

— Tenho backup das fotos — continuo. — Hackeei seu e-mail, então também tenho todas as mensagens. Você precisa de respostas melhores às perguntas de segurança. Agora, está tudo pronto para ser enviado às redes de notícia locais e para o delegado, a não ser que eu entre com uma senha todo dia. Então você não vai fazer nada idiota agora, tipo tentar me matar e me enterrar no meio do bosque.

— Você está sendo ridícula, Nora. Acho que está vendo televisão demais — diz ele, e o gelo em sua voz é típico de político encurralado. Ele vai tentar se livrar desta, mas não tem como.

Tinha algumas coisas para escolher no que dizia respeito a ele. Mas escolhi a que o prejudicaria mais.

Dinheiro é poder. A sra. Prentiss herdou muito no ano passado após a morte do pai. Se há um momento para uma mulher abandonar o marido abusivo, é quando ela consegue muito dinheiro, né? Deve ter passado pela cabeça dele.

Então, escolhi a traição. E, vou dizer, não conseguiria ter inventado uma história melhor nem se tivesse escrito eu mesma.

— Isto não é televisão — digo. — É a vida real.

— É ridículo — declara ele, como se fosse a única palavra que conhece.

— Você sabe o que me chama a atenção em você? — pergunto, mas nem espero uma resposta, só avanço. — Aposto que você diz a si mesmo que é *disciplina*. Estou certa?

Ele fica um vermelho-tomate embotado, meio que de meia-idade, o que me diz que estou mesmo certa. É horripilante, em vez de satisfatório. Queria que ele simplesmente tivesse um ataque cardíaco e me poupasse o trabalho, e talvez eu devesse ter vergonha desse pensamento, mas não tenho. Porque não dá para reabilitar um homem assim, mergulhado em seu privilégio, sua raiva e toda a merda de que ele se safou por décadas, porque *é assim que ele é*.

Bom, é assim que *eu* sou. Ele vai ter que lidar com isso.

— Aposto que você acha que isso o torna melhor — continuo, desejando que minhas palavras fossem armas, ou veneno, ou algo mais que só palavras. — Mas, adivinha? Sempre foi abuso. Você sempre foi um abusador. Só ficou melhor do que algumas pessoas em esconder. Mas eu vejo você.

— Você não tem direito de me dizer como criar o meu filho. Você é uma *criança* — sibila ele, olhos apertados.

— Assim, eu vim mesmo de bicicleta até aqui — digo, e estou me fazendo de muito corajosa e petulante. Soo tão confiante quando quero tremer, mas, ao longo dos anos, enganei meu corpo, assim como enganei esse homem. — Mas tenho, sim, direito de te dizer o que fazer agora. Foi por isso que me dei ao trabalho de reunir o material de chantagem. Acorda.

— O que você quer? — questiona ele. — Que porra você está fazendo?

Minha risada sai dura e agressiva. Ecoa nos galhos das árvores, e os pássaros se espalham com o barulho desalmado. A confusão dele não me traz satisfação nenhuma. Só me deixa mais brava. Me dá vontade de matá-lo. Não é a primeira vez, e não será a última. Porque ficaríamos bem melhor sem ele. Mas não posso ser isso. Não vou deixar que seja ele a me transformar em algo novo.

Me tornei tanta coisa para tanta gente. A filha que eles nunca tiveram. A adoração ingênua que eles desejavam. A tentação escancarada a que eles nem tentaram resistir porque o mundo lhes dizia que eu era bucha de canhão.

Cansei de ser bucha. Em vez disso, virei o canhão.

— Quero uma coisa — falo. — É simples. Está pronto?

A mão dele se contrai como se ele quisesse fechá-la ao redor do meu pescoço. Que bom que a torre de caça é tão alta. Não acho que meu alerta sobre não me matar seria suficiente se eu estivesse no chão com ele.

— Quero que você pare de bater no seu filho.

— Eu não...

— Eu tenho fotos das costas de Wes. — É um blefe. Eu nunca faria algo assim. Mas estava certa sobre os segredos do prefeito, e isso me permite pressionar o poder de crença dele. O poder que estou lhe mostrando. — Seriam uma ferramenta útil no tribunal para a sra. Prentiss, se ela decidir se divorciar do marido traidor.

— Ela nunca faria isso.

— Você ficaria surpreso em saber o que a humilhação pública e a desgraça fazem com uma mulher — respondo. — E todos vocês deviam fazer exame. Sua namorada não é a única pulando a cerca no casamento dos Thompkins. O pastor Thompkins se tratou para gonorreia duas vezes no ano passado. Então, espero que você esteja praticando sexo adúltero seguro, porque nenhuma das moças merece pegar uma infecção de DST de segunda ou terceira mão.

A veia na testa dele lateja de novo.

— Como...

— Tenho meus jeitos. É por isso que sei que você fez um acordo com o pastor Thompkins para ajudar com o rezoneamento daquele terreno ao lado do rio que ele comprou para a megaigreja. Vinte por cento do dízimo é impressionante. Será que ele cortaria sua porcentagem pela metade, se soubesse que você está comendo a mulher dele?

O prefeito não diz nada. O rosto dele parece feito de pedra. Acabou o sorriso de comercial de pasta de dentes. Acabou o verniz político. Só corre nele a raiva pura, dizendo-lhe para machucar aquilo que poderia arruiná-lo: eu.

— Se você parar de machucar Wes, isso tudo some.

— Depois, você vai querer dinheiro — diz ele.

— Não preciso do seu dinheiro. Não estou nem aí para leis de zoneamento ou gente que joga o dinheiro no golpe de Deus. Eu ligo para muito pouca coisa, e Wes está no topo dessa lista. Então, você tem minha total atenção... e eu posso ser bem criativa.

Olho para baixo. Descer por uma escada de corda vai me deixar de costas para ele. Ele é grande como Wes, alto, largo e forte, mas Wes não usa isso. É a única forma que o prefeito sabe viver: ele usa os músculos e consegue o que quer.

Afasto-me da porta da torre com um impulso, como se não precisasse da escada. Meu cabelo se despenteia quando pouso no chão, tentando manter o corpo solto. Sei cair, mas bater no chão com os pés vindo de uma torre de caça é diferente — se você cair errado, quebra um tornozelo, uma perna ou os dois. Mas acerto. O impacto abala meus joelhos e tornozelos, mas flexiono no momento exato, usando a mão no chão para me estabilizar. Ele está a apenas alguns metros de distância quando me levanto, a mão contraindo de novo. Então, é um sinal. Um sinal assassino. Ela se contraiu logo antes de ele usar aquele atiçador nas costas de Wes?

— É simples: você deixa Wes em paz e eu deixo você em paz — digo ao prefeito. — Agora, tenho que ir para casa antes de ficar tarde. Minha irmã não gosta que eu ande de bicicleta depois que escurece.

— Você vai se arrepender disto. — Ele está tentando ter a última palavra tanto quanto fazer uma ameaça que não pode cumprir.

— Não. Não vou — respondo. — É a melhor coisa que eu já fiz.

Era verdade na época.

É verdade agora.

Provavelmente será verdade para sempre, porque não sou muito boa. Mas eu amo completa e destemidamente.

Nada pode ser um obstáculo para isso. Para *mim*.

34

11h27 (reféns há 135 minutos)

*1 isqueiro, 3 garrafinhas de vodca, 1 tesoura,
2 chaves de cofre*
~~Plano 1: descartado~~
Plano 2: em andamento

Sentamos em um pequeno triângulo, um joelho de cada um dos dois tocando um dos meus e vice-versa. Wes me entrega a tesoura, porque está cutucando as costas dele. Iris se recosta nos armários, deixando que segurem o peso dela. Sinto quando ela fica tensa de dor, os tremores quase imperceptíveis enquanto ela se mexe, tentando achar uma posição que lhe dará algum conforto.

— Você está bem? — Wes pergunta a ela. Ela lhe dá um aceno tenso e nem um pouco convincente.

— Quem vai começar? — questiona ela, arqueando a sobrancelha, com mais ousadia do que se estivesse acendendo aquela porcaria de isqueiro para mim.

— Já falei muitas verdades.

— Pela primeira vez, aparentemente — irrita-se ela, mas aí suspira, fechando os olhos por um momento. Seus cílios são escuros contra a pele, abrindo-se como teias de aranha. — Isso foi cruel — sussurra.

— Eu entendo por que você está brava.

Ela balança a cabeça.

— Não. Não. *Você* não entende *nada* disso. *Ele*, provavelmente, sim. — Ela faz um gesto de cabeça para Wes.

— Sem dúvida — diz ele e, quando dou uma batidinha do meu joelho no dele, fala: — Ei, verdade por verdade.

— Você se sentiu muito inocente? — pergunta ela a ele.

— Inocente pra caralho — responde Wes. Cinco segundos disto e já é meu pesadelo.

Do instante em que os dois se conheceram, foi como se cada um tivesse enfim achado o irmão ou irmã que não tinha. Eles se provocam e têm as piadas internas mais complicadas, que nunca conseguem explicar direito, porque acabam rindo demais. E agora? Vão pegar toda essa camaradagem e se unir para formar um grupo de apoio *Nora mentiu para mim?*

E não posso fazer nada para impedir, porque eu menti mesmo.

O negócio de dar um golpe em alguém é que, se você fizer direito, não estará lá para lidar com as consequências. O coração partido. A mágoa. A traição. A descoberta de todas as mentiras. O questionamento de *tudo*.

Mas, quando Wes descobriu quem eu realmente era, eu não podia fugir. Precisei ficar. Para o coração partido, a mágoa, a traição, a exposição de cada mentira e a resposta a cada pergunta. Juntos, vieram meu próprio coração partido, minha culpa e minha noção de que isso nunca, nunca mais podia acontecer.

Mas agora está acontecendo, porque o que eu esperava ao me apaixonar por alguém como Iris Moulton?

Sei que diz algo sobre mim o fato de eu só me sentir atraída por pessoas inteligentes o bastante para me sacar. Talvez eu só não saiba viver sem o risco. Cada vez que chego perto demais da beirada da exposição, sinto o cheiro do Chanel nº 5 da minha mãe e escuto o sussurro de seda que parecia acompanhá-la. Isso não me impulsiona; me puxa para trás, fazendo com que eu me sinta jovem, impotente, ficando louca de novo.

— Lee é sua irmã de verdade? — pergunta Iris de repente. Aí, balança a cabeça. — Tem que ser. Vocês são muito parecidas. Ou... vocês se fizeram ficar parecidas.

— Ela é minha irmã. Mesma mãe. Pais diferentes.

— E onde está o seu pai em tudo isso?

— Onde está o *seu* pai, Iris?

Sei que é baixo, mas o jogo é Verdade por verdade, não só Todas as minhas verdades pelas de mais ninguém.

— Nora, fala sério — diz Wes de um jeito que me faz encará-lo enquanto o calor sobe pelo meu rosto. Não de culpa, mas pela percepção horrível de que ele *sabe*. Ele sabe o que quer que haja para saber sobre o pai dela. Ela contou a ele, mas não a mim.

Eu sei que isso me torna a maior hipócrita do mundo, mas dói no peito com aquele aperto que só ela é capaz de dar no meu coração. O fundo da minha garganta queima com as lágrimas que eu nunca ousaria derramar.

— Meu pai está no Oregon — diz Iris, como se fosse uma resposta de verdade, sendo que todos sabemos que não é.

Ela está me manipulando e, se não consigo aguentar meu próprio jogo, o que sou? Ela transformou isto no maior dos desafios com a mesma habilidade que aplica a costurar suas roupas, levantar dinheiro para gatinhos de abrigo e calcular prováveis padrões de vento em um incêndio florestal.

— Não tenho ideia de quem seja meu pai ou onde ele esteja — respondo.

— E o meu pai é um babaca que Nora teve que chantagear para parar de me bater — fala Wes, e as sobrancelhas de Iris desaparecem dentro da franja com essa informação. — Todo mundo nesta sala tem uma porra de um babaca como pai. Essa é a verdade.

— Então você só pula de cidade em cidade, cometendo crimes e dando golpe nas pessoas? — me pergunta Iris.

— Eu nunca pulei para lugar nenhum na vida, com licença. E chantagear o prefeito foi uma... saída da aposentadoria.

— Como você pode estar aposentada de algo em que está ativamente envolvida?

— Não estou envolvida em coisa nenhuma — respondo, agudamente consciente de Wes à minha direita. Ele está olhando os joelhos, os pontos onde tocam o de Iris, onde tocam os meus. Sei, sem ter que perguntar, que ele está tentando pesar suas lealdades, porque estou dobrando as regras.

— Você não é quem diz ser. Sua mãe não está morta. Tem assassinos de aluguel vasculhando o país, talvez o mundo, atrás de você. Você convenceu aquele ladrão lá fora a entregar a garotinha à Lee, como se fosse uma feiticeira. Mas não está *envolvida* em nada? Você não é Nora O'Malley! — A voz dela fica aguda demais ao falar meu nome, eu não espero isso e acho que nem ela; a forma como meu corpo encolhe todo quando aquelas palavras saem de sua boca e me atravessam. — Qual é seu nome verdadeiro? Eu sei que não é Ashley Keane.

Minha boca fica seca. Sinto a dor fantasma do elástico contra meu pulso. *Você é Rebecca.* Plaft. *Você é Samantha.* Plaft. *Você é Haley.* Plaft. *Você é Katie.*

Você nunca, nunca é *ela*. Ela precisa ficar trancada lá dentro, em algum lugar seguro, intocada. A única garota que permanece intocada. A única que permanece desconhecida.

Só falei o nome em voz alta uma vez desde que saí daquele quarto de hotel na Flórida com Lee. Sussurrei no ouvido de Wes e fiquei com medo de ele transformá-lo em uma arma, um golpe final nos pedacinhos em que nos quebrei. Mas, em vez disso, ele estendeu o primeiro pedaço deformado e esfarrapado para construir os Franken-amigos. Ele sempre teve a delicadeza que acho tão difícil fingir.

Iris também tem delicadeza. Acho que despedacei um pouco hoje, talvez demais.

— Neste momento, preciso ser Ashley.

Ela aperta os olhos e, por um momento, confundo com raiva. Mas, quando seu olhar encontra o meu, há ali um fogo que faz meu estômago derreter.

— Você me escute, quem quer que você seja — diz ela. — Vou colocar fogo naqueles babacas lá fora antes de deixar que eles te levem como algum tipo de prêmio de consolação ou escudo humano de assalto a banco.

— Iris...

— Não! Você não tem direito de suspirar meu nome, bagunçar o cabelo e me fazer olhos tristes de bode expiatório. Não tem direito de entrar na minha vida e me enrolar até eu ficar tonta com você e ir embora do jeito mais horrendo possível. E, com certeza, não tem o direito de se entregar de bandeja aos ladrões com uma maçã na boca que nem um porco assado.

Minha boca gira a cada ordem que ela dá, até eu estar mais tensa que uma rolha, e, quando ela desvenda meu plano tão facilmente, não consigo me impedir de soltar:

— E por que não?

— Porque eu te amo — diz ela, de forma tão clara e aguda que as palavras vão me marcar para sempre, para o bem, para o mal e para o amaldiçoado.

O aperto no meu peito, em um segundo, se solta.

— Você... — E, aí, não consigo falar mais.

Não consigo nem respirar. Estou vagamente ciente de que Wes está dando *risadinhas* do meu lado, como se soubesse o tempo todo. Iris me olha como se fosse uma Verdade e um Desafio entrelaçados. E acho que é, porque amá-la é desse jeito para mim. Eu não podia negar a verdade disso, então, corri o risco.

— Sim — diz ela. — Eu te amo, não importa quem diabos você seja. Então, chega de mentir. Chega de segredos. E chega de dar golpes sem incluir *nós dois*. — Ela faz um aceno para Wes, que está sorrindo largo como se não tivéssemos pelo menos dez cordas metafóricas em torno do nosso pescoço. — Combinado?

É um combinado justo, para quem tem confiança. Eu não tenho, claro. Não dá para só te ensinar a confiar, é preciso crescer em uma vida com pessoas que valem sua confiança. E o solo inclinado em que minha mãe me criou não era assim.

Mas precisei confiar em Lee. Escolhi confiar em Wes.

E arrisquei tudo para amar Iris.

Então, abro a boca para dizer a ela que temos um combinado, porque ela merece isso, mas, antes que meus lábios possam formar a palavra, um grito que começa e se corta de um jeito horrível, eviscerado, ecoa do outro lado do corredor. O som faz Iris se encolher contra os armários e Wes bater as costas neles igualmente rápido, tentando protegê-la e me trazendo para perto ao mesmo tempo. Meu coração não bate rápido desta vez. Desta vez, ele desacelera, com o temor preenchendo o espaço agonizante no meio.

Eu tinha colocado uma armadilha.

Será que a pessoa errada caiu nela?

35

Katie (dez anos): doce, espirituosa, esperta (em três atos, invertidos)

Ato 3: Doce
Quatro horas depois

Ainda está chovendo quando volto da lavanderia. As janelas estão escuras, todas as luzes apagadas, e o carro dele não está estacionado.

Entro na casa pela porta dos fundos, atravessando a escuridão, minha camisa pingando gotas de chuva cor-de-rosa enquanto ando. Se eu conseguir apenas chegar ao dinheiro que escondi no banheiro do térreo, vou conseguir suportar.

Cabem dois no cobertor.

Agora o cobertor se foi. As almofadas do sofá também. Tinha sangue por cima delas, e agora não estão mais aqui.

Assim como ele.

É como se nada tivesse acontecido, como se aquele momento tivesse sido arrancado do tempo, e fico olhando, tentando entender.

Chegue um pouco mais perto, docinho.

Ele limpou? Deve ter limpado. Mas achei...

Tinha muito sangue. E gritos enquanto eu corria.

Eu não mordo.

Mas ele deve estar bem. Se conseguiu sair com o carro.

Não é?

— Aí está você.

Dou um pulo, tão perto de gritar que tenho que cobrir a boca com as mãos.

Minha mãe me olha do corredor, uma garrafa de spray de alvejante na mão coberta pelas luvas de lavar louça.

Tremo, o olhar dela de repente me tornando consciente do frio.

Meu primeiro instinto é pedir desculpas. Há hematomas no interior dos meus joelhos, e me tornei alguém diferente no espaço daqueles minutos, que talvez tenham sido horas, mas a palavra em meus lábios ainda é *desculpa*.

Querer ser envolvida na proteção de uma pessoa de quem acho que talvez precise ser protegida é difícil e estranho, e revira um enjoo dentro de mim.

— Estou quase terminando por aqui — diz ela. — Aí, vamos embora.

Fico só olhando, mal compreendendo as palavras.

Onde ele está?

— Você vai ficar bem. — E não é uma pergunta nem algum tipo de juramento. Não é uma bênção nem um desejo.

É uma ordem. Ela diz do mesmo jeito que diz *Katie. Seu nome é Katie*, e é tão familiar que quase me arranca das garras da dúvida.

O que ela fez com ele? Foi pior do que o que eu fiz?

— Vem — fala, estendendo a mão. O vermelho quase apaga a borracha amarela.

Onde ele está?

Vejo nos olhos dela. Há vermelho demais nas luvas.

Ele se foi. De vez.

Isso me aterra; o impacto. A noção de que ela voltou e viu o que eu fiz, todo o sangue, e ele, e só...

Meu Deus, somos iguaizinhas, não somos?

Ela diz meu nome. *Não Katie*. Meu nome de verdade. Isso me arranca num solavanco da espiral que está se enrolando em mim.

— Vem. Você precisa me ajudar a me livrar dele.

Ela ainda está estendendo a mão ensanguentada.

Eu seguro.

Não tenho escolha.

36

11h32 (reféns há 140 minutos)

~~1 isqueiro, 3 garrafinhas de vodca,~~ 1 tesoura,
2 chaves de cofre
~~Plano 1: descartado~~
Plano 2: fodido

Na esteira do grito, ficamos todos em um silêncio mortal. Desta vez, é Iris quem está no meio, Wes de um lado, eu do outro. Ninguém está tremendo, todos nós estamos tensos. *O que fazer, o que fazer, não há para onde fugir.*

— Quem... — ela começa a dizer, uma palavra sem fôlego cortada pelo som de arrastar que todos já conhecemos.

Ele está entrando.

Não é como antes. *Ele* não está como antes. Seu rosto é uma tempestade, sem substância. Sem curiosidade. E tem muito mais sangue em muito mais do que nas mãos dele agora.

Merda. Merda. Ele achou uma faca em algum lugar. Pensei que eu tivesse encontrado todas as armas, mas, claramente, não. É sangue demais.

Dou um pulo, porque ele está tentando me alcançar antes mesmo de conseguir atravessar a sala, e, se eu conseguir me afastar de Iris e Wes, quem sabe possa...

Ele me dá um tapa com o dorso da mão tão rápido que não tenho tempo de fincar os pés; só caio. Meus dentes se fecham com força quando minha bochecha bate no chão. Wes dá um berro que não escuto há anos, e as únicas coisas em minha cabeça são o grito dele, a dor incandescente e os ouvidos zumbindo, e a única coisa em minha boca é sangue. Cuspo no chão, junto com um pedaço do meu siso. Caralho.

— Não se mexa — diz Boné Cinza, e fico confusa por um momento, até perceber que não está falando comigo. Não está apontando a arma para mim.

Ele está apontando para Wes. Porque Wes está ali parado, grande e ameaçador, e a três segundos de atacá-lo, com ou sem arma.

Tudo ao meu redor balança enquanto cuspo mais sangue, e resmungo:

— Não. — Enfio os cotovelos no carpete desconfortável, feio, manchado de sangue. Preciso me levantar. — Wes, não. Sá zuzo bem. — Arrasto as últimas palavras, ainda com sangue demais na boca.

— Você... — cospe Boné Cinza, e a arma está de volta em mim, longe dos dois, graças a Deus. Quando meus olhos encontram os dele, vejo o ardor da humilhação em suas bochechas.

O que aconteceu? O que ele descobriu? Quem ele machucou do outro lado do corredor?

— O que você acha que está fazendo? — ele me pergunta.

O de vermelho não está atrás dele. Será que está lá embaixo, no porão, agora que eles têm a solda? Isso significa que estamos lidando só com Boné Cinza?

— Responda!

Tenho uma escolha. Posso me encolher, chorar e torcer para ele achar que um golpe é o bastante para me colocar no meu lugar. Ou posso confiar em minha intuição, que me diz que ele nunca mais vai acreditar em nada que eu diga ou faça, então, que mal tem forçar a barra?

— Sangrando — respondo.

Ele me puxa do chão com tanta força que a junta do meu ombro raspa em protesto.

— Vai sangrar bem mais quando eu acabar com você.

É uma frase brega, e eu diria isso a ele, mas sei como é quando um homem quer te matar e só precisa de um empurrãozinho nessa direção.

— Não encosta nela! — grita Wes quando Boné Cinza me joga no corredor. Ricocheteio na parede oposta, o quadro acima de mim chacoalhando com o impacto. Rastejo de bunda pelo corredor enquanto ele arrasta a mesa na frente da porta para bloquear Wes e Iris lá dentro, mas ele me alcança em segundos. Me pega de novo, os dedos dolorosamente enterrados em minha axila, e me arrasta pelo corredor.

Lá vamos nós de volta ao saguão. Boné Vermelho não está em lugar nenhum. Deve estar lá embaixo; isso vai ter importância em alguns segundos? Acabou? Estou morta? Ele não me joga no chão desta vez. Me mantém perto.

Desta vez, é mais assustador, por causa disso. Ele tem uma faca em algum lugar. Esse tanto de sangue na camisa significa que ele tem uma faca, e provavelmente usou em algum dos reféns do outro lado do corredor. Neste momento, a faca me dá mais medo do que a arma.

O que ele está planejando? Como eu me livro disso?

— Sua vaca — diz na minha cara com tanta força que sinto as gotas de cuspe caindo nas minhas bochechas.

— Você machucou a menina? — pergunto, porque não é para eu ter certeza de que ele a tirou do banco. Lee buzinou. Isso significava que Casey estava segura. Tenho isso, pelo menos.

Não é suficiente. Nem de perto. É um grão de bem num mundo inteiro de mal. Wes e Iris estão lá nos fundos, e isso quer dizer que não pode ter acabado.

Tenho que continuar a manipulação.

Ele acabou com o sofrimento do guarda? A atendente assustada está morta? A velhinha?

— Não, eu troquei a menina — diz ele. — Como você sugeriu.

Ele arfa de um jeito irritado. Não é uma risada. Não é um grunhido. Mas espalha raiva e um amargor no ar.

— Por que você machucaria um deles depois de conseguir o que quer? — Odeio como pareço perplexa. Ele conseguiu o que queria. Se não, Lee não teria buzinado.

— Você acha que eu queria entregar a filha de Frayn? — pergunta ele e, ah, caralho. Um dos adultos. Deve ter falado demais, sem saber. Será que a atendente perguntara de Casey? Eu não podia culpá-la, mas não dava para ficar de boca calada sobre a menina ser parente do gerente do banco?

Apesar disso, tento não me sentir hostil demais, porque, se foi a atendente que abriu a boca, provavelmente foi ela que se machucou.

Não posso pensar *que morreu*. Ainda não. Não sem provas. Esperança vã? Com certeza. Estou me segurando a ela.

— É, eu imaginei — diz ele.

Negar vai deixá-lo mais bravo. Não quero isso. Quero acalmá-lo e aí dar reforço. O ego dele não está só machucado; dei uma surra nele. Ele quer descontar em mim.

— Se eu disser *tarde demais*, você vai me bater de novo? — Coloco tremor suficiente na minha voz para ele apertar os lábios.

— Você me enganou.

— Fui bem clara sobre quem sou.

A mão dele se levanta; e me encolho. Não é falso nem ensaiado. É cem por cento real, e minha boca lateja com a ideia de mais danos. Minha bochecha está inchando, mas, por sorte, ele pegou meu maxilar, então, minha visão não está prejudicada. Por enquanto.

— Quem você machucou? — pergunto outra vez.

— Que importância tem?

Mordo o interior da bochecha inchada para não gritar, a dor limpando bastante minha mente. Se ele está atacando para extravasar, estamos muito fodidos. Se ele começar a atirar, os oficiais vão achar um jeito de entrar. Ou Lee vai arrancar os tijolos com as próprias mãos para chegar até mim.

— Por que você se importa? — insiste ele.

— Eu gostaria de sair daqui antes que alguém importante apareça.

— Você se importa — diz ele, com o tipo de espanto teimoso que me mostra que estou fodida. — Você é boa. Nem *tentou* me convencer a entregar *você* aos policiais. Podia ter feito isso. Mas protegeu a menina.

— Ela é uma *criança*.

— Uma vaca sem coração que nem você não devia se importar com isso. Você deixou uma bagunça na Flórida, mas se livrou. Por que não está tentando se livrar agora?

Ele está chegando perto demais da verdade. Quero me soltar dele, que continua agarrando meu braço, me segurando perto demais, e agora sei por quê: ele quer olhar nos meus olhos. Acha que vão dizer-lhe algo.

— Não quero ficar no meio do fogo cruzado, é tão inacreditável assim? Não é como se os oficiais lá fora treinassem regularmente para *invadir um banco*, eles ficam ocupados demais com infrações de trânsito e em destruir plantações de maconha. E seu amigo é empolgado com o gatilho.

— Eu não atirei em ninguém. — O *até agora* está lá, implícito, mas claro. Não tenho ideia de como reverter isto. Dei o que ele queria. Mas por que ele precisa de um trunfo sobre o gerente do banco quando tem a solda?

As chaves do cofre. As que encontrei no escritório do gerente. Ainda estão dentro do meu sutiã.

Boné Cinza acha que estão com o gerente. Ele não acha que estejam no banco. É por isso que está tão bravo por causa de Casey.

Umedeço os lábios e dou um passo para trás. Ele não me solta, mas não me segue, o cotovelo se esticando, me dando espaço. Bom. Bom. Isso é bom.

— Quem você machucou? — suavizo minha voz. — A atendente?

— Ela não devia ter guardado segredo sobre quem era a criança. — Ele quase sorri. — E você... — Ele volta a apertar mais, e meus dentes se cerram, apesar de eu tentar manter a boca suave. Ele quer ver dor. Não vou lhe dar.

— Eu te fiz um favor — digo, teimosa. — A notícia de que tinha uma criança aqui dentro teria feito os chefões de Sacramento virem mais rápido. É melhor para você sair antes que a SWAT chegue.

— E sua preocupação é com o que é melhor para mim?

— Em geral, não: minha preocupação é comigo. Infelizmente, isso quer dizer que não posso ligar um foda-se para você, porque, como foi que você disse? *O cara que tem a arma nunca precisa pedir desculpas.* O único motivo para você não ter me dado um tiro é que aposto que fez as contas, e a quantia que está te esperando lá no porão não chega nem perto dos sete milhões que meu padrasto vai pagar se você me levar de volta à Flórida; viva e crescida.

— Parece um bom negócio — diz ele. — Mas sei que você está tentando ganhar tempo. Não vai dar certo. Vamos sair daqui logo, logo.

Eu sei que ele não está falando dele e de Boné Vermelho. Ele sabe que sei que ele não está falando deles dois. Está falando dele e de mim.

Eu me ofereci como isca, porque foi o que nasci para ser, e agora tenho que pagar o preço. Pelo menos, Iris e Wes estarão seguros.

— Você vai lutar comigo?

— Você vai me bater de novo?

— Depende.

— Então, idem.

Ele fica em silêncio por um momento. Desloca a forma como me segura. Muda. Quando a mão dele aperta meu braço com mais força, não é como antes. Antes, era punição.

Isto é violação. Um tipo de toque intrometido que faz cada sentido dentro de mim bradar; fugir para se esconder, atacar para lutar, paralisar-se no lugar.

— Bater em você não é o único jeito de te fazer se comportar — diz ele, e aí está, nas entrelinhas e no lamber de seus lábios: a ameaça real.

Fuja. Esconda-se. Vá. Agora.

Não. Acalme-se. Respire. Ele quer o medo. A arma não me impediu antes. A surra não o levou a nada. Então, agora, é isso.

Respire.

Fuja. Esconda-se. Lute.

Não. Engula essa porra dessa saliva na sua boca, Nora. Fale. Ele não tem como saber.

— Vejo que chegamos à parte de ameaça de estupro da programação. Muito original. Você tem algum cartão de bingo de bandidão do mal enfiado em algum lugar?

Estou falando rápido demais. Minha voz mais aguda. Merda. Merda.

Fuja.

Ele dá de ombros, e é tão aterrorizante quanto casual. Então, ele fica bem mais aterrorizante, porque diz:

— Não preciso fazer nada com *você*. Só preciso buscar a menina de vestido bufante. Tanto você quanto o garoto ficam se enfiando na frente dela.

Não tem como controlar minha reação. O sangue drena do meu rosto tão rápido que ele suga uma respiração com uma espécie de alegria doentia, e eu sou idiota pra caralho. Eu não pensei. Eu nem *pensei* que ele fosse...

Ele dá um passo à frente.

Esconda-se.

Ele está perto demais. Perto demais, demais.

Minha mão se fecha no cabo da tesoura escondida na cintura do meu jeans.

~~*Lute.*~~ *Mate.*

37

Katie (dez anos): doce, espirituosa, esperta (em três atos, invertidos)

Ato 2: Espirituosa
Quarenta minutos depois

Minha camisa de botões está manchada. Fecho a jaqueta no corpo com mais força, tentando esconder enquanto ganho velocidade. Meus tênis batem nas poças d'água, o frio das ruas quase tão ruim quanto o burburinho de fim de noite dessa parte da cidade. Seattle é uma merda no inverno e minha jaqueta é fina, mas não tive tempo de pegar o casaco pesado.

Não tive tempo de pegar nada. Meu telefone ficou lá, junto com meu casaco quente e as roupas que não estão duras de sangue seco.

Preciso achar um telefone público, o que é quase impossível. Mas tenho que continuar andando, porque, se parar, vou lembrar o que aconteceu.

Nada de parar. Continue se movendo.

Sou Katie há seis meses. Katie é filha de Lucy. Katie acabou de completar dez anos. Ela é atlética; usa uma pulseira de pingentes em ouro rosado no pulso direito, pequenas raquetes de tênis e corações e a Torre Eiffel pendurados. Katie é um sonho do clube de campo; as roupas dela parecem ter saído do catálogo infantil da Ralph Lauren, e seu cabelo loiro grosso vive balançando em um rabo de cavalo. Katie não é tranquila. Não é silenciosa. Não é invisível. É a primeira moleca que minha mãe me deixa ser, a coisa mais perto de mim mesma que sou em anos.

Quem sabe, se não fôssemos tão parecidas, isto não teria acontecido.

Não pense nisso. Continue se movendo.

Caminho pelo que parece uma eternidade. Estou ensopada quando chego à lavanderia vinte e quatro horas. Só há uma pessoa lá dentro, uma garota de idade universitária com fones de ouvido, que não levanta os olhos quando entro pingando.

Tem um telefone público nos fundos, mas não vou direto a ele.

Em vez disso, entro no banheiro sujo. Está destruído, como a maioria dos banheiros públicos. Eu me apoio na pia mesmo assim. Minha jaqueta se abre. Olho para minha, antes impecável, camisa branca.

Os botões estão tortos, pulei um. Só notei agora. Precisei abotoar às pressas, meus dedos escorregando enquanto eu fugia como uma flecha. Minhas mãos tremem quando olho meu reflexo no espelho, e estou agarrando os botões, tentando freneticamente acertá-los. Vira a coisa mais importante do mundo. Eles têm que estar corretos, e aí aquele frisson de medo e histeria pisca largo e verdadeiro. Ele me atinge, e não consigo impedir.

Finalmente acerto os botões, mas isso não faz com que eu me sinta melhor.

Eu podia voltar. A ideia já está me cutucando. Quero me aconchegar nos braços dela e chorar. Minha mãe logo vai voltar para casa e vai achar... Vai ficar preocupada. Talvez a polícia seja envolvida. Ela vai odiar isso.

E eu podia contar a ela. Podia confiar que ela ficasse do *meu lado*.

Mas não acho que exista um *meu lado*. Acho que só existe um *lado dela*. É isso que ser Haley me ensinou... e tenho as cicatrizes para provar.

Não é só que eu não saiba se ela vai acreditar em mim.

É que não sei se ela vai acreditar em mim e me mandar lidar com isso. *O mundo é assim, querida.*

Quantas vezes ela me disse isso? O mundo é assim. Os homens são assim. É assim que funciona, então, faça funcionar para você.

Ela ia me mandar fazer funcionar?

Você consegue lidar com isso?, ela perguntara quando eu era Haley, e eu tinha dito *sim* e sangrado.

Será que eu andava dizendo sim a tudo?

Abrindo mão de tudo?

A ter tudo levado desse jeito?

Será que minha mãe era um monstro?

Eu não sei. *Eu não sei.*

É para isso que serve o sinal de socorro da minha irmã. Este momento. Há anos entendo que ela quer me proteger. Achei que soubesse do quê.

Não sabia de tudo até hoje.

Fechando o zíper da jaqueta até o pescoço, lavo as mãos na pia e as seco antes de sair do banheiro e atravessar a lavanderia.

Tenho dinheiro de emergência na jaqueta, então enfio cinco dólares na máquina de moedas para o telefone. Decorei há anos o número, o cartão em que ela rabiscara, há muito descartado para nossa mãe nunca encontrar.

Colocando as moedas no aparelho, tento não sentir que estou traindo tudo o que me ensinaram, porque talvez o que me ensinaram esteja errado.

O telefone toca por muito tempo. Tempo demais. Meu coração acelera com cada *trim-trim* no meu ouvido, até que, então, *finalmente*:

— Alô?

Está crescendo em minha mente, uma imagem se formando, e, pela primeira vez, realmente parece um resgate porque, pela primeira vez, estou admitindo que preciso ser resgatada.

Tudo desmorona quando uma mulher que não é minha irmã atende o telefone. A realidade me atinge tão rápido que fico chocada com a vertigem.

— Alô? — repete a mulher, que não é minha irmã. A voz dela é grave, rouca, como se ela tivesse sido acordada. — Quem é?

— Com quem você está falando? — Ela deve ter colocado o telefone no viva-voz, porque ouço a voz da minha irmã clara como o dia. — Espera... Onde você pegou isso?

— Por que você tem um segundo telefone? — questiona a mulher.

— Me dá aqui — exige minha irmã.

— Me responde!

— Me dá a porra do telefone! — Ela grita, um baque ecoa e começa um som de briga que me faz agarrar o telefone público como se fosse a única coisa me mantendo de pé.

Aí, sem fôlego e arfando:

— Sou eu. Sou eu. É você? Você está bem?

Minha irmã tem uma vida. Não fala disso comigo, mas sei que tem. Não sei por que nunca me ocorreu que ela pudesse ter *alguém*.

Não a vejo há um ano. Minha mãe não a vê quando estamos em um esquema, e Haley é o golpe mais longo que já demos.

Ela pode ter mudado de ideia. Pode ter decidido que eu não valia a pena. Eu estragaria a vida que ela conseguiu construir.

Eu estrago tudo.

Ela diz meu nome ao telefone com urgência, a emoção sangrando nas sílabas.

— Fala, por favor — sussurra ela.

Seria tão fácil. *Azeitona*. Ela viria. Seguraria minha mão. Me deixaria chorar.

A vida dela ia mudar. Eu mudaria.

Ela ia se ressentir de mim. Eu ia ficar em dívida com ela.

Ficaríamos presas. E não posso prender a pessoa mais livre que já conheci.

Coloco a mão em concha no bocal do telefone.

— Desculpa — falo em voz baixa. — Número errado.

Desligo antes que ela possa protestar. E, quando o telefone público começa a tocar um minuto depois, me forço a ir embora.

38

11h40 (reféns há 148 minutos)

~~1 isqueiro, 3 garrafinhas de vodca,~~ 1 tesoura (atualmente alojada dentro do ladrão de banco), 2 chaves de cofre
~~Plano 1: descartado~~
~~Plano 2: fodido~~
Plano 3: apunhalar

Se você acha que eu não apunhalei aquele escroto, não estava prestando atenção. Porque foi exatamente isso que eu fiz.

Tesouras não são ótimas para apunhalar. Mas é preciso usar o que se tem.

— Sua... Sua... — Boné Cinza se dobra ao meio, a mão se fechando em torno da minha, depois cambaleia, tentando me obrigar a soltar. Enfio fundo. Giro o pulso, e algo quente escorre pela minha pele.

Ele dá um passo para longe de mim, tentando lutar contra a dor, e, *caralho*, é raiva que ele usa para ganhar força. Brilha nos olhos dele por um segundo antes de ele se lançar para cima de mim, em vez de para longe, e sua mão se fecha em meu pescoço.

Depois do momento de paralisia inicial, é quase impossível resistir a agarrar o braço e os pulsos de alguém que está tentando te esganar. É instintivo: você luta, você arranha, porque, se conseguir respirar pelo menos uma vez, pode lutar com mais força.

Não posso soltar a tesoura. Então, em vez disso, a puxo com toda a força. Ele grita, os dedos se apertando no meu pescoço em vez de soltar, como eu esperara. Pontinhos borrados aparecem na minha visão periférica, mas não posso soltar agora. Meu rosto inteiro pulsa, a dor e o sangue mesclados como em uma montanha-russa descarrilhada. A tesoura pinga, minha mão brilha com a umidade nas luzes fluorescentes. Agora, ele tem uma escolha.

Ele me empurra para trás pelo pescoço, me joga como uma boneca de pano no chão, e bato nos azulejos com um baque que faz meus dentes se fecharem com um ruído bem quando Boné Vermelho entra correndo no saguão, de olhos arregalados e berrando.

A espingarda nas mãos dele gira na minha direção.

— Solte a tesoura — ordena Boné Cinza, e sei quando acabou para mim, então, solto.

— Você está bem? — pergunta Boné Vermelho.

— Ela me apunhalou, porra. — A mão dele aperta a lateral do corpo e, quando ele tira, ela volta toda vermelha.

— Caralho, Duane! — diz Boné Vermelho e, *isso*, finalmente tenho um nome.

A arma dele se volta para mim, mas Boné Cinza — *Duane* — agarra o cano.

— Não — diz ele.

— Ela te *apunhalou*! — protesta Boné Vermelho.

— Não — repete Duane.

Ele está me protegendo — protegendo seu alvo. A alegria centelha em meu peito, mesmo enquanto luto para conseguir uma respiração que não pareça facadas na minha garganta. Eu o fisguei.

— Você está louco, porra — murmura Boné Vermelho, virando-se para mim. — Mãos à vista — ordena.

Duane se encosta no balcão de envelopes de depósito. Ele me olha fixamente, seus arquejos mais superficiais a cada respiração. Deve doer pra caralho. Espero ter cortado algo importante quando fiz *snip snip* lá dentro.

— Me dá a espingarda — diz ele a Boné Vermelho.

Ele entrega, com uma confiança tão cega. Tão tapado.

— Como está indo lá embaixo? — quer saber Duane.

— Quase atravessando. Eu diria mais vinte minutos.

— Ótimo. — Duane faz uma careta, pressionando mais forte a lateral do corpo. Ele desliza até o chão, inclinando-se no balcão. Está suando. Meu coração dá um salto. Talvez eu tenha, sim, cortado alguma coisa importante.

Boné Vermelho solta um palavrão.

— Precisamos te arranjar uma toalha. — Ele olha ao redor. — Você, arranja alguma coisa para parar o sangramento.

— Usa sua jaqueta — digo.

Ele balança a cabeça.

— Sua camisa. — Ele aponta para minha blusa de flanela. — Me dá aqui.

Só esses babacas para arruinar minha camisa de flanela favorita. Eu entrego.

— Posso colocar ela de volta com os outros? — pergunta Boné Vermelho a Duane em voz baixa.

Duane faz que não.

— Quero que ela fique à vista o tempo inteiro.

Boné Vermelho me olha com expectativa.

— Você ouviu. — Ele se abaixa para ajudar Duane a se levantar. O homem se apoia pesadamente nele, mas ainda não está vencido. Longe disso. E, agora, tem todas as armas. Não sou só eu que sou boa.

Boné Vermelho é um ótimo seguidor. Fico me perguntando o que ele faria se alguém lhe contasse por que Duane me quer por perto. Ou o que estava planejando fazer com ele para sair daqui.

Acho que vou descobrir em breve. Hora de plantar a desconfiança.

E eles acabam de me dar um assento na primeira fila para isso.

39

Katie (dez anos): doce, espirituosa, esperta (em três atos, invertidos)

Ato 1: Esperta
Antes (depois)

No início, acho que Joseph é sorridente da mesma forma que Elijah era — o tipo de alegria falsa que é só fingimento e pompa. Afinal, ele tem uma série de concessionárias. É vendedor, e um bem astuto, por sinal. Faria sentido.

Toda vez que ele me olha, tento descobrir no rosto dele, nos olhos. O que o faz sorrir. O que o faz fechar a cara. Como posso me moldar para levá-lo a fazer a primeira opção, não a segunda.

O que você quer? Não consigo identificar.

(Mais tarde, digo a mim mesma que fui burra. Ainda mais tarde, depois de muita terapia, saberei que não fui.)

Minha mãe está confiante demais depois do quanto foi fácil dar o golpe em Elijah. Está voando alto em dois trabalhos bem-sucedidos seguidos, mas não aprendi ainda que não posso confiar nela no que diz respeito a escolher os alvos.

(Questionarei para sempre: Será que ela sabia? Como poderia? Como poderia não saber?)

Joseph é fisgado rápido demais para alguém que ganha a vida manipulando; ele nos muda para a casa dele depois de só dois meses de namoro, e minha mãe é arrogante com isso. Fico tão feliz de não estar mais sendo aterrorizada por Jamison, que deixei Haley e meus punhos cerrados para trás.

É tarde demais quando percebo que meus punhos deviam ter permanecido fechados.

(Passei anos falando disso na terapia. Aqueles quatro meses que vivemos com ele e o dia que mudou tudo.)

(Eis o que sei:
Ele tentou me atrair da forma que homens como ele — predadores, pedófilos — acham que é a mais gentil, o que é doente para caralho, sabe? Como se tivesse algo de gentil nisso. Homens assim querem te domesticar. Querem você suave e assustada, sem nunca saber o que está acontecendo.
Outro tipo de solo inclinado.)

(Eis o que sei:
Eu não era domesticável. Não porque eu seja mais inteligente, ou melhor. Pelo contrário: porque alguém havia chegado primeiro.
Abby tinha me domesticado a ser como ela. Não havia espaço para influência externa. Ela era o peso que nivelava o meu mundo.)

(Eis o que sei:
Se eles não conseguirem te deixar suave *e* assustada, simplesmente te deixam assustada.)

(Eis o que sei:
Eu não tinha ideia do que significava *assustada* no meu caso. Não tinha ideia do que eu faria.
Mas, pelo jeito, todos aprendemos.)

40

11h44 (reféns há 152 minutos)

~~1 isqueiro, 3 garrafinhas de vodca, 1 tesoura,~~
  2 chaves de cofre
~~Plano 1: descartado~~
Plano 2: ~~fodido~~ talvez não tão fodido
Plano 3: apunhalar ✓

Boné Vermelho me faz ir na frente pelo corredor, ele e Duane arrastando os pés atrás de mim. Passamos pela sala em que Iris e Wes estão, e resmungo:

— Para onde estamos indo? — Alto o bastante para eles escutarem que estou viva. Minha garganta está me matando, latejando em pulsações em formato de dedos contra a minha pele, e parece que alguém esfregou papel-lixa nos meus olhos enquanto eu era forçada a assistir a desenhos animados ruins por horas.

— Cala a boca — Duane me diz. Ele faz um gesto com a cabeça para o escritório à minha esquerda, lá no fim do corredor. — Aqui.

Quando entramos, eles me obrigam a me sentar na cadeira mais merda. Eu me encurvo nela, os olhos rastreando a sala. É igual àquela em que estávamos, mas a mesa é maior, e a pessoa que trabalha aqui gosta muito de plantas. Talvez eu possa jogar uma neles e correr. Morte por figueira falsa.

Duane testa a cadeira boa, mas em um minuto faz uma careta de dor e escorrega para o chão. Boné Vermelho o ajuda a mudar de posição para apoiar-se na parede. Talvez ele desmaie por tempo o suficiente para eu convencer o tapado a nos soltar. Mas a vida não é assim tão fácil, e homens como Duane são teimosos. Eles se seguram. Minha camisa de flanela está ficando com cor de ferrugem, mas não ensopada. O sangramento está diminuindo, embora ele esteja ficando mais pálido.

Eu devia ter mirado no pescoço.

— Volte lá para baixo e termine o trabalho com a solda — ordena Duane.

— Mas...

— Eu vou ficar bem — diz Duane. — Amarre as mãos dela com fita e volte ao trabalho.

Resisto enquanto Boné Vermelho amarra minhas mãos na frente do corpo em vez de atrás, embora esteja feliz. Posso fazer bastante coisa com as mãos amarradas à minha frente, especialmente porque ainda consigo flexionar todos os dedos. Ainda tem camadas demais para romper, mas vou achar um jeito de me livrar, e, pelo menos, ele não amarra meus pés.

Duane está começando a suar enquanto Boné Vermelho se abaixa para checar a ferida dele. Murmura alguma coisa, e só consigo distinguir quando ele levanta a voz, irritado, enquanto entrega a arma a Boné Vermelho:

— Sim, tenho certeza, caralho.

— Vou ser rápido — garante Boné Vermelho. — Não tente nada — ele me diz.

— Eu ia assaltar um banco, mas vocês dois já adiantaram essa parte — retruco. Minha voz falha no meio, arruinando o efeito.

Os passos dele desaparecem pelo corredor, e volto a minha atenção a Duane. Ele não está ótimo, mas não parece também estar à beira da morte. E a mão segurando a espingarda está apontando para mim sem vacilar.

— E aí, qual o plano? — pergunto. — Você vai matar ele no banco ou o usar como escudo humano quando abrir um tiroteio com os oficiais? Lembre: sou valiosa demais para prestar o papel de escudo humano.

— *Alguma hora* você vai calar a boca?

— Não. Pode ir se acostumando. A viagem até a Flórida vai ser longa.

— Mais uma palavra e te derrubo. Quando você acordar, vai estar engasgando com a fumaça do escapamento no porta-malas do meu carro, e vai ficar lá até a gente chegar na Flórida.

Faço uma anotação mental de que ele disse *carro*, não caminhonete.

— Tá — digo. Estendo as pernas, dobrando um pé com bota em cima do outro. — Ela não vai me soltar sem brigar — murmuro.

Ele leva uns segundos para registrar o que eu disse; acho que preciso levar em conta a coisa toda de ele ter perdido sangue com a tesourada.

— Do que você está falando?

— Pensei que você tivesse me mandado ficar quieta. — Estou toda ranhenta agora, e está funcionando. Ele está ficando agitado. Vai estar nervoso quando Boné Vermelho voltar.

Ele me olha feio, apertando a camisa com mais força na lateral do corpo.

— O que ela te disse?

— Quem... — Ele aperta os olhos. Odeia não estar por dentro, especialmente do seu próprio assalto. Preciso continuar fazendo com que ele se sinta pequeno e instável. Isso o torna perigoso, porque o deixa com raiva, mas vai fazê-lo errar, para eu poder aproveitar esse erro.

— Com quem você achou que estava falando ao telefone durante esse tempo todo? — Inclino a cabeça, com um sarcasmo irritante. — Ela disse que era uma oficial?

— Você conhece ela.

Recosto-me na cadeira, confortável e relaxada, o máximo possível para uma garota com o pescoço cheio de hematomas e o rosto detonado.

— Hã, lógico. Eu moro com ela. Ela é minha agente. Eu menti mais cedo. Não tenho tia nenhuma aqui em Clear Creek. O FBI me entregou para o programa de proteção à testemunha depois da coisa toda com Raymond, e os agentes me enfiaram aqui com *ela*. Ela é um pé no saco.

— Ela é agente?

— Você não sentiu o cheiro dos federais nela? Tem certeza de que já foi preso?

Ele muda de posição na parede, fazendo uma careta e pressionando a flanela com mais força contra a própria camisa. Está ficando mais vermelha. Ele voltou a sangrar. Tento girar os pulsos contra a fita de forma sutil, testando minha amplitude de movimentos.

— Eu sabia que ela não era oficial. Falava fino demais.

— Ela é assim — digo. — Vai te perseguir, se você conseguir sair daqui comigo. Vai ser obrigada. Isto é um caos para ela. A única coisa importante é ela me levar de volta.

Ele está procurando uma armadilha nas minhas palavras, mas são só a verdade. Não há lugar no mundo a que ele possa me levar sem minha irmã ir atrás.

Preciso pintar uma imagem cuidadosa de Lee para ele: a mulher de carreira filha da puta totalmente focada. Ele vai comprar. Vai querer fugir dela, e isso vai fazer com que cometa erros. Só preciso estar lá quando acontecer.

— Ela não deve ser muito boa no que faz, se acabou em um cargo de merda cuidando de uma menina que nem você.

— Você estragou totalmente o dia dela com esta gracinha, o que em geral me deixaria feliz, mas isto meio que é uma bosta para mim.

Toda vez que ele pisca, leva um pouco mais de tempo para seus olhos voltarem a se abrir. Ele está começando a se perder. A dor, a perda de sangue e a baixa de adrenalina o estão abalando. Talvez ele entre em choque e eu consiga tirar a arma das mãos dele.

— É uma bosta para *você*? — Ele dá uma risada longa demais, uma coisa arrastada que lhe faz mostrar os dentes... E aquilo é sangue nos lábios ou só uma impressão minha?

Ele tosse, segurando a lateral da barriga. Aí, tosse de novo, e saem bolhas escarlate da boca dele. Ele levanta a mão para limpar, e seus olhos se arregalam.

— Ah, não, será que cortei algo importante? — pergunto, cavando minha própria cova rasa, porque preciso ver até onde consigo levá-lo. — É bom torcer para ser só o baço, ou algo que dê para viver sem. É um pouco difícil encontrar um órgão.

— Você...

Ele se lança como se estivesse tentando se levantar e, em vez disso, solta um gemido de dor e surpresa. Mais suor escorre pelo rosto dele, mas não é mais sangue saindo de sua boca. O que quer que eu tenha atingido, não o está desacelerando muito, mas a dor está começando a bater. Se ele ficar imóvel, provavelmente ficará bem.

Talvez eu precise fazer com que ele se mova. Muito.

Estou pesando com quanta rapidez conseguiria chegar até a porta e sair pelo corredor em comparação a ele conseguir levantar a arma e mirar bem o bastante para me atingir, mas num piscar de olhos a decisão não está mais em minhas mãos.

Duane tenta se levantar de novo e, desta vez, a dor o domina. Ele chega até a metade, então solta uma série de palavrões, seus olhos reviram e *pá*, ele cai. De repente, o solo está inclinado na minha direção.

Plano 4: pegar a arma. Pegar Iris e Wes. Sair.

— 41 —

~~Katie: espirituosa, doce, esperta~~
~~Katie: assustada, violentada, traumatizada~~
Katie: falando, aprendendo, curando-se

Quase quatro anos atrás

— **Como você quer** passar nosso tempo juntas hoje? — É o que Margaret sempre me pergunta primeiro. Eu podia mentir e dizer que perdi as contas de quantas vezes ela me perguntou isso, mas ela chamaria essa atitude de não ser produtiva e cair em maus hábitos. (Foram oitenta e nove vezes, porque estamos na nonagésima sessão, e ela só não me perguntou na primeira.)

A terapia não começou bem quando Lee me trouxe a Margaret, a dois condados de distância. Não era nem que eu estivesse resistindo; é que não tinha ideia de como falar a verdade sobre nada, especialmente sobre mim mesma. Eu tinha todas as ferramentas de uma mentirosa, nada mais. Margaret sabe muito, mas também não sabe nada. Sou a ilusão de ótica em que uma pessoa vê a velhinha e uma outra vê a jovem. Margaret consegue ver pedaços das duas, mas nunca nenhuma por completo. Ela tem minhas verdades, mas não tem o nome de Raymond. Sabe da minha mãe, mas acha que ela está morta. Mentirinhas, não só para me manter segura, mas para manter Margaret segura também.

Tropeçar pelas verdades cuidadosamente escolhidas até a cura levou mais tempo do que eu gostaria. Gosto de ser boa nas coisas. Não sou boa em verdade, nem em me abrir nem em pedir ajuda.

Você é boa em aplicar a ajuda, é o que Margaret diz quando lhe digo isso. *Depois de superar o obstáculo de pedir.*

Às vezes, é tão difícil pedir.

— Ele quer me beijar — conto, porque estou pensando nisso há semanas, desde que notei.

— Quem?

— Wes.

Margaret parece estar tentando suprimir um sorriso indulgente que pode parecer condescendente. Não é para eu a analisar assim; Lee me disse que a terapia era para ouvir a terapeuta e desvendar o *meu* quebra-cabeças, não o dela.

— É o seu amigo?

— Meu melhor amigo. — E, aí, cavando a verdade: — Meio que meu único amigo.

Ela me observa.

— Você já me falou de outros amigos.

— Não é a mesma coisa.

— Por que não?

— Wes sabe. Quer dizer, não. Ele não *sabe*. É que ele... — Engulo em seco. De repente, parece minhas primeiras vezes aqui com ela, e odeio tanto que queima meu rosto. — Ele sabe que eu fui machucada. Ele... também se machucou.

Eu o estou traindo ao contar a ela. Estou traindo alguma outra coisa também, colocando o abuso no passado, em vez de no presente.

Ela não pode contar a ninguém, lembro a mim mesma. Não contaria.

— Estou impressionada por você ter conseguido compartilhar isso com ele — diz Margaret. — Mostra grande progresso.

— Ele descobriu — conto, incapaz de aceitar crédito que não mereço. — Tenho cicatrizes — continuo. — Ele viu quando estávamos nadando.

— E você não inventou uma história para ele?

— Ele teria percebido a mentira.

Ela espera, daquele seu jeito enlouquecedor. Tem toda uma coisa sobre me estimular. Não funcionou durante muito tempo, e depois funcionou, e agora aqui estamos: cercadas por aquela coisa traiçoeira da confiança. Construímos, eu e ela. Pouco a pouco, durante noventa sessões dolorosas. Ela me ajudou a colocar tijolos no solo inclinado, fazendo peso para poder caminhar com estabilidade.

Mas não me sinto mais tão estável.

— Eu não queria mentir para ele — digo, enfim. — Ele também tem cicatrizes. Mentir sobre isso... — Só balanço a cabeça em negativa. Parecia tão errado. Como me afastar de algo sagrado e entrar em algo quente, pegajoso e pútrido.

— Então ele sabe mais sobre você do que a maioria das pessoas — fala Margaret.

Faço que sim com a cabeça.

— Você quer beijá-lo?

Não consigo olhar para ela nem me mexer. A resposta não é só sim ou não. É...

— Não tem problema gostar de alguém.

— Não é tão simples — murmuro antes de conseguir controlar, por causa daquela coisa traiçoeira de confiança.

Estou acostumada a falar sobre as coisas aqui, mas não falo de algumas coisas por escolha, não por proteção. E nunca falei por causa daquele redemoinho de vergonha e do gosto amargo de bile que sobe em minha garganta toda vez que penso nisso. Mas me vejo, de repente, à flor da pele, como se tivesse planejado contar a ela hoje, embora não tivesse feito isso.

— Não sou boa com essas coisas — digo, nadando desesperadamente para longe, como uma criança que nunca aprendeu a nadar, mas pulou mesmo assim na parte funda.

— Que coisas?

— Beijar. Flertar. Tudo isso.

— Bom, considerando que você acabou de começar essas coisas todas, não diria que é aceitável?

Fica lá, como um animal morto: o atropelamento da suposição. E não sei como perguntar a ela o que quero. O sangue está pulsando em meu rosto, e estou perdida entre querer saber e não saber como perguntar.

Como admitir.

— Não quero machucar ele.

Ela passou tempo o suficiente comigo — noventa sessões — para ver as verdades enterradas sob essas palavras.

— Por que você acha que o machucaria?

— Porque também quero beijar Wes.

As sobrancelhas dela se contraem — o mais próximo de uma carranca que o rosto dela, que parece um lago plácido, é capaz de chegar.

— Você não está falando de dor emocional, não é, Nora?

Não consigo olhar para ela, então, foco o olhar nas minhas mãos. Esfrego o indicador e o dedo médio na almofada do polegar, para a frente e para trás, para a frente e para trás.

O silêncio se estende, e ela permite. Espera, nesta pequena bolha de confiança que criamos, que eu encontre as palavras, porque jamais encontrarei a força.

— Antes do meu padrasto, teve um alvo, Joseph. Ele tinha várias concessionárias de carro. Minha mãe fez a gente se mudar para a casa dele depois de dois meses que se conheciam. Ele vivia me olhando. E, aí, não só olhou, ele... — Retorço os dedos no ar, um gesto impotente, humilhante, e dou de ombros como se para dizer que não consigo.

Vai levar até a sessão 117 para eu conseguir falar as palavras *ele abusou de mim*, mas não sei disso no momento. Só sei que não consigo dizer, embora precise de ajuda, porque tenho medo do que isso me torna. Porque tenho pânico de como poderia reagir se Wes se aproximasse demais antes de eu estar preparada ou pronta.

— No começo, fiquei só paralisada. Era como se estivesse acontecendo comigo, mas não exatamente comigo. Eu via, sentia, mas não conseguia me mexer. Não conseguia gritar. Eu... não estava lá.

E, então, lá fora, o alarme de um carro disparou. Era como se eu estivesse me fazendo de morta e o som tivesse me acordado.

Margaret espera. Ainda não consigo olhá-la. Se eu contar, o que ela vai pensar?

Ela não é normal. Foi o que disse a última mulher exposta aos resultados de meus instintos de luta ou fuga.

— Tentei me afastar. Ele era forte demais. A cesta de tricô da minha mãe estava ao lado do sofá. Era a única coisa perto o bastante para agarrar. Eu precisava fazer ele parar.

Margaret não consegue impedir que sua máscara plácida como um lago escorregue quando entende por completo.

— Você se defendeu com agulhas de tricô?

— Isso fez ele parar, porque ele precisou tentar arrancar as agulhas da perna — conto, e é uma forma muito simples, muito organizada, de falar quando nada naquilo tinha sido simples ou organizado.

Fora sangrento, e as agulhas eram finas, porque eram para os trabalhos delicados da minha mãe, mas ainda eram agulhas de tricô, então, não eram afiadas, e eu não era muito forte. Eu as arrastara pela coxa dele o mais longe que consegui, até atingir algo que fez jorrar. Ele tinha uivado de dor, e eu tinha ficado, ao mesmo tempo, tão enjoada e assustada, uma overdose de adrenalina quando o *fuja, esconda-se, lute* se reverteu e virou *lute, depois esconda-se, depois fuja.*

Margaret fica em silêncio, e, desta vez, não é um silêncio de espera. Não sei se a desorientei ou se ela está só adicionando isto ao seu arquivo *Nora é fodida da cabeça.*

— Eu sei que foi uma coisa errada — falo.

— O que *ele* fez com *você* é muito errado — concorda Margaret, e, quando meu rosto se contorce, ela solta um pequeno suspiro. — Ah. — E não consegue impedir a empatia infiltrada nesse suspiro, que mais parece pena.

Ela entrelaça os dedos, inclinando-se para mim. Usa um pingente de ágata muscínea em uma corrente comprida, como fazem às vezes as senhoras mais velhas e elegantes. Brilha contra seu suéter cinza, e não consigo parar de olhar, porque, se não fizer isso, preciso olhar para ela e receber uma verdade para a qual não tenho certeza de que estou pronta.

— Você se defendeu, Nora — diz ela, em voz baixa.

— Eu sou violenta. — *Ela não é normal.* Ecoa na minha mente.

— O que foi feito com você é que foi uma violência — corrige ela. — Você usou violência como defesa. Não tem nada de errado com isso.

Quando não respondo nada, ela continua:

— Você já iniciou uma briga? Sei que esteve em algumas. Já falamos sobre elas.

Faço que não com a cabeça.

— Já atacou alguém sem ser em defesa própria ou de outra pessoa?

Faço que não de novo.

— E você anda pela escola manipulando as pessoas para elas darem o primeiro soco?

— Assim, eu poderia...

— Mas não faz isso.

— Não.

— Não acho que você seja violenta, Nora. Acho que você reage de uma forma específica quando não tem saída. Algumas pessoas ficam paralisadas. Você luta. Nenhuma das reações é errada.

Preciso dizer. Preciso perguntar. Porque estou com medo. Tenho medo de que o frio na barriga que sinto quando Wes me olha nos olhos por tempo demais vá virar outra coisa quando ele se aproximar. Quando as mãos dele deslizarem na minha cintura ou, em algum momento, por baixo da minha camiseta. Quero ser capaz de ter isso. Quero ter isso. Quero que *isso* seja a única coisa que não é distorcida nem tirada de mim por causa das garotas de antes.

— E se eu reagir assim com Wes? E se, quando a gente se beijar, meu corpo reagir como se fosse ruim, em vez de como se fosse bom?

— Se beijar for algo que você e Wes decidirem que querem, talvez seja bom começar devagar. Dar as mãos. Ter um encontro. Ou só curtir estarem juntos. Não sei como os jovens andam chamando hoje em dia.

— A gente curte o tempo todo.

— Que bom. Então, você pode conversar com ele — continua ela. — Você disse que ele sabe que você foi abusada. Ele sabe dessa parte?

Nego com a cabeça.

— Conversar é importante em qualquer relacionamento. E vocês dois conversam muito, não é?

— Claro.

— Talvez, o melhor a fazer seja dizer a ele que você quer beijá-lo, mas precisa que seja no seu tempo. Assim, não vai ficar esperando que ele inicie alguma coisa e não vai ser surpresa. Isso tiraria um pouco da pressão?

Nunca nem pensei em beijar Wes primeiro, mas, agora que ela sugeriu manter o poder nas *minhas* mãos, a possibilidade me toma. Nada de esperar que aconteça comigo, segurando a respiração. Em vez disso, ficar sem fôlego em antecipação porque eu posso escolher o momento.

— E se ele rir de mim?

Não acho que vai acontecer. Wes não é assim. Mas é assustador pensar em ser tão direta com o que foi implícito e dito em olhares ou toques quase imperceptíveis, e corpos que se aproximam cada vez mais a cada semana, sentados à frente da televisão.

— Aí, você vai saber que ele não é um garoto que mereça beijar você — responde Margaret, e isso *me* faz rir, porque ela tem um tipo de honestidade que eu gostaria de ter.

Caímos em um silêncio que não é desconfortável, mas é pesado. Como o ar de antes de uma tempestade: dá para sentir o cheiro no vento, a possibilidade da queda de água na atmosfera, e tudo só irrompe e o céu se abre.

— Como faço com que isso não arruíne minha vida? — pergunto a ela.

— Fazendo exatamente aquilo pelo que estamos trabalhando aqui. Olhe para você e como está seguindo em frente. Isso não está arruinando sua vida, Nora. Está curando. Ver os obstáculos antes de virarem bloqueios.

Quero acreditar nela. Que isso é apenas um obstáculo, não um bloqueio.

Mas já vivi tantas vidas. Fui tantas garotas. Aprendi coisas com cada uma. Katie me ensinou medo. Não dos homens. Eu já sabia que devia temê-los. Afinal, todas as garotas aprendem isso alguma hora, não é? Eu só aprendi mais rápido e mais cedo do que algumas, e mais tarde e mais devagar que outras.

Katie me ensinou um novo medo. Ela me ensinou a ter medo de mim mesma. Porque ela era o mais próximo de mim que já fingi ser até Nora, e algo nisso atraiu Joseph, não foi?

Quando, finalmente, encontro as palavras para perguntar-lhe, Margaret me diz que nada na situação foi culpa minha. Que não fiz nada de errado. Ela repete que ele era um predador. Que eu confiei em mim mesma. Nos meus instintos. Reagi da forma certa para *mim*.

Então, por que ainda me sinto tão errada?

(Ela não é normal.)

É uma resposta que não tenho. Mas ainda estou procurando. Continuarei procurando.

Parte três

A liberdade...

(Os últimos 45 minutos)

42

Ashley (doze anos): como termina (em três atos)

Cinco anos e meio atrás

Ato 1: Socorro

Estou em uma suíte de hotel. Minha irmã me trouxe até aqui pela entrada dos fundos e pelo elevador de serviço. No segundo em que a porta se fecha atrás de nós, ela me enfia no chuveiro, fechando-nos nessa bolha artificial de lençóis limpos e cheiro de hotel caro.

— Enxague tudo — ordena ela. — Lave o cabelo duas vezes. Esfregue-se três vezes. Use isto embaixo das unhas. — Ela me dá uma escova de dentes ainda na embalagem. — Coloque suas roupas aqui. — Ela estende uma sacola, e estou tão entorpecida que obedeço.

Mas não estou entorpecida o bastante para não esperar quietinha até ela sair do cômodo para me despir. Tiro o pen-drive do bolso do meu jeans cheio de areia, guardando atrás da pilha de papel higiênico, onde ela não vai procurar. Aí, as roupas vão para o saco, como ela mandou.

Quando saio do chuveiro e coloco meu roupão, ela não está mais lá. Nem a sacola das minhas roupas. Por um minuto, me pergunto se ela me largou aqui. Se, finalmente, decidiu que era melhor só se salvar, em vez de salvar a nós duas.

Posso culpá-la? Tive o mesmo pensamento na praia.

Então a porta do quarto de hotel se abre, e lá está ela de novo. O alívio faz meus joelhos parecerem água, e quero me agarrar a Lee como nunca me agarrei a ninguém na vida, mas não posso.

— Não tem problema. Não precisa pedir desculpas — diz ela, e percebo que é isso que está saindo da minha boca. *Desculpa, desculpa*.

— Eu estraguei tudo. Todo o nosso plano...

— Você conseguiu o que a gente precisava. Não tem problema as coisas terem ficado bagunçadas.

O som que solto é histérico, porque ela soa muito como nossa mãe nesse momento.

— Tem algumas roupas novas no quarto. Vai dormir. Eu cuido de todo o resto.

— Mas...

— A única forma de isto funcionar é você me deixar ser a adulta — diz ela, daquele jeito prático dela, sem palhaçada, mas, mesmo assim, fico abalada.

— Eu não sou criança — digo com suavidade, e a verdade disso é um peso canceroso entre nós.

— Agora, pode ser. E isso quer dizer que eu estou no comando, não você.

— Você parece a mãe — retruco, porque estou magoada e à flor da pele, e quero que germine nela o mesmo tipo de ferida.

— Eu não sou ela — diz Lee, com tanta calma que sei que meu espinho não perfurou. Aí, ela fala meu nome. Meu nome verdadeiro. Suavemente, como se quisesse que fosse um conforto.

Não é.

— Por favor, não me chame assim.

Há no rosto dela uma compreensão da qual quero fugir.

— Do que você quer que eu te chame?

Não tenho ideia. Não sou *ela*. Também não sou Ashley. Não sou ninguém. Sou todo mundo. Todas elas, misturadas como álcool em uma coqueteleira. Só sacudo a cabeça, impotente, e digo:

— Vou me deitar.

Ela deixa a porta aberta uns trinta centímetros, como se precisasse ficar de olho em mim, e me deito na cama.

No chuveiro, o sangue formou um redemoinho nos meus dedos dos pés (nos dedos de Ashley?) pintados com glitter. Água espumosa cor-de-rosa, e, meu Deus, acho que nunca mais vou olhar para cor-de-rosa e pensar *feliz*. Precisei esfregar as três vezes que ela mandou para a água sair limpa.

Será que ele já estava morto? Sangrou até a morte na areia? Eu era uma assassina?

Eu me viro na cama, para longe da porta, para poder olhar a parede.

Por que ela voltou? Poderia ter fugido. Ela não se candidatou a isto. Estava só tentando libertar a irmã pequena.

Mas eu não sou criança, nunca fui pequena nem criança e nunca serei, não é? Não mais.

Está tudo diferente. Os riscos... São do tipo que nem nossa mãe ia querer correr.

Ato 2: Segurança

Há uma batida brusca na porta, e, quando ela se levanta para atender, tiro vantagem de sua distração. Saio de fininho da cama e me sento na poltrona do meu quarto, porque tem uma vista melhor do outro. A água desce pelas minhas costas, escorrendo fria contra a pele ainda meio adormecida. Cansei de ficar quieta e de falarem sobre mim sem nunca me incluírem. Achei um caminho hoje, quando nenhuma delas conseguiu. Isso não me garante um lugar à mesa?

— Yvonne, obrigada por vir — diz ela.

— Amelia, não foi isso que a gente combinou.

Dou um solavanco ao ouvir essa estranha usando o nome real da minha irmã, porque é contra as regras. E é aí que percebo: não há mais regras.

Eu não só as quebrei. Eu me libertei de todas elas. Quero segurar essa percepção nas mãos, apertar até esmagá-la, até estar embutida na pele esfolada dos meus dedos e virar uma parte de mim que não dê para cortar.

— Desculpa — diz ela, e sua voz falha.

— Ah, Amelia. — A mulher estende a mão e aperta o ombro de Amelia antes de entrar ágil no quarto.

Seu corte Chanel de navalha balança a cada passo, e seu terno é impecável, embora ela provavelmente tenha recebido a ligação bem depois de meia-noite. Mas uma boa advogada está sempre pronta, e é isso que essa mulher deve ser. Amelia deve ter coberto todo o básico ao chamar o FBI. Ela teria achado a melhor. Um tubarão para lutar por nós.

— Posso dar um jeito nisso. A não ser que você tenha mudado de ideia, considerando... — Ela deixa sem terminar. Amelia baixa os olhos para os pés antes de balançar a cabeça, tensa.

— Vamos obrigá-los a cumprir o acordo original.

— Tá bem. Entendo — diz Yvonne. — Então, estamos entendidas: só saímos deste quarto com os termos originais com os quais concordamos, assinados e oficiais.

— Isso.

— Ela está me seguindo desde o primeiro dia — explica Yvonne. — Então, está esperando no lobby.

— Claro que está.

— Tem pelo menos três agentes disfarçados posicionados lá embaixo. Vai saber quantos ela colocou nos outros andares.

— Como ela é dramática — murmura Amelia.

— Vou ligar, se você estiver pronta.

Ela faz que sim.

O clique do telefone, então:

— É o quarto 206. Pode mandar minha convidada subir? Obrigada. — Ela dá um sorriso reconfortante a Amelia. — Vai ficar tudo bem. Você tem o que eles querem.

Amelia assente com a cabeça, mas tremendo, o que me preocupa. No entanto, quando há uma batida na porta alguns minutos depois, os ombros dela se endireitam, e, de repente, com uma única respiração, ela volta a ser só força e bravata.

— Boa noite, agente North — cumprimenta Yvonne. — Eu sou a sra. Striker, represento as irmãs Deveraux. Quer um café?

— Estou bem — responde a mulher, entrando. Tem cabelo loiro curto e um rosto soturno. — Constituindo advogado, Amelia?

— Você trouxe? — pergunta Amelia, o rosto tão sem expressão quanto o da agente.

— Ele estava onde você disse que estaria, se é o que quer saber — diz a agente North. — Bom, mais ou menos. Ele se arrastou uns bons quinze metros tentando achar socorro. Ela fez poucas e boas com ele, sua irmãzinha.

A boca de Amelia se contrai.

— Nenhuma das minhas clientes sabe do que você está falando — responde Yvonne, calmamente.

— Sei — pronuncia a agente North, arrastada e sarcasticamente.

— Minha cliente...

Ela levanta a mão.

— Não foi o que combinamos.

— Não estou nem aí — diz Amelia. — Agora, o problema é seu.

— Você é uma peça, mesmo — retruca a agente North, enojada. — Pelo menos tem os HDs?

— Você tem os acordos de imunidade?

— Amelia...

Amelia se levanta da cadeira e caminha tão rápido até a porta que os olhos da mulher se arregalam.

— Fora, então.

— Era para você buscar a sua irmã na semana que vem, quando eles saíssem de férias. Se as coisas tivessem ido de acordo com o plano, ela teria um kit de digitais e poderíamos começar toda a operação depois de uma validação completa. Agora, estou com Raymond Keane no hospital, e a única outra pessoa lá hoje à noite era sua irmã. Não é nada bom.

— Se quiser saber os detalhes da minha noite, fico feliz em fornecê-los — oferece Amelia.

— Claro, esclareça-me — arrasta a agente North.

— Recebi um telefonema da minha irmã ontem à noite me pedindo para buscá-la. Raymond e nossa mãe estavam brigando, e, quando minha mãe tentou segurá-lo, ele bateu nela. De novo. Então, fui buscá-la. Ela estava me esperando no hall de entrada da casa. Não passei dali. E se você tiver a audácia de me obrigar a dizer isso na frente de advogados ou juízes ou até algum daqueles outros agentes irritantes que são seus amigos? Vou repetir a mesma coisa. Junto com mais alguns segredos selecionados seus e, quem sabe, também de alguns dos seus superiores.

— E se interrogarmos sua irmã?

— Tínhamos um acordo, Marjorie. Você fica com Raymond e Abby, além das provas para trancafiar os dois, e eu fico com a minha irmã.

— Não estou vendo os HDs — diz a agente North.

— Só vai ver o restante quando eu tiver o acordo na minha frente — fala Yvonne.

Há uma pausa. Um momento de confronto em que alguém tem que piscar.

É a agente North. Ela se abaixa, puxa um calhamaço de papéis da maleta e entrega a Yvonne.

— Pode mostrar um a ela — instrui Yvonne, folheando os papéis, apoiando os óculos no nariz.

Amelia se levanta, vai até o cofre, digita o número e puxa um dos HDs e um notebook. Ela liga e inicializa, depois clica na pasta.

— Este tem todos os vídeos — explica. — Raymond gosta de fazer vídeos.

— Caralho — solta a agente North enquanto assiste. — Você só pode estar de brincadeira.

Amelia fecha o notebook e se inclina à frente.

— Só quando Yvonne me disser que o acordo é sólido.

— Eu posso só prender a menina agora — declara a agente North, e tem uma nota de ameaça em sua voz de que não gosto. — Tenho motivos.

— Se tocar na minha irmã, você não sai deste quarto viva — retruca Amelia, com tanta sinceridade que sinto um choque quente de alguma coisa; não sei ainda, mas é segurança.

— Amelia — alerta Yvonne. — Agente North, ela não quis...

— Quis, sim — diz a agente. — Falou sério cada palavra.

— Falei, mesmo — confirma Amelia. As duas se olham fixamente. Consigo ver pela abertura da porta. O que quer que haja entre elas crepita.

— Quero conversar a sós — solicita a agente North.

Não acho que Amelia vá concordar, mas, para minha surpresa, ela assente.

— Amelia, aconselho fortemente... — Yvonne começa a dizer, mas é cortada com um sorriso firme.

— Pode nos dar só um minuto? — pede ela. — Pode terminar de avaliar o acordo no quarto dos fundos.

Yvonne se levanta, e seus saltos estalam pelo piso.

Observo as duas pela abertura da porta. Amelia está com a cabeça baixa, boca tensa. Está esfregando a almofada do polegar com o indicador e o dedo médio, para a frente e para trás, para a frente e para trás. É o que ela faz quando fica nervosa. Esse tique que compartilhamos, por algum motivo, me aterra de uma forma que eu jamais poderia imaginar.

— Não acredito em você — sibila a agente North, todo o seu profissionalismo derretendo. — Você a extraiu sozinha? O plano...

— Foi para o espaço — completa Amelia. — Sinto muito se o psicopata assassino que cuidava da minha irmã não seguiu o seu cronograma.

— Não acredito que você está sendo insolente comigo agora. Agora. De todos os momentos. Que cagada gigantesca — murmura ela. — Eu vendi para eles um caso simples de se resolver. Não é mais.

— O problema não é meu — diz Amelia.

— Agora, o julgamento vai ser ainda mais difícil. Se tivéssemos a participação dela...

— Não — nega Amelia.

— Os agentes são excelentes no que fazem...

Amelia fica de pé num salto, cruzando o quarto rápido, saindo da minha vista, e escuto o farfalhar suave que não pode ser um soco, mas deve ser algum tipo de toque, porque a agente solta uma respiração nada silenciosa.

Meus olhos se fecham. De repente, sinto que estou invadindo. Minhas bochechas ficam quentes quando percebo que devo estar. Mas, mesmo assim, inclino a cabeça para ver as duas.

Estão paradas perto, e a agente esfrega o pulso como se o tivesse arrancado das garras de Amelia.

— Os agentes podem ser comprados ou manipulados. Eu, não. Você sabe o que fiz para chegar a este ponto. Quer mesmo foder comigo quando tenho o que passei seis anos tentando conseguir? Finalmente eu a tirei de lá, e ela nunca mais vai sair do meu lado. É a minha irmã, e precisa...

Ela para. Treme, como se não fosse nem capaz de dizer. Eu entendo, porque mal consigo pensar no assunto.

— Nada de proteção à testemunha — continua Amelia. — Nada de agentes, nada de esconderijos, nada de *julgamentos* nem nomes. Tínhamos um acordo. Sem testemunhar, sem mencionar o papel dela nisto, sem participação, em troca dos HDs. Você vai cumprir. Ou não vai receber nada.

— Eu posso só levá-los — responde ela suavemente, como se estivesse dando uma notícia.

Amelia sorri, e vejo a crueldade nela pela primeira vez.

— Você me conhece, Marjorie. Acha mesmo que vou me recusar a te segurar no chão enquanto minha irmã despedaça os *drives* em tantos pedacinhos que não vai haver esperança de consertar?

A agente North olha minha irmã como se ela fosse a Lua, e North a visse pela primeira vez.

Não. Espera. Inclino-me adiante, tentando analisar a expressão dela, ler seus segredos completamente. Ela não está olhando Amelia como se a visse pela primeira vez.

Ela a está absorvendo como se fosse a última.

— Ela quase morreu para conseguir o que você queria — Amelia diz, como se fosse uma condenação, o que faz a agente se eriçar.

— Ela não precisava...

— Vai se foder — interrompe Amelia, com tanta ferocidade que North dá um solavanco para trás. — Vai se foder, você e sua palhaçada federal que permitiu que uma criança fosse enfiada no meio disso, porque seu pessoal foi incompetente demais para se infiltrar na organização de Keane, que fez quatro agentes serem mortos em dois anos de operações. Vocês *precisavam* da gente. Fiz um acordo que a colocava em risco, porque minha irmã mais nova era mais competente do que seus agentes. Você vai embora com os HDs dele e uma bela porção da operação destruída, além da promoção que vão te dar, mas ela vai correr perigo até ele estar morto.

— E isso é culpa de quem? — pergunta North. — Dela. Ela correu riscos insanos. Eu tinha um plano de extração claro para ela. Se ela tivesse só...

— *Para*. Ela não é um ativo. Não é uma informante criminosa que você converteu ao longo de anos e tirou do vício em cocaína. Ela tem *doze anos*. É a porra de uma *criança*.

Há um longo silêncio durante o qual North a olha como se estivesse tentando pesar se vale a pena dizer alguma coisa. Volto de fininho às sombras; é como se soubesse que as palavras que virão depois me esfolarão viva.

A verdade costuma fazer isso.

— Você viu o que ela fez com ele? — questiona a agente North. — Sem truques — diz, quando Amelia franze a testa. — Eu só... Você viu como ela deixou as coisas?

Ela continua sem dizer nada. Minha irmã não confia em ninguém. Nem nesta mulher, que a olha como se houvesse capítulos arrancados na história de vida de Amelia que são só sobre ela.

— Porque, se você não viu — continua a agente North, agora cochichando. — Talvez não tenha percebido... — E, aí, estende o celular, mostrando a ela.

Não vou mentir, a preocupação percorre meu corpo em uma onda. Será que é isso? É agora que ela vai me rejeitar?

Mas, assim como vem, desaparece, porque minha irmã ri, em vez de reagir como acho que a agente gostaria.

— É sério que você está tentando fazer com que eu me sinta mal porque ela destruiu a cara dele?

— E o resto?

Amelia nem pisca.

— Como diabos ela ia pegar seus preciosos HDs? Você esperava que uma menina de doze anos arrastasse um homem inconsciente pela praia até a casa e escada acima até o cofre dele?

— Se ela tivesse esperado a extração, ela teria um kit.

— Só que ela não podia e não esperou, mas ainda conseguiu o que você precisava. Então, o acordo está de pé.

Há um tipo de pausa, tão cheia de tensão, que estou rangendo os dentes nesse ponto.

— Ela não é normal — fala a agente North devagar. — O que ela fez... Como ela deixou... Você não consegue perceber? Ela devia ter te ligado antes...

— Se ela tivesse me ligado antes, Raymond Keane agora não estaria vivo — responde Amelia. — Ele seria comida de crocodilo. Ele inteiro.

— Pare de *falar* merdas assim! — A perturbação de North vaza da voz e de seus belos olhos verdes.

— Pare de insinuar que minha irmã é perigosa.

— E não é?

— Minha irmã — diz Amelia, lentamente igual, mas duas vezes mais ameaçadora — é vítima de violência doméstica e abuso sexual nas mãos dos homens que minha mãe colocava na casa dela. E ela foi psicologicamente abusada pela única figura de autoridade que conheceu. Meu trabalho é dar a ela segurança, espaço, e o que mais ela precisar para se tornar uma sobrevivente. Então, se você continuar com essa merda de culpar a vítima, sendo que ela deixou aquele escroto *vivo* depois de ele passar quase dois anos a aterrorizando e batendo nela, eu juro por Deus, você vai voltar sem nada para seus superiores. Vou levar os arquivos para a Administração de Fiscalização de Drogas e o Escritório de Álcool, Tabaco e Armas de Fogo, e você vai ficar de lado. Ou, talvez, eu simplesmente corte as agências federais por completo. Coloque na *deep web* para quem der o lance mais alto.

A agente North respira fundo. Está se preparando para lutar mais, para agora me acusar de ter gostado, provavelmente, ou de não ser a primeira vez. Estaria certa sobre a última acusação e errada sobre a primeira.

Mas, em vez de discutir, ela murcha.

— Meu Deus, Amy — fala, o apelido saindo de seus lábios com uma facilidade que só vem de familiaridade. — Eu...

— Não — interrompe Amelia, nariz empinado, braços cruzados, defensiva pra caramba. Todos os escudos levantados, e a forma como ela está telegrafando a mensagem me mostra que não é consciente, que essa mulher já a enganou uma vez, e ela não pode deixar que aconteça de novo. — Me dá logo o que combinamos.

— O acordo original está de pé — concorda North depois de um longo momento em que elas se encaram, famintas de uma forma que me faz querer desviar o olhar, porque não é fingida. Não há artifício... nenhum cálculo ou beleza. Nenhuma das duas quer demonstrar, mas ambas demonstram, porque é tudo cru e uma bagunça.

— Yvonne, pode voltar aqui — chama Amelia.

— Está tudo conforme combinamos — informa Yvonne.

— Então, me dá aqui.

Silêncio enquanto ela lê. Os minutos passam.

— Alguém tem uma caneta? O código do cofre é 0192.

Mordo o interior da bochecha quando ouço a agente digitar o código e abrir a porta.

— Está tudo aqui?

— Sim — responde Amelia, porque, até onde ela sabe, é a verdade. Penso no pen-drive escondido atrás do papel higiênico. Vou precisar tirá-lo de lá logo.

— Vou só verificar. — Mais silêncio. Mal consigo respirar. Será que ela vai acabar com o acordo? Vai descobrir de algum jeito o que escondi? Mas, aí, há um som de estalo. — É isso, então.

— Não me procure — diz Amelia, e não é só um aviso; é um clamor por misericórdia. E North ainda está envolvida o bastante para lhe conceder isso.

— Adeus, Amelia.

Minha irmã não se despede de volta. Pergunto-me se é porque não consegue. Se ela iria ceder.

A porta se fecha com um clique, e os passos de North somem.

— É isso — diz Yvonne. — Você está bem?

Amelia faz que sim com a cabeça.

— Obrigada por tudo, Yvonne.

Inclino mais a cabeça para o lado para poder ver Yvonne parada na porta, mordendo o lábio inferior.

— Um conselho?

Amelia assente de novo.

— Vá fundo, onde quer que vocês acabem. Ele não vai parar. Uma menininha cortou as pernas dele, e não vai cair bem nem para ele nem para seus comparsas. Então, suma. E não volte.

Depois de um momento, minha irmã diz:

— Obrigada, Yvonne.

— Eu diria *conta comigo*, mas sejamos sinceras: espero nunca mais te ver.

— Eu também. Mas te devo uma. Se algum dia precisar de mim...

— Espero nunca ter que cobrar. Mas vou, se precisar. Tente ficar em segurança, Amelia.

— Vamos ficar.

— Você é uma boa irmã. Lembre-se disso.

Ouço os saltos dela saírem estalando porta afora, e aí a porta se fecha. Fecho também os olhos quando Amelia começa a se agitar, e escuto a TV ligando. O murmúrio de vozes enche o quarto, um barulho sem sentido que não consigo distinguir. Permito-me ser levada pelo sono. Só para dar a ela algum tempo.

Ato 3: Em casa

Espero muito tempo antes de sair para a suíte, onde ela ligou um filme antigo e está assistindo com o tipo de franzir de testa que me mostra que não está vendo ou ouvindo nada. Sento-me ao lado dela no sofá, cruzando as pernas. Nossos joelhos se tocam, e o jeans dela é áspero e macio, como é minha irmã por baixo. A exaustão pulsa em mim como batidas cardíacas, e quero deitar a cabeça na perna dela e deixar que acaricie meu cabelo, tirando-o do rosto, como vi irmãs fazendo uma com a outra em filmes. Esse impulso é algo contra o qual devo lutar, que devo abandonar como pele e fios de cabelo, porque conforto não é algo que eu mereça, certo?

— A gente vai embora logo?

— Precisamos pegar sua nova identidade quando estivermos saindo da cidade. Conheço uma pessoa.

Claro que conhece.

— Vamos para outro país, como você falou?

Amelia faz que não.

— Vou te levar para casa comigo.

A palavra ecoa estranha na sala. Ela nunca mencionou uma casa. Não sei onde ela morava antes de começarmos o Plano Flórida. Amelia sempre tomou cuidado com as informações que me dava. Precisou tomar, porque o normal é uma garota escolher a mãe, e se eu fizesse isso no fim das contas?

Abby teria escolhido *ele*. Os últimos dois anos me dizem sem parar que ela teria escolhido ele. Tenho que acreditar nisso. Tenho que entender que, no segundo em que eles se conheceram, o mundo dela se inclinou na direção dele, me jogando para fora de lá. Eu podia ter me esborrachado, mas Amelia me ajudou a voar.

O que ela sacrificou para chegar aqui? Sei um pouco, mas não tudo. Olho-a pelo canto dos olhos, pensando em como o ar do ambiente tinha faiscado entre ela e a agente North. *Você me conhece*, dissera Amelia, e eu sabia como ela soava ao dizer a verdade.

— Você dormiu com a agente do FBI, né?

E, pela primeira vez, desde que tudo isso começou, minha irmã soltou uma risada.

— Ah, puta que pariu — diz, e aí a risada vira uma zombaria.

Não sei o que dizer. Estou enjoada. O que sei sobre sexo e relacionamentos é puramente transacional, violento, violador, mas já li o suficiente para saber que não está correto. Que pode ser diferente.

Não pode?

— Estou com você há menos de seis horas, e você já está me esmiuçando — diz Amelia, balançando a cabeça. — Você é uma doideira.

— Desculpa.

Ela estende o braço e segura minha mão.

— Nunca peça desculpas por ser esperta — fala. — Você e eu vemos as coisas diferente da maioria das pessoas. A gente pega os detalhezinhos, as coisas escondidas.

— Por causa da mãe.

Ela aperta forte demais. Não me encolho.

— Não, ela só viu isso na gente. Não quer dizer que seja por causa dela. E não quer dizer que temos que usar isso que nem ela usava.

— Mas... você *dormiu* com a agente do FBI — repito, porque não quero mais falar dela. Não consigo. Ainda não. Talvez nunca mais. Posso fazer isso? Só me esconder para sempre?

— É complicado — diz Amelia.

Meus lábios estão horrivelmente secos. Passo a língua por eles.

— Isso quer dizer... Quer dizer que você fez isso por mim.

Ela começa a pronunciar meu nome, mas para, porque antes eu havia pedido para que ela não fizesse isso. É resposta suficiente.

— Você deu um golpe nela — falo. — Foi ela que atendeu seu telefone quando eu liguei em Washington. E eu liguei bem tarde. Ou seja...

— Eu... — Ela apoia os cotovelos nos joelhos, respirando fundo. Ela não é elegante, a minha irmã. Mas é cheia de graça rústica e cabelo bem preso, maçãs do rosto salientes e olhos enormes cheios de arrependimento. — Quero que você seja criança. Quero te levar para casa, colocar você na escola para viver o tipo de vida que não teve e que eu nunca terei. E, se eu te contar...

— Se você me contar, vou saber o que eu te devo — interrompo.

Isso faz com que ela se endireite.

— Só vou dizer isto uma vez: você não me deve nada. Eu escolhi te procurar quando você era pequena. Escolhi te livrar dela. Escolhi ser sua irmã. Foi tudo eu. Não tem dívida nenhuma. Você e eu estamos no mesmo nível. Sempre.

— Eu nem sei como é estar no mesmo nível. — Minha confissão, quando vem, é tão silenciosa como a dela, mas é tão cheia de vergonha. Estou tão envergonhada. As lágrimas se acumulam em meus olhos, e será que sou um monstro por ser *agora* que eu choro? Não antes?

A luz do banheiro delineia o perfil dela, ossos marcados contra o brilho dourado. Nós duas estamos tão cansadas, e tem tanto ainda a se fazer. É preciso fugir para tão longe. Mas preciso saber.

Se ela quer que a gente esteja no mesmo nível, preciso saber o que ela fez por mim. O que minha existência fez com ela.

Então, sou sincera, desta vez, e digo isso a ela. E, em troca, ela é sincera comigo.

— Só descobri você quando você tinha três anos — conta. — Quando fugi da mãe, eu estava determinada a nunca mais voltar. Acabei em Los Angeles. Desapareci na imensidão. Tive medo de continuar dando golpes e, de algum modo, ela ficar sabendo. Então, me legalizei. Trabalhei para um detetive particular. Tirei minha licença. Resisti a procurá-la por muito tempo, mas, quando finalmente fiz... foi assim que descobri você.

— Mas você só veio me ver quando eu tinha seis anos.

— Eu nem queria ir — diz ela, e não consegue me olhar enquanto fala. Uma sinceridade do tipo mais brutal. Foi o que eu pedi. — Por anos, disse a mim mesma que você não era da minha conta. Eu sabia que, se voltasse, ela só te usaria para me atrair.

— O que te fez mudar de ideia?

— Você fazer seis anos. Eu tinha seis anos quando... — Os dedos dela tremem enquanto ela os aperta contra os lábios, como se tentando prender as palavras lá dentro. — Eu não podia te largar. Precisava tentar tirar você dela. Então, criei um plano.

— Você foi me ver.

Os dedos dela continuam pressionados contra a boca, mas seus lábios se abrem, um quase sorriso para as extremidades dela lembrarem.

— Você já era tão engraçada e inteligente. Mas era desconfiada. E no segundo que vi aquele elástico no seu pulso... — Ela balança a cabeça. Era um dos truques da nossa mãe para me impedir de fazer bobagem. Ela puxava o elástico e soltava contra a minha pele. Vou associar para sempre algumas coisas com o leve cheiro de borracha.

"Eu quis te tirar na mesma hora. Mas sabia que ela nunca pararia de te procurar. Ela não sabe dar golpe sem uma filha. Precisa de uma parceira."

— Ela fica solitária. — É automática, a defesa, mesmo agora.

— Não é trabalho nosso preencher isso nela — diz Amelia.

— Você parece uma psicóloga.

— Deve ser porque eu vou a uma. E você também vai, quando estivermos seguras e em casa.

Todas estas três coisas são impensáveis: segurança, terapia e casa. Quero discutir, mas ela fala:

— Você quer que eu termine de contar?

Eu quero, então, faço que sim com a cabeça.

— Quando fui embora da primeira vez, sabia que precisava achar um jeito de garantir que, quando você estivesse comigo, nossa mãe não conseguisse mais te pegar. Eu precisava matá-la ou colocá-la na prisão. E, como não queria adicionar matricídio à minha lista de crimes, escolhi a segunda opção. O que significava que eu precisava de duas coisas: que você realmente quisesse ir embora e uma agente do FBI no meu bolso para o momento em que acontecesse.

— A agente North.

Amelia faz um gesto assentindo.

— Eu sabia que ia ser um golpe longo. Que levaria tempo te trazer para o meu lado. Mas comecei a trabalhar em North imediatamente. Ela tinha um caso grande, e uma das testemunhas estava desaparecida. Então, eu o rastreei e o levei a ela. Viramos amigas.

— Amigas ou *amigas*?

— Amigas — responde ela, mas acho que não acredito. — Às vezes, eu dava umas dicas para ela.

— Você colocou Abby no radar dela — comento.

— O FBI já sabia de Abby, mas North é ambiciosa. E uma golpista que está metida com vários tipos de outros poderes criminais por causa dos homens que escolhe como alvo é uma vitória e tanto. Se conseguissem atrair Abby, pense em todos os homens que ela teve ao longo dos anos. Pense em toda a sujeira que ela escavou. Se ela virasse uma X-9, seria uma mina de ouro.

— Ela sabia que você era filha de Abby?

— Não antes de Washington.

— Você a enganou por quatro anos inteiros?

Ela faz que sim.

— Depois daquilo, tudo foi pelos ares. Ela descobriu tudo. Mas, aí...

— Vocês já estavam juntas — completo quando fica claro que ela não vai.

Entendo por que não consegue. Ela quebrou a regra número um. Apaixonou-se pelo alvo. Quero estender a mão e fazer carinho no braço dela, mas tenho medo de ser desajeitada. De não ser bem-vinda.

— Não consegui te encontrar depois que você e Abby saíram de Washington. Quando você finalmente deu sinal de vida, eu só ia aparecer na Flórida e te levar embora. Foda-se o plano; eu me preocuparia com ela perseguindo a gente depois. Mas, aí, vi a certidão de casamento.

— A agente North não ia poder te ignorar se você entregasse Raymond Keane — falo, agora compreendendo.

— Então, o plano estava de pé mais uma vez. E, agora, estamos aqui.

— Eu estraguei tudo.

— Você se virou — diz ela. — É isso o que importa. E, em algumas horas, vamos ter sumido.

— Ele vai me procurar.

— Teremos vantagem. Ele precisa se comportar durante o julgamento. Quando for preso, vai levar um tempo para reunir poder. Eles vão pressupor que você está no programa de proteção às testemunhas. Quem quer que ele contrate para vir atrás de você vai focar primeiro esse ângulo. Temos tempo.

— De fazer o quê? Nos esconder melhor?

— De fazer planos B. De nos preparar. E de *viver*. É disso que se trata esta coisa toda.

— Você quer que eu viva que nem uma pessoa normal. — Balanço a cabeça. — A agente North tem razão. Eu não sou normal.

— Normal não existe — diz Amelia. — É só um monte de gente fingindo que sim. São só níveis diferentes de dor. Níveis diferentes de segurança. O maior golpe de todos é acreditar que exista um normal. O que quero para você é felicidade e segurança. É o que quero para mim também.

— Você era feliz com a agente North?

Quando ela não responde, pressiono mais.

— Você amava ela?

Nada de resposta ainda.

— Porque ela era meio má — completo.

— O que eu fiz com ela foi pior.

— Então, você amava. — Pauso. — *Ama?*

— Não importa — responde ela, que é tudo que preciso saber. Eu sou mesmo só um tsunami, destruindo tudo na minha frente.

— Sinto muito.

De novo, ela estende o braço e aperta minha mão. Isso é algo que ela faz, percebo. Tocar as pessoas genuinamente. Será que posso contar que não estou acostumada com isso? Que me faz dar um pulo por dentro quase tanto quanto me conforta?

— Tudo o que fiz valeu a pena para ter você aqui segura comigo — diz Amelia. — E, agora, você pode ter uma vida novinha em folha.

— Onde?

— Na Califórnia. Bem ao norte. — Ela aperta de novo minha mão. — É uma cidadezinha chamada Clear Creek.

— E você? — pergunto. Ela me olha confusa. — Como você se chama?

É como se o ar em torno de nós ficasse mais afiado, e o corpo dela fica todo tenso, e depois relaxa igualmente rápido. Uma reação arraigada que nós duas temos. Amelia era a pedra de toque dela, a garota real que apenas as Deveraux conhecem. Ela levou nossa mãe a pensar que ela ainda era Amelia, mas virou outra pessoa, de verdade e por completo.

Eu conheço minha irmã, mas não conheço. Agora, vou ser apresentada a quem ela realmente é.

— Lee — responde ela. — Lee Ann O'Malley.

Lee. Curto. Direto. Combina com ela.

Quero ser corajosa ao fazer a próxima pergunta, mas não sou. Estou de volta em frente àquele espelho, as mãos da minha mãe trançando meu cabelo comprido enquanto repito um nome obedientemente depois dela... e minha voz treme.

— E como eu me chamo?

— Você é quem escolhe — diz Lee, e decidir assim é tão impensável quanto *segurança, ajuda* e *casa*. — Qual você quer que seja seu nome?

— Eu posso escolher?

O polegar dela se acomoda no ponto de pulsação do meu punho. *Tum-tum. Tum-tum.*

— Você pode escolher.

43

11h57 (reféns há 165 minutos)

1 isqueiro, 3 garrafinhas de vodca, ~~1 tesoura~~,
   2 chaves de cofre
~~Plano 1: descartado~~
Plano 2: pausado
Plano 3: apunhalar ✓
Plano 4: pegar a arma. Me libertar. Pegar Iris e Wes. Sair.

Duane cai de lado, a mão relaxando no cano da pistola, e me movo. Não penso duas vezes ou hesito, porque vai saber se ele vai acordar num sobressalto e retomar a consciência a qualquer segundo.

Com as mãos atadas, sou desastrada, mas consigo pegar a arma, embora não dê para disparar nem para segurar direito.

Coloco-a na mesa, virando-me de volta para ele. Sua respiração é superficial. Talvez a perda de sangue o tenha atingido, mas, se ele estiver só desmaiado de dor, pode voltar a si rápido. No entanto, preciso das mãos livres. Levanto a camiseta dele com dois dedos, expondo a cintura do jeans, e a faca está na lombar. Agarro, desembrulho e, com algumas manobras, consigo girar a lâmina para a posição certa e cortar as camadas de fita adesiva.

A faca vai direto para o meu bolso, e a arma volta à minha mão, e não posso hesitar, embora o peso dela seja uma queda livre em meu estômago, cada músculo do meu corpo me mandando soltá-la.

Em vez disso, sigo em frente. Peguei a arma. Me libertei. Agora, pego Iris e Wes. Então, saímos.

Entreabrindo a porta do escritório, olho o corredor pela fenda. Não há ninguém à vista. Boné Vermelho ainda está no porão. Talvez a gente consiga evitá-lo por completo.

Saio de fininho pela porta para o corredor, correndo até a mesa pesada de aço que eles arrastaram para bloquear o escritório em que estavam nos prendendo. Apoio a arma na mesa e puxo o canto.

— Para aí.

Eu giro, agarrando a arma enquanto me movo, e posso até parecer confiante, mas não estou. Não quero nada disso. Mas, mesmo assim, aponto para Boné Vermelho, porque ele está com a espingarda apontada para mim.

— Abaixa — ordena ele.

— Abaixa você.

Ele vira com tudo a cabeça para o lado e, quando Iris sai para o corredor, toda a alegria gananciosa de nos libertar sem ninguém ver desinfla em meu peito.

— Abaixa — insiste ele, e obedeço, porque não tenho escolha. Ainda estou com a faca no bolso, mas, se estender a mão para ela, ele vai atirar em mim, então, fico paralisada.

Iris me olha fixamente enquanto ele corre até lá e pega a arma.

— O que você fez com ele desta vez? — exige saber, enquanto nos enfia no escritório onde Duane está apoiado contra a parede.

Os olhos de Iris se arregalam ao ver minha flanela ensanguentada.

— Eu não fiz nada. Ele desmaiou sozinho.

Boné Vermelho dá alguns tapas no rosto de Duane, que não se mexe. Iris olha dos dois no chão para mim, com uma pergunta estampada no rosto.

A tesoura, digo sem emitir som, com uma mímica de apunhalar.

Ela me dá um olhar que parece mais decepcionado por eu não ter feito direito do que horrorizado por eu ter tido aquela atitude.

— Sorte sua que ele ainda está respirando — me diz Boné Vermelho quando se levanta depois de amarrar minha camisa contra a ferida de Duane. — Acho bom ele acordar.

Infelizmente, Boné Vermelho não está errado. Eu meio que preciso que Duane acorde, porque Boné Vermelho não é um líder e vai perder a cabeça se não tiver alguém para mandar nele.

— Eu não fiz nada — repito, sem gostar de como ele se endireitou com o tipo de propósito que faz meus punhos se cerrarem.

— Você deu uma tesourada nele.

— Uma mulher tem o direito de se defender.

— Estou cansado das suas merdas — ele me diz, e aperta o cano da espingarda.

— Preciso ir ao banheiro! — guincha Iris. Nós dois a olhamos, a tensão de repente rompida.

— Não — diz ele, de um jeito tão frustrado que percebo que é uma discussão gasta entre os dois. O que ela andou fazendo?

— Eu fiz o que você me mandou — fala ela. — Fiquei sentada lá naquele porão sinistro respirando as fumaças de soldagem durante uma eternidade. Você disse que, quando a gente subisse, eu podia ir. Agora não vai deixar?

— Segura — ordena ele.

— Não consigo — retruca Iris. — Não é vontade de fazer xixi. Preciso esvaziar meu copinho.

Isso faz a atenção dele voltar a ela de repente. É brilhante, e tento esconder minha admiração enquanto ela continua.

— Sabe, meu copinho menstrual?

Ele começa a se mexer desconfortável quando ela diz a palavra *menstrual*.

— Não vai rolar.

— Você não está entendendo — continua Iris. — Eu tenho uma doença. — Ela junta as mãos; é tão delicada e empertigada com seu vestido, e não dá para pensar nada de diabólico sobre ela quando suas bochechas estão cor-de-rosa assim e seus olhos se abaixam do jeito exato. — Uma doença que me faz ter *sangramento intenso*. Eu *preciso* esvaziar o copinho. Estou esperando há séculos.

— Já falei, não vai rolar.

— Você sabe quanto líquido um copo menstrual contém? Se transbordar, vai ter sangue *por todo lado*.

— Não tenho nada a ver com isso.

Ela sacode a saia do vestido, pintada em cores de aquarela, para ele.

— Isso é um vestido Jeanne Durrell dos anos 1950!

Ele revira os olhos.

— Não estou nem aí para o seu vestido.

Ela parece estar a segundos de bater o pé.

— Mas devia, porque, se não me deixar esvaziar meu copinho, quarenta mililitros de sangue menstrual vão cobrir o meu vestido e escorrer pelas minhas pernas, e os oficiais lá fora vão achar que você *atirou em mim*.

Ele franze a testa.

— Só preciso de dez ou quinze minutos no banheiro, e da minha bolsa.

— Não vou deixar ela sozinha aqui com ele — diz Boné Vermelho, com um gesto do polegar na minha direção.

— Que bom, porque preciso de ajuda no banheiro — fala Iris, o que o faz franzir ainda mais a testa.

— De jeito nenhum.

Ela se irrita.

— Preciso explicar todo o processo de limpar e descartar? — pergunta, e a voz dela treme muito sutilmente. — Que vergonha! Você está me obrigando a te implorar para me deixar trocar a versão moderna de um *absorvente*. Por que precisa fazer isso comigo?

E, aí, para coroar, lágrimas começam a se formar em seus olhos. Não tenho dúvidas de que sejam lágrimas reais. Ela sente muita dor em um dia normal, mas especialmente durante a menstruação, e nada disto deve estar ajudando. Eu, agora, estaria no chão em posição fetal se tivesse cólicas tão ruins quanto as dela.

— Por que você precisa dela? — ele quer saber.

— Como eu disse, você precisa que eu te explique todo o processo? — pergunta Iris, os olhos tão arregalados e inocentemente indignados que fico em choque. Ela é boa nisso. — Você não tem internet? Irmãs? Uma namorada? Ou é um desses caras que acham que menstruação é nojento? — Ela está disparando perguntas sem parar, e ele não gosta, a confusão e o embaraço com ela falando de menstruação deixando seu rosto vermelho de vergonha.

Somos mais parecidas do que você imagina, ela me dissera uma vez. Eu tinha guardado essa informação dentro de mim como se eu fosse um medalhão, e ela, uma mensagem secreta escondida em um pedacinho de papel. Tinha revirado várias e várias vezes em minha mente como outra garota mexeria em uma joia, perguntando-me se era verdade.

E aqui está a verdade se desenrolando na minha frente: Iris Moulton tem um dom natural.

Porque, quando percebo, por puro desconforto e desejo de que ela pare de falar em *sangue menstrual*, a bolsa de Iris é enfiada nas mãos dela depois de ele revistar o conteúdo mais uma vez, e aí estamos no banheiro feminino nos fundos do banco.

— Se você trancar essa porta, vou arrancar a maçaneta com um tiro — ele a alerta.

— A gente vai ser rápida — promete Iris com um sorriso trêmulo.

— Sem atos heroicos — diz ele a mim. — Sem truques. Vou bloquear vocês. Batam na porta quando terminarem.

A porta se fecha e Iris se vira em minha direção, e enfim, de maneira angustiante, estamos sozinhas. Não há tempo suficiente e há tanto a dizer, explicar e pelo que pedir perdão, e há tanto a se fazer. Precisamos nos *mexer*, precisamos de um *plano*, precisamos... Ela me beija. Me empurra contra a porta do banheiro e segura o lado não machucado do meu rosto na palma da mão, me beijando como se tivesse achado que não poderia fazer isso de novo, e eu a beijo de volta como se um último beijo fosse impossível.

Os dedos dela se enrolam nos cabelos curtos da minha nuca, fazendo pequenos círculos enquanto ela se afasta só o bastante para descansar a testa na minha.

— Estou muito brava com você — sussurra ela.

A dor na voz dela e em mim faz meus olhos se fecharem.

— Eu sei.

— O seu plano tá funcionando?

Faço que não.

Ela solta uma lufada de ar.

— Tá — diz. — Então, vamos com o meu.

44

Ashley: como começa

Não dá para dar um golpe em uma golpista. Não é o que sempre dizem?

Antigamente, eu achava que isso era verdade. Absorvi todos os outros ensinamentos dela junto com minhas papinhas de bebê. Mas provei que o ditado está errado, não foi?

Aprendi com o melhor. Não — não ela.

Ele.

Sete anos atrás

Depois de Washington; depois de eu me recuperar de Katie, mas ainda sem outra garota para incorporar, tudo é apressado e pesado. Fugimos — nunca precisamos fazer isso antes, e ela está furiosa. Posso sentir em seu silêncio, no que ela não está dizendo, nas poucas palavras que pronuncia. É uma pulsação persistente dentro de mim: *Isso é culpa sua, você não devia ter feito nada, devia só ter lidado com aquilo.*

Quando chegamos à Flórida e ela não me dá um nome ou um corte de cabelo novo, parece um castigo em vez de um alívio. Como se ela tivesse me tirando algo, porque o que sobra se eu não for uma delas ou estiver me preparando para isso? Odeio a sensação; uma ponta de faca cortando a superfície do meu pescoço enquanto ela me deixa no quarto de hotel por longos períodos.

Katie se foi, mas o que aconteceu não, e não sei bem o que fazer com isso exceto guardar tudo em uma caixa em algum lugar bem no fundo de mim. Quero chorar o tempo todo, mas não posso, porque... será que eu sou uma garota que chora? Eu não sei. Não sei quem é para eu ser dessa vez. Ela não me deu nada a que me agarrar — nenhum corte de cabelo reconfortante, nenhum trio de características ordenadas, nenhuma roupa cuidadosamente escolhida, nenhuma insegurança de um alvo em cima da qual construir uma garota perfeita.

Um dia se transforma em noite, e ela ainda não voltou. Fico acordada esperando pelo máximo que posso, o pânico e o sono levando a melhor sobre mim lá pelas três da manhã. Quando percebo, tem algo pesado sendo jogado ao pé da minha cama. Acordo num sobressalto bem a tempo de vê-la jogar uma sacola de roupas.

— Acorda — manda ela. — Banheiro. Temos trabalho a fazer.

Pisco para as sacolas da Nike, e ela bate uma palma alta e estou me apressando — indo para longe, bem longe das sacolas e do que elas representam — na direção dela, porque para onde mais eu iria?

Ela cantarola enquanto marcho para o banheiro e, quando começa a escovar meu cabelo em frente ao espelho, minha pele se arrepia. Devia me embalar, mas as últimas duas semanas em que ela me evitou me deixaram carente, desesperada por sua atenção, incapaz de me acomodar nas migalhas de sua presença. E os últimos dois meses me deixaram arisca de uma forma que ela não me criou para ser. Eu devia ser acessível. Meu cabelo é ela quem escolhe, assim como minhas roupas, meu nome e meu futuro; nada no meu corpo é meu. Meu corpo não me pertence.

Nada me pertence.

Ela divide meu cabelo, desenhando uma risca reta como régua no meio da minha cabeça. Começa a fazer uma trança apertada e eficaz, e se recusa a encontrar meu olhar no espelho.

Será que ela não conseguia me olhar? Eu era tão horrível assim?

Minha mãe prende cada trança com um pequeno elástico, inclinando-se à frente para pegar os grampos da pilha na pia.

— Reservei uma quadra todas as tardes desta semana no clube — ela me conta enquanto enrola as tranças em torno da minha cabeça, prendendo-as. — Não tive tempo de pesquisar possíveis alvos. Então, vai ser uma boa lição para você: como avistar o certo, depois, como trazê-lo até mim. O que eu digo sobre as dificuldades?

— Tornam a pessoa melhor, se ela for inteligente.

Ela fixa as pontas das tranças atrás do penteado, prendendo firme com grampos.

— Nosso último trabalho... foi um erro. — E, por um momento, meu coração dá um salto, então ela o esmaga. — Você vai me provar que aprendeu com os seus erros, né, querida?

Fica pairando lá: *meus* erros.

A vergonha estoura a caixa em que a coloquei com a confirmação dela de que é claro que a culpa foi minha. (Não é, *não* é, mas não sei disso na época, porque ela me fala que é, bem ali, ela me manipula a pensar que é, por ser mais fácil para ela.)

— Vou — consigo resmungar.

Ela termina meu penteado, suas mãos se acomodam em meus ombros e, finalmente, pela primeira vez em semanas, ela encontra meus olhos no espelho. Fico enjoada. Fico alegre. E as palavras seguintes me enchem de alívio com tanta rapidez que fico tonta a ponto de precisar agarrar a pia.

— Ashley — diz ela. — Seu nome é Ashley.

— Ashley — repito, pois tenho que ser obediente. Katie não foi, e olha o que aconteceu.

Ela sorri.

— Pronto. — Passa as mãos para alisar minhas tranças apertadas demais. — Não é melhor assim?

Concordo com a cabeça. Claro que concordo.

Quero demais que seja verdade.

* * *

Passo uma semana inteira suando na quadra de tênis do clube que ela usa como terreno de caça.

Desta vez, ela é a Heidi para a minha Ashley. Meu crânio dói com o penteado de Ashley, as tranças de camponesa presas bem perto do couro cabeludo, com grampos demais. Ashley é educada em casa, cheia de foco, vontade e equipamentos Nike. *Wimbledon aos dezessete*, diz Heidi aos pais do clube, embora seja ridículo. Sou uma jogadora razoável, mas só sou prodígio mesmo em uma coisa.

Eu jogo como o urso adestrado que sou, a culpa de estarmos nesta situação pesada como uma rocha em minha barriga. Mas, toda vez que bato a bola por cima da rede, meu corpo canta como se fosse algo próximo a meu. Não é nem de longe o bastante. Tento fingir que é.

Ela fica na lateral da quadra com seu tricô, a camisa e saia de seda, e seus óculos escuros, como sempre. Homens se aproximam dela durante a semana toda enquanto treino meus voleios, apresentando-se à carne fresca no clube. Ela sorri e joga o cabelo, mas sua atenção se volta imediatamente a mim. Não está interessada no tipo de homem que se aproxima dela primeiro; quer um cujo foco esteja em nós duas.

Estou percebendo agora como é tedioso o trabalho preparatório de encontrar alguém em quem colocar uma armadilha, porque estou absolutamente impaciente quando entramos em minha segunda semana na rede, jogando contra aquela máquina que chacoalha a cada duas bolas. O *vush, vush, trrrr* me faz contrair o corpo. Quando erro quatro bolas seguidas, solto um barulho de frustração.

— Não se deixe abalar, querida — chama minha mãe, encorajadora.

— É irritante — reclamo. — Não dá para vermos se alguém pode arrumar?

— Todo mundo precisa vencer as distrações — ela me lembra. — Tente fazer funcionar para você.

Ela sobe os óculos de sol para a cabeça antes de voltar ao tricô. É um sinal: tem alguém nos observando. Preciso me concentrar no objetivo. A única coisa que estou fazendo na última semana e meia é afanar coisas da carteira das pessoas, porque o dinheiro que minha mãe tem não vai nos sustentar para sempre. Especialmente do jeito que ela gasta.

Continuo os voleios e, quando erro pela terceira vez em vinte minutos, jogo a raquete no chão, torcendo a boca.

— Ei, ei, não vai dar uma de McEnroe — grita ela.

— Essa referência está superdatada, mãe — informo, e ela joga a cabeça para trás e ri, daquele jeito que me mostra que, não importa a pessoa que esteja na sua mira, está de olho na gente.

— Sempre me colocando no meu lugar — diz ela, piscando para mim.

— Com licença?

Olho por cima do ombro para a direita. Ele está na quadra ao lado da nossa, sorrindo para nossa pequena exibição.

— Esse chacoalho está te atrapalhando? — ele me pergunta.

Sorrio. Não o meu sorriso. O sorriso de Ashley. É mais largo, sem hesitação. Ashley não sabe que deve ser desconfiada.

— Demais.

— Vou ver se peço para alguém da manutenção olhar mais tarde. — Os olhos dele deslizam para minha mãe, que o está observando, depois se voltam para mim ao sorrir. — Dar uma de McEnroe com a máquina de bolinhas só vai fazer com que chacoalhe mais.

— Escute o homem sábio, meu bem — diz minha mãe, o sorriso mais na voz do que no rosto. Ela ainda não vai sorrir para ele, só quando ele merecer. É assim que funciona. *Obrigada*, fala a ele sem fazer som, um segredinho entre os dois, me deixando de fora; um outro tipo de recompensa.

Ele levanta a raquete em um movimento de despedida antes de voltar em uma corridinha para o meio de sua própria quadra, onde seu parceiro de tênis espera.

Passo mais vinte minutos batendo bolas, tentando ignorar o chacoalhar da máquina e o olhar que sinto em nós duas de tempos em tempos, quando ele se volta em meio a seus próprios sets.

Minha mãe finalmente checa o relógio e acena para eu me aproximar.

— Vou fazer minha sauna, e você precisa almoçar, mocinha — ela me diz, puxando um grampo solto da minha trança e escorregando de volta para o lugar. — Por favor, não vai se encher só de batata frita com alho. Peça uma refeição com grãos integrais, um legume crocante ou quem sabe dois legumes crocantes, por favor, eu imploro. — Ela une as mãos, brincando, e sei que é para ele, o homem que continua nos olhando pelo canto dos olhos, mas é como ir de invisível a visível depois de semanas, e não consigo evitar de querer me imiscuir no brilho seguro dessa sensação.

É o que fazemos. Posso fazer isso. Mesmo que tenha cometido erros com Katie, como ela disse. Posso compensar.

Preciso.

— Prometo — respondo, guardando minha raquete e correndo atrás de todas as bolas perdidas com a cestinha de bolas antes de ela passar um braço pelo meu ombro e irmos na direção dos vestiários do clube.

— Pronta? — pergunta ela, depois de eu ter tomado banho e trocado a saia de tênis por um vestidinho. Faço que sim com a cabeça. Nos separamos na porta do vestiário, eu indo até o restaurante do clube, e ela, ao bar do outro lado, que ainda é um bom ponto de observação do restaurante. Ela está meio escondida pelas palmeiras, ou o que quer que seja a folhagem que eles enfiam em todo canto.

Peço uma mesa para dois e uma montanha de fritas com alho. Mexo no meu celular — Ashley assiste a vídeos de tênis no Instagram e tem GIFs de gatinhos salvos nos arquivos — até minha comida chegar.

Sinto olhos em mim o tempo inteiro. Soltando o telefone, mergulho as fritas no aïoli que o garçom trouxe e mastigo, esperando.

Eu o sinto antes de o ouvir. A mais tênue onda de ar à minha direita antes de se sentar à minha frente.

— Achei que não era para você pedir só fritas com alho — diz.

Meus olhos se arregalam. Projeto minha culpa, derrubando a batata no prato.

Ele sorri, pegando uma batata do meu prato e comendo.

— São mais gostosas do que grãos integrais — concorda ele. — Mas não tão saudáveis. Você é uma jogadora de tênis bem decente.

O próprio *bam, bam, bam* das palavras dele é como uma partida de tênis, e faz minha espinha arrepiar de alerta. É bem rápido: concordância, seguida de crítica, passando direto para um elogio velado. É uma tática que minha mãe me ensinou a usar. Faz meus dentes trincarem imediatamente.

— Obrigada — respondo. — Você é técnico?

Ele faz que não com a cabeça.

— Sou dono de algumas academias aqui em Miami. Sua mãe... — Ele não completa, como se só a menção a ela o distraísse.

— Heidi — ofereço para ajudar, como devo. Quando os alvos decidem me usar para se aproximar dela, é para ser uma dancinha fofa. Eu devo ajudar, sorrir e dar risadinhas no momento certo quando eles têm dificuldade de achar as palavras adequadas.

— Heidi — repete ele, e a forma como diz...

Meus dentes rangem com tanta força que meu maxilar dói, e não sei... Não sei se é minha intuição, ou se é por causa do que aconteceu com Katie, mas o que estou sentindo é *Vá, fuja, agora*. Fico presa na indecisão, em uma rede de pesca, incapaz de me desenrolar ou respirar fundo.

— E você é? — ele me pergunta.

— Ah, me desculpa. — Estendo a mão com um pequeno floreio. Todas as garotas são educadas. — Eu sou a Ashley.

Ele aperta.

— Raymond.

— Prazer. — Solto minha mão o mais rápido possível, me mantendo educada. — Pedi também uma porção extra de grãos com abacate — conto a ele, abaixando a voz em tom de conspiração. — Eu não a desobedeceria.

— Não, né?

— Minha mãe sabe o que é melhor — falo, alegre.

— Você é muito boa — diz ele.

— Achei que eu fosse *bem decente* — escorrega da minha boca antes que eu consiga impedir, então, complemento com um sorriso para dar suavidade.

— Não estou falando do seu jogo de tênis. Estou falando de como você roubou o cartão de crédito da carteira daquele golfista ontem quando esbarrou nele.

Fico gelada quando lembro do furto de ontem, o cartão *black* que eu já tinha usado para comprar vales-presente no valor de mil dólares, que podem ser melhores do que um cartão bancário, se você não quiser ser rastreada.

— Você tem mãos rápidas — continua ele. — E é inteligente com seus alvos: um homem daqueles só vai notar o cartão sumido depois de alguns extratos. Sua mãe te ensinou? — O olhar dele se levanta acima da minha cabeça, varrendo o salão antes de voltar a se acomodar em mim.

Não posso congelar ou ficar vermelha. Não posso. Mas nunca fui pega antes. Nunca precisei inventar uma história para não ser descoberta, quanto mais tão rápido. Patino sobre as possibilidades como se fossem um gelo fino e escuro. *Me fazer de tonta. Mentir. Tagarelar. Falar a verdade.*

Ponho outra batata na boca, torcendo o nariz.

— Hum? — Meus olhos vão para a tela do celular, como se a esquisitice dele não fosse tão importante quanto o meu telefone.

Ele sorri. Vejo pelo canto do olho.

— Talento, habilidade e é igualzinha à sua mãe. Ela deve estar muito orgulhosa. Você é um ativo e tanto.

Ele me olha de cima a baixo, como se eu fosse um carro que ele está prestes a comprar, e isso me faz decidir, porque fico tão puta que rompe qualquer entorpecimento e medo. Na hora não sei que este homem vai me fazer redefinir *inimigo* e *pai*, duas coisas já propositalmente entrelaçadas em minha mente. Só sei que estou em desvantagem. Preciso fugir dele.

Preciso da minha mãe.

Então, lhe dou um meio sorriso confuso, arrancando completamente o foco do celular. Permito que o sorriso permaneça: um, dois. Então, deixo-o sumir do meu rosto, bem rapidinho, e, de repente, estamos verdadeiramente nos olhando nos olhos pela primeira vez.

— Sim — concordo. — Sou um ativo e tanto. Então, talvez seja melhor você cair fora.

— Vocês duas entraram na minha casa. — Ele levanta de novo a cabeça, varrendo o salão. Está procurando ela, perguntando-se onde poderia estar. Onde ela está? Ela não notou como ele está me olhando? Não percebeu que ele *sabe*?

— Você é dono do clube, além de todas as academias? — pergunto, inocente, embora saiba o que ele quer dizer. Este é território dele. Nós invadimos. — Muito impressionante.

— Você é uma verdadeira Addie Loggins, né?

— Estou vendo que minha mãe tem um concorrente no que diz respeito a referências datadas — respondo antes de pensar bem, e, quando os olhos dele brilham de deleite e ele ri, percebo que cometi um erro.

Eu o deixei ainda mais interessado.

Ele se levanta da mesa.

— Diga a sua mãe que espero que ela goste do meu presente.

Antes de eu conseguir fazer qualquer coisa, ele se foi, e estou lá, sentada, o sangue rugindo em meus ouvidos e meu corpo inteiro gritando *Fuja*. Então, eu fujo. Salto da cadeira e me viro, decidida a simplesmente *ir* a qualquer lugar que não ali, e consigo dar um passo antes de colidir com ela.

— O que foi? — Ela me empurra gentilmente, me guiando de volta à cadeira, e não tento lutar contra.

— Mãe, ele sabe — sussurro. — Ele...

Paro. Ele nos descobriu por *minha* causa. É minha culpa. *De novo*. Ela vai ficar muito brava.

— Não sei como — continuo, um pouco sem fôlego por causa da mentira, mas ela não parece notar. — Mas ele sabe.

Ela tensiona os ombros e, como ele fizera, começa a escanear o salão. Mas, assim como ela, ele está fora de vista, se é que está nos observando.

— O que ele disse? — pergunta ela. — Meu Deus, beba uma água. Você está pálida que nem fantasma. Lembra o que te ensinei sobre controlar sua expressão?

— Ele sabe. A gente tem que ir embora. — Minhas mãos tremem ao redor do copo de água. Os olhos dela se arregalam, e aí suas mãos cobrem as minhas.

— *Controle-se* — ordena, baixinho.

Mas não consigo, e ela acaba me levando de volta ao carro e, finalmente, arranca a história de mim em surtos interrompidos enquanto voltamos ao hotel.

Estou abalada demais para notar o cintilar nos olhos dela, ou talvez eu ache que é raiva. Mas, quando chegamos à porta da frente e tem um buquê esperando por ela, entendo o que ele quis dizer com *presente*.

Ele sabe onde estamos hospedadas. É uma ameaça. *Fuja. Fuja. Não tem agulhas de tricô desta vez, você precisa fugir.*

Ela acaricia uma das flores.

— Quando chegaram? — pergunta ao concierge.

— Em torno de onze e meia — diz ela.

— Humm. — Minha mãe pega o envelope do balcão de mármore e abre com um gesto do polegar, puxando o cartãozinho. Leio por cima do ombro dela.

Uma palavra: *Jantar?*

— Gostaria que eu pedisse para alguém levar as flores à sua suíte? Minha mãe faz que não com a cabeça.

— Minha filha leva. Obrigada.

Não quero tocar nelas, mas faço o que ela me manda. Ela ainda está segurando o cartão quando chegamos ao elevador, esfregando entre os dedos como se fosse algo suave e secreto. Aperto o botão, esperando até as portas fecharem antes de me virar para ela.

— Por que você está sorrindo? — quero saber.

Ela olha as flores na minha mão e leva os dedos aos lábios, ainda segurando o cartão.

— São dedaleiras — diz ela.

Meu rosto enrubesce, porque sinto que ela está rindo de uma piada que não entendo. Uma piada que *eles* entendem.

— São um símbolo de falsidade. — Ela pega uma das flores do vaso. Então ri. E não é uma risada falsa. É a risada real dela, surpresa e meio irônica. Como se ela não pudesse acreditar.

As portas do elevador se abrem. Ela sai deslizando. Fico parada no mesmo lugar.

Ela não repara que me deixou para trás.

45

12h02 (reféns há 170 minutos)

1 isqueiro, 3 garrafinhas de vodca, ~~1 tesoura~~,
   2 chaves de cofre, 1 faca de caça
~~Plano 1: descartado~~
Plano 2: pausado
Plano 3: apunhalar ✓
~~Plano 4: pegar a arma. Pegar Iris e Wes. Sair.~~
Plano 5: plano de Iris
O conteúdo da bolsa de Iris: 1 carteira com 23 dólares e
   uma carteira de motorista, 1 cachecol de náilon,
   1 lencinho de algodão, 1 frasco de spray de cabelo,
   1 garrafinha d'água de plástico, 2 absorventes internos,
   1 broche de celuloide, 6 batons, 1 caixa de grampos,
   2 elásticos de cabelo, 1 brownie embrulhado em
   papel-alumínio, 3 frascos de comprimidos

Iris testa a porta do banheiro, e definitivamente está bloqueada. Não cede. Abro duas portas de cabine, mas não há janelas. Estamos presas.

— Não acho que ele esteja lá fora — cochicha ela, apertando a orelha contra a porta.

Ele provavelmente foi checar Duane, esperando conseguir acordá-lo. Precisamos ser rápidas.

— Ele te deixou no porão lá o tempo todo? Também está com Wes?

Ela faz que não com a cabeça.

— Só eu. Até onde sei, Wes ainda está no escritório.

— Você está bem?

Ela assente.

— Ele só me obrigou a ficar lá, sentada, enquanto ele derretia as grades.

— Eles conseguiram passar pelas barras? Ele pegou o cofre?

— Ele conseguiu, mas nem entrou.

— Por que ele nem tentaria abrir o cofre?

— Acho que ele nem sabe qual cofre estão procurando — explica Iris. — Ou o de cinza não contou, ou...

— Nenhum dos dois sabe.

— Mais um motivo pelo qual a ausência do gerente estragou tudo.

— Quanto mais descubro sobre o plano deles, mais cagado fica — digo.

— Ainda assim, eles continuam ganhando — retruca Iris. Ela coloca a bolsa na pia. — Eu não estava brincando quando disse que preciso esvaziar meu copinho. — Ela passa por mim e entra em uma das cabines.

— Procure no armário embaixo da pia — ela me diz de dentro da cabine, e me abaixo, abrindo com força.

— Temos papel higiênico, um saco refil de sabonete de mãos, escovas de dentes, desentupidor. — Enfio a mão mais fundo no armário, arrastando o frasco grande no fundo.

— Galão de álcool em gel.

— Isso — diz ela, saindo para enxaguar o copinho e voltando à cabine.

— Tá. — Deixo de lado. — Hã... spray alvejante, dois frascos de purificador de ar e um frasco de Diabo Verde.

— Perfeito. Tudo isso. — A porta da cabine se abre com um clique e ela limpa as mãos em uma toalha de papel antes de passar álcool em gel tirado da própria bolsa. — Desculpa por ser nojenta e não dar descarga. Não quero que ele escute e ache que acabamos.

— Que bom para você eu não ter horror de sangue menstrual que nem aquele babaca lá fora.

— Ah, meu Deus, não me faça rir agora — sibila ela. — Preciso me concentrar.

Aí, agarra a grande lata de lixo perto da porta e carrega até a pia, tirando a tampa e avaliando o conteúdo com um olhar rápido. Ajoelhando-se ao meu lado em frente ao armário, ela coloca a bolsa no chão, conosco, e puxa dela um quadrado brilhante, abrindo o papel-alumínio para revelar um brownie. Coloca o doce de lado e joga o papel para mim.

— Preciso de bolinhas do tamanho de bolas de gude.

Ela desenrola o papel higiênico com a eficiência de quem tem experiência em jogar papel molhado na casa dos outros, o que não acho que seja verdade. Ela joga o papel solto na lata de lixo em camadas, apertando na bagunça o álcool em gel e a vodca que tinha achado antes. Quando termino de fazer as bolinhas de papel-alumínio, ela encheu a lata.

Olho de relance para a porta e de volta para ela, que agora está colocando as bolinhas dentro do frasco já vazio de álcool em gel e adicionando os grampos da bolsa. Abre o frasco de Diabo Verde e, com as mãos estáveis de uma garota capaz de fazer rolinhos dos anos 1940 no cabelo, joga o líquido no frasco, por cima das bolinhas de papel-alumínio.

— O que exatamente você está fazendo?

Ela solta uma longa expiração, rosqueando bem a tampa do frasco. Ficamos lá, ajoelhadas, o frasco entre nós, e, quando ela responde, há apenas medo no rosto dela.

— Construindo uma bomba.

— 46 —

Abby: como ele a fisga

Ela vai jantar com Raymond. Começa a sair com ele. E se apaixona por ele.

Faz tudo o que ele quer, porque são as mesmas coisas que ela quer, e o que eu quero...

Bom, não importa.

— Estou cansada do jogo, querida — ela me diz em uma noite enquanto a ajudo a se arrumar. — Estou fazendo isso há muito tempo. E não estou ficando mais jovem.

Aparentemente, durante a minha vida toda ela não está ficando mais jovem. Ela sempre se afligiu em frente ao espelho, procurando por rugas que não estão lá por causa do Botox, e reclamando de defeitos que nunca existiram em seu rosto quase belo demais.

— Você é perfeita — digo a ela, porque é o que devo dizer.

Entrego os brincos de diamante que Raymond lhe deu no terceiro encontro, e ela os prende nas orelhas. Ele, no mesmo momento, deu a ela um par para mim — pequenos pinos, os primeiros diamantes de uma menina rica —, e minha mãe ficou arrulhando por dias sobre como ele era atencioso, e me perguntei como eu tinha chegado a pensar que ela era esperta, porque isso não passava de um bombardeio de amor básico. Ela me *ensinou* isso.

Está tudo errado. Está errado desde Katie, mas achei que ficaria melhor depois que eu provasse que *eu* podia fazer melhor. E, agora, não tenho como provar, porque não tenho ninguém para manipular.

    Pego uma escova para passar pelo cabelo dela, tentando me perder no ritmo enquanto ela passa perfume nos pontos de pulsação.

    — Acho... — Ela olha para baixo, para as mãos. Acaricia o dedo anelar, começando no topo da francesinha e terminando onde ficaria um anel. — Acho que isto pode ser bom para nós.

    — Isto?

    — Raymond.

    — Como? — Sai de mim em uma bufada incrédula.

    — Ele quer cuidar da gente.

    — Você me ensinou a cuidar de mim mesma.

    — E olha no que deu — irrita-se ela.

Tiro as mãos da cabeça dela, os dedos se fechando no cabo da escova.

    — Você precisa de um pai — fala ela. — *Claramente*.

Não sei o que pensar sobre o que ela quer dizer. Há tanta coisa ultimamente que ando meio imaginando, meio torcendo para ter outro significado que não o óbvio — que ela está brava comigo por causa de Katie. Que ela acha que é culpa minha.

Faz com que eu sinta algo quente e pesado pressionando minha cabeça, meu pescoço cedendo com o peso.

    — E pense só — continua ela. — Você passou tanto tempo fingindo ser uma boa filha. Então, ser uma será facinho.

Fico olhando, incapaz de assimilar o que ela está dizendo.

    — Eu já sou filha — lembro-a. — Sou *sua* filha.

    — Ah, querida, você entendeu o que eu quis dizer. — Ela ri, se levantando, o foco voltando para seu reflexo no espelho. — Seja boazinha — diz, dando um beijo no ar perto da minha bochecha ao passar rápido por mim. — Não me espere acordada.

Eu não a espero acordada. Também não espero por ela no quarto.

Caminho até a loja mais próxima e uso os vales-presente que andei juntando para comprar três celulares pré-pagos, uma chave de fenda e fita isolante.

Quando volto ao quarto, não ligo para o número que tenho memorizado há anos. Guardo um dos telefones na saída de ventilação e outro na bagunça da minha bolsa de tênis, e deixo o terceiro selado em plástico e prendo no topo da caixa acoplada do vaso sanitário.

Só por precaução, digo a mim mesma.

Só por precaução.

47

12h07 (reféns há 175 minutos)

*1 isqueiro, ~~3 garrafinhas~~ 1 garrafinha de vodca, ~~1 tesoura~~,
2 chaves de cofre, 1 faca de caça, 1 bomba química,
1 comburente gigante, os conteúdos da bolsa de Iris*

~~Plano 1: descartado~~
Plano 2: pausado
Plano 3: apunhalar ✓
~~Plano 4: pegar a arma. Pegar Iris e Wes. Sair.~~
Plano 5: plano de Iris: Bum!

— Não encosta — avisa Iris enquanto fico olhando o frasco, ou a bomba, que ela fez.

Meus olhos se arregalam.

— É lógico que eu não vou encostar! — respondo o mais baixinho que consigo. Olho de volta para a porta. — Como você sabe fazer isto? Não diga que aprendeu na internet!

— E deixar meu histórico de buscas todo interessante para a Agência de Segurança Nacional ou gente assim? — desdenha ela. — Eu quero investigar incêndios criminosos, não *ser investigada* por eles. Me dá minha bolsa.

Entrego a ela, que vasculha lá dentro, puxando a nécessaire de maquiagem e enfiando a mão dentro, tirando um broche de plástico com dois coraçõezinhos. É antigo, como quase tudo que ela tem. Da época em que as pessoas realmente usavam broches. As palavras *Hora do beijo* estão escritas no coração, uma ampulheta de areia no meio. Ela gira a ampulheta, fazendo areia cheia de glitter começar a cair.

— Precisamos de pelo menos dez minutos para os produtos químicos tirarem a cera do alumínio — explica. — Preciso que você puxe todas as toalhas de papel e comece a torcer juntas para fazer um fusível.

— Então, como funciona? — Abro o suporte de papel e puxo a pilha enquanto ela fica de olho na ampulheta.

— Reação química. O Diabo Verde reage com o alumínio e cria pressão. Quando você mexe no frasco... — Ela estala os dedos que não estão segurando o broche em um movimento que quer dizer algo como *pow!*.

— E os grampos?

— Estilhaços — responde, sombria. — Só para o caso de explodir antes de atingi-lo. Tem uma janela muito curta antes da detonação. Pode arrancar seus dedos.

Ela está me olhando com uma bomba e seu brilhantismo entre nós, e estou torcendo um fusível de toalhas de papel com o tipo de confiança que não achei que poderia sentir em outra pessoa.

— E a lata de lixo?

Ela vira a ampulheta. Mais nove minutos.

— A lata de lixo é um comburente para iniciar um incêndio. Precisamos sair daqui. Precisamos forçá-los a sair deste prédio. Do jeito que empilhamos tudo, a fumaça vai ser terrível.

Meus dedos se apertam no papel que estou torcendo.

— Incêndios forçam todo mundo a sair — respondo, caindo tão fácil na linha de raciocínio dela que é como se fosse minha.

A boca dela se contrai... um quase sorriso.

— O instinto humano básico é largar tudo quando você está pegando fogo.

— Usamos a fumaça como distração quando ele abrir a porta, e acertamos o de vermelho com a bomba de Diabo Verde.

Ela assente.

— Se o de cinza ainda estiver inconsciente, podemos soltar todo mundo. Mas, se estiver acordado, a fumaça vai dificultar os disparos.

Ela gira o broche. Mais um minuto se passou. Olho na direção da porta. Ainda sem movimento.

— E aí, o que você quer fazer nos próximos oito minutos? — pergunta ela.

Não sei como responder. A qualquer minuto, Boné Vermelho pode entrar aqui cedo demais e, sem dúvida, estaremos mortas. Quanto mais tempo Duane ficar inconsciente, mais arriscadas se tornam as coisas.

O plano de Iris é arriscado. Destrutivo. Perigoso. Talvez mortal.

Esse é o ponto em que estamos, e isso faz meu coração bater forte. Será que acabou? Com Wes sozinho e estes últimos minutos com ela?

— Verdade por verdade? — sugiro, e a tensão na boca de Iris relaxa.

— Verdade por verdade — concorda ela, com o polegar esfregando a ponta do coração do broche.

— Estou com medo — digo, suavemente.

A mão livre dela aperta minha coxa.

— Eu também. Não sei se vamos conseguir sair desta.

— Vamos, sim. Já saí de coisa pior.

Ela fica quieta. A ampulheta está quase totalmente vazia.

— Eu li sobre ele. E sobre você — fala.

— Você leu sobre Ashley.

— Não é a mesma coisa?

Essa é a questão, não é?

— O que você quer saber? — pergunto.

Espero que ela faça perguntas curiosas. Perguntas desconfortáveis, buscando, cavando. Talvez ela até faça a mesma pergunta de Duane: *Você fez mesmo o que dizem?*

Mas Iris faz o que sempre faz: me surpreende.

— Você está bem? Depois de tudo que teve que... Você está bem?

Uma pergunta tão simples — e tem uma resposta simples. Mesmo assim, me rasga inteira ela perguntar isso primeiro. Como se eu viesse em primeiro lugar.

Ela vira a ampulheta. Sete minutos.

— Não — respondo, porque ela merece a verdade. — Não estou. Talvez um dia eu fique.

48

Ashley: como eu escolhi

Ela se casa com Raymond, e não consigo impedi-la. Vamos morar na casa grande dele em Keys, e não tenho escolha se não ir aonde me mandam.

Fui de parceira nos esquemas da minha mãe para coadjuvante de seu romance. Não tenho nada mais a fazer. Nenhum lugar a ir. Não devo saber os detalhes da operação de Raymond — que é bem maior do que dar um golpe ou lavar dinheiro com as academias, mais complicado e com alcance maior —, de repente, devo apenas *ser*. Ser filha. Ser uma garota normal. Ser alguém que está bem.

Não sou nenhuma dessas coisas. Não da forma como querem que eu seja.

Ele agora é seu pai. Ao me dizer isso, após o casamento, ela fica com os olhos cheios de lágrimas. Como se fosse uma coisa bonita. Isso me mostra como é ruim o fato de ela achar que vai ser reconfortante, em vez de aterrorizante.

Eu entendo sobre ser um punhado de características misturadas e pensadas para atrair um homem. Meu trabalho é aprender como funciona cada alvo: o que o faz sorrir, me mostrando sua felicidade; o que o faz franzir o cenho, me mostrando seus medos; e o que ele aprova, me mostrando quanto controle ele quer.

Até onde consigo ver, isto é a paternidade: controle. Não só da minha mente, mas do meu corpo. Era o que Elijah queria quando eu era Haley, arrulhando sem parar sobre continuar doce. Foi o que Joseph levou quando eu era Katie, antes de eu fazê-lo parar.

Mas não consigo fazer Raymond parar. Acho que não é mais assim que funciona. Se ele decide que é meu pai, é meu pai.

Ele decide outras coisas, também. Decide tudo. Decide que eu não devo ir à escola, porque os meninos da minha idade só pensam em uma coisa, e ele não me quer nem perto disso. Assim, estudo em casa.

Decide que minha mãe deve se dedicar à caridade. *É apenas mais um tipo de fraude, querida,* ele lhe diz, e ela ri e faz carinho no braço dele.

Decide que, quando não está lá, quando está viajando a trabalho, há homens na casa — para a segurança de vocês, diz ele. Nós temos guardas, um motorista, uma governanta; temos pessoas nos observando a cada minuto do dia.

Ele erradica qualquer razão para sairmos, qualquer opção para sairmos, qualquer ajuda que pudesse nos deixar sair, e é chocante como ele tira nossa liberdade rapidamente em nome da *família*, de *cuidados* e *proteção*, porque seu trabalho é perigoso, e os meninos da minha idade só pensam em uma coisa e *a caridade é apenas mais um tipo de fraude, querida.*

E ela só... deixa isso acontecer.

Não dá para crescer com a minha mãe sem saber tudo do poder sobre os homens. Como obtê-lo. Como usá-lo. Como mantê-lo. E, agora, ela nem o perdeu, ela o entregou numa bandeja de prata por causa do amor, e eu estou cambaleando, porque é um golpe gigante.

Na maioria das vezes, somos um pequeno verniz brilhante de família de margarina para esconder a sujeira criminosa. Mas é como se houvesse uma rede ao redor da casa e, a cada dia, ele a aperta mais.

Digo a mim mesma, no início, que ela não se entrega; ela vai encontrar uma maneira de quebrá-lo.

Mas depois...

Ela não se entrega. Não encontra uma maneira de quebrá-lo. Ela só continua se quebrando.

Então, ela faz algo que me quebra.

É um dia normal na praia. Porque é isso que faço agora. Sento-me na praia com a minha mãe de manhã, antes das minhas aulas particulares, e depois, à tarde, fico no meu quarto e leio. Tento ficar quieta. Tento não chamar a atenção, enquanto dou tempo para minhas feridas se curarem. Não é difícil, na maioria das vezes, porque eles estão obcecados um pelo outro, daquela maneira nojenta, viscosa e exibicionista de que minha mãe gosta, depois de tantos anos sendo uma desconhecida.

Mas, às vezes, o horário dele é diferente, e, naquele dia, ele vem conosco até a areia. Quando passo, ele franze o cenho, e eu vejo, mas ele não diz nada, então continuo. Talvez fique tudo bem.

Minha mãe se instala debaixo de seu guarda-sol e espeta frutas do recipiente de vidro que trouxe, e tento não revirar os olhos quando eles dão as frutas na boca um do outro. Deito-me na toalha com meu livro, mas já está quente, então tiro a camiseta e a coloco ao meu lado.

— Você quer fruta, meu bem?

— Estou bem, obrigada.

Meu rosto está enterrado no livro, então não os vejo, a princípio, mas ouço, irrompendo entre o zumbido da praia e as ondas quebrando: um assovio agudo e um *"olhaisso"*, duas palavras esmagadas em um sotaque arrastado risonho e de arrepiar, enquanto três adolescentes caminham pela praia passando por nós. Nem levanto os olhos — esse tipo de merda acontece comigo desde os meus nove anos —, só me viro para a página seguinte.

Mas Raymond levanta a cabeça rápido.

— É sério que eles acabaram de...?

— Ah, amor, não se preocupe — diz a mãe. — Faz parte de ser uma mulher.

Olho por cima do ombro para os dois antes de voltar ao meu livro.

— Ashley — rosna ele, de repente.

— Sim? — Aprendi desde cedo que ele não gosta que perguntem *quê*. Acha que jovens moças devem ser positivas. *Sim* é bem mais afirmativo e positivo.

— Cubra-se, querida — diz ele.

Nem hesito. Só me faço de tonta.

— Fica tranquilo, passei protetor antes de sair de casa.

Minha mãe aperta os olhos. Sabe exatamente o que estou fazendo.

— Ashley, coloca uma camiseta — ordena ele, com o tom que me diz que coisas ruins acontecerão se eu não fizer isso na hora.

Eu deveria obedecer. Deveria dizer *sim*. É do que ele gosta.

Mas está calor, e não é culpa minha os meninos terem assoviado.

— Não.

— Querida — diz minha mãe. — Faça o que o seu pai mandou.

Volto ao meu livro, ignorando os dois.

Quando ele me arranca da areia, é por baixo do braço, bem na axila, e me encolho com seu toque.

— Vamos ter uma conversinha — anuncia, e minha mãe faz um ruído de protesto que morre com o olhar que ele lhe lança.

Ele marcha comigo pela praia até a casa, direto para o meu quarto.

— Senta na sua escrivaninha — manda, antes de abrir as portas do meu armário. — Meu Deus — murmura, como se as roupas que minha mãe comprou fossem uma afronta a ele.

— O que você está fazendo? — pergunto enquanto ele começa a puxar roupas do armário e jogar na minha cama. — Minha mãe que escolhe minhas roupas — digo, quase entorpecida, porque não entendo. Ele me bate, mas continua falando e agindo como se um outro cara *assoviando* para mim fosse tão mau. Não entendo como ele não percebe.

É *dele* que eu tenho medo. Lutei com todos os outros e todo o resto. Mas não sei como lutar com ele. Não consigo derrotá-lo. Ela nunca me perdoaria. Ainda não me perdoou pela última vez.

— Sua mãe só sabe se vestir para uma coisa — fala ele.

— Ei!

— Não me responda. — Ele sacode o dedo para mim.

Isso faz minha boca se fechar, porque, uma vez que o dedo for tirado, é quase impossível impedi-lo de bater, e meu quadril acabou de se curar de onde ele me chutou; onde agora há uma cicatriz. Detesto vê-la no espelho.

Eu assisto enquanto ele se livra de metade das minhas roupas. Todos os meus vestidos e shorts de tênis, todos os meus jeans *skinny* e leggings, todos os vestidinhos do meu armário.

Ele contempla a pilha, como se estivesse decidindo se queria colocar fogo, ou algo assim. Passo a língua nos lábios, olhando em direção à porta. Ela ainda estava sentada na praia? Deixou mesmo que ele me arrastasse até ali sem se preocupar com o que ele poderia fazer?

— Posso...? — Meu Deus, meus lábios estão secos. — Posso perguntar o que tem de errado com elas?

A aprovação nos olhos dele faz meus nervos relaxarem um pouco por dentro. Está bem. É assim que se joga.

— Você não faz mais parte dos golpes da sua mãe — ele me diz, quase paciente. — É minha filha e deve se vestir apropriadamente, fazer atividades apropriadas. Deitar-se numa praia quase sem roupa ou saltar numa quadra de tênis bem quando você começa a crescer só vai fazer uma coisa: atrair todos os garotos para você. Vou te comprar um cavalo e, em vez disso, você pode começar a montar. — Ele se elogia: — Devia ter pensado nisso antes. Estábulos são cheios de garotas, e garotas que montam só têm tempo para uma coisa: seus cavalos. Vai ser um ambiente bem mais saudável para uma menina que passou pelo que você passou.

Ele está planejando minha vida em voz alta tão casualmente que levo meio segundo para processar completamente tudo o que ele está dizendo. Ele ainda está selecionando minhas roupas na cama, e estou olhando para as suas mãos, tropeçando na horrível compreensão das suas palavras.

— Quê?

Não tenho esperança de contornar isso, mas digo mesmo assim, embora ele não goste, e, ah, meu Deus — espera, era para eu ter dito *sim*. Ele gosta mais de *sim*, mas *sim* não faz sentido aqui, não faz, porque *quê* é a única resposta. É a única coisa que posso dizer, fora gritar porque ela contou a ele, ela contou sobre Seattle.

— O que vocês dois estão fazendo? — A voz da minha mãe quebra a nuvem entorpecida girando em minha mente.

— Falando de algumas mudanças — diz Raymond. — Equitação em vez de tênis, por exemplo. E chega de roupas que vão fazer as pessoas assoviarem para ela.

Abby sorri para ele, carinhosa e indulgente.

— Querido, ela é uma menina na praia, vai levar cantadas, é só...

— Então ela não vai para a porra da praia!

Ela arregala os olhos com a mudança de comportamento e o aumento de volume da voz dele.

— Por que você não desce e me faz uma lista de roupas apropriadas em que está pensando para eu poder fazer as compras? — ela sugere suavemente, entrando no modo *apaziguar*, como fiz. — Vou separar estas para doar à caridade e logo desço. Que tal?

— Tá bom — responde ele. — Mas ela não vai mais pisar naquela praia sem um acompanhante.

Ele sai, e minha mãe o observa, um sorriso rastejando de volta ao rosto dela. Quando ela se vira para ver a bagunça, se acalma, como se fosse engraçado ele me arrastar da praia e atirar todo o meu armário em cima da cama.

— Você pode me trazer algumas malas? — pede ela. Quando eu não me mexo ou falo, ela me olha por cima do ombro, cheia de expectativa. — Querida?

— Você contou para ele — digo.

— Eu...

Ela se afasta por um segundo, as mãos ocupadas pelos vestidinhos que eu não podia mais usar.

— Você *contou* para ele.

Ela não tem nem o trabalho de piscar ou parecer envergonhada agora.

— Ele é meu marido.

Só fico olhando para ela, incapaz de expressar a traição, a segundos de me lançar contra ela, porque quero arrancar a porra dos seus olhos. Eu quero que ela me abrace. Quero que uma parte disso fique bem.

Será que ela contou tudo? Contou o que *ela* fez?

— O ano passado também foi difícil para mim — diz ela. — Eu sacrifiquei *tudo*, querida. Por você. Portanto, preciso que você comece a se comportar. Pare de ser tão malcriada. Não te criei para desrespeitar seu pai desse jeito.

— Você não me criou para *ter* um pai.

Seus lábios se apertam tanto que quase desaparecem. Meu coração bate nos meus ouvidos, mas continuo:

— Você fica agindo como se este fosse o objetivo o tempo todo. Não era. Você me criou para ser apenas uma coisa.

— E agora estou dizendo a você para ser outra! Não é difícil! Você é uma garota inteligente. Consegue se adaptar. Por que não pode simplesmente... *mudar*? Sua irmã nunca agiu assim quando eles... — Sua boca se fecha e meus olhos se arregalam.

Meu mundo inteiro desmorona naquele momento, como se eu estivesse na escuridão e a luz a rasgasse, costura por costura. Porque minha irmã...

Minha irmã é a pessoa mais forte que já conheci, e minha mãe deixou claro que meninas fortes não se machucam como eu. Que eu deveria ter sido mais forte. Que eu deveria ter lidado com aquilo, como fiz quando era a Haley.

— Do que você está falando?

Ela levanta a mão, abana a cabeça e se afasta de mim, já indo em direção à porta. Saio da minha cama; se preciso, a perseguirei pelo corredor e por aquelas escadas de mármore, que são uma armadilha mortífera.

— Eu estou falando com você! Me fala o que você quis dizer!

— Esta conversa acabou.

— Quem são *eles*? O que eles fizeram com a minha irmã? Você matou eles também?

Ela solta um fôlego frustrado.

— Pare com isso.

— Não vou parar.

— Meu Deus — murmura ela, olhando para o chão, rangendo os dentes para mim. — Tudo bem.

Quando ela se vira, há um tipo de crueldade em seus olhos que só vi dirigida a alvos. Nunca a mim.

— O que aconteceu com sua irmã quando eu ainda estava afiando o golpe foi muito pior do que o que aconteceu com você. Eu tentei mantê-la a salvo. Pensei que tinha tudo sob controle, que eles nunca chegariam perto o suficiente para... — Ela abana a cabeça, como se estivesse tentando se livrar da lembrança. — Se você quiser detalhes, eu dou. Mas isso só vai te fazer agradecer pra caramba por eu ter aprendido com os meus erros e ajustado o golpe antes que você chegasse, escolhendo alvos que eram criminosos.

— Em vez do quê?

Ela fica em silêncio.

— O que os alvos eram antes?

Mas eu sei. Eu sei. Não quero, mas é claro que sei. Seu silêncio me diz, e sinto que posso morrer, ali mesmo e depois, como se eu não pudesse existir após essa constatação.

— Eu vou te matar — digo a ela.

Sai derramado, automático, pela minha boca, então acho que é a verdade e nada mais que isso. Certamente é o que parece.

Ela ri. Ela ri mesmo de mim.

— Querida, você é muito dramática. Não precisa se preocupar com sua irmã. Ela é adulta e está bem. Eu cometi meus erros com ela e paguei por eles, não foi? Ela não está aqui comigo como uma filha deveria estar.

Não, ela não está, não é? Ela fugiu. Eu sei por que agora. Ela está livre. O pensamento desperta algo em mim.

— Eu aprendi com meus erros com sua irmã — continua ela. — É por isso que você teve a vida que teve. Você pôde ser criança pelo tempo que foi possível. E me esforcei para te dar isso. Mas, com o tempo, as coisas ruins aparecem, querida. É a vida. Você precisa aprender e superar isso para que não te destrua, porque você é melhor do que isso — continua, e sua voz se suaviza, mas eu não. — E você precisa ouvir seu pai. Ele está tentando te proteger. É o que os pais fazem.

Ela me deixa sozinha em meu quarto, todas aquelas roupas ainda estendidas na cama, e escorrego contra a porta fechada para o chão, porque minha cama agora parece manchada.

Aperto a boca com as mãos enquanto as lágrimas escorrem pelas minhas bochechas. Não estou segurando soluços, não estou segurando nada; estou apenas me segurando, e minha boca sempre foi muito mais confiável do que meu coração.

Penso nas malditas luvas de lavar louça e nos olhos selvagens dela. Será que ela aprendeu com seus erros? Ou será que apenas aprendeu a enterrá-los melhor?

(Ela matou por mim.)

(Ela não teria que fazer isso se não o tivesse escolhido.)

Penso *nela*. Minha irmã. Em como ela é forte, como continua voltando para nos ver, e o que ambas essas coisas significam agora, com essa nova informação.

Penso naquele número de telefone, memorizado há muito tempo.

Penso no que eu quero pela primeira vez em muito tempo. Talvez desde sempre.

Respiro fundo. E de novo. E, depois, talvez mais umas mil e quinhentas vezes antes que eu esteja pronta.

Mas fico. Pronta. Lenta e seguramente, começo a tomar algumas decisões por conta própria, sem a contribuição de mais ninguém.

Decido roubar a velha faca de açougueiro da cozinha algumas noites depois que minha mãe compra um novo conjunto de aniversário para Raymond. Ele nunca vai sentir falta dela agora que tem seus novos brinquedos brilhantes.

Decido roubar a arma que encontro escondida no canto de um dos armários de roupa de cama, um backup esquecido, que ele realmente devia ter trancado no cofre. Pense só no que poderia acontecer.

Decido desenterrar "só por precaução" a caixa que enterrei sob a doca na primeira semana em que me trouxeram para cá.

Decido pegar o celular descartável que guardei lá.

Decido ligar para minha irmã.

Decido fugir. Como ela fez. Porque agora eu sei: quero ser forte. Quero ser livre.

Quero ser igual a ela.

49

12h10 (reféns há 178 minutos)

1 isqueiro, ~~3 garrafinhas~~ 1 garrafinha de vodca, ~~1 tesoura~~, 2 chaves de cofre, 1 faca de caça, 1 bomba química, 1 comburente gigante, o conteúdo da bolsa de Iris

~~Plano 1: descartado~~
Plano 2: pausado
Plano 3: apunhalar ✓
~~Plano 4: pegar a arma. Pegar Iris e Wes. Sair.~~
Plano 5: plano de Iris: Bum!

— Sinto muito — Iris me diz.

Dou de ombros, porque é difícil aceitar algumas coisas, especialmente desculpas por coisas com que as pessoas que me amam não tiveram nada a ver.

— Às vezes, eu também não fico bem — diz ela suavemente, os olhos fixos na ampulheta em vez de em mim.

Fico em silêncio, esperando.

— Foi por minha causa que minha mãe deixou meu pai.

— Não — digo imediatamente, porque a ideia é muito estranha. A mãe dela a ama. Ela nunca...

Ah. Minha mente alcança meu coração, porque, quando ela levanta os olhos, enfim, está parecendo muito hesitante.

Ela vira o broche. Seis minutos.

— Fiquei com faringite ano passado antes de a gente se mudar — ela me conta.

— Quê?

— Eles me deram antibióticos. Achei que eu tivesse calculado direito o horário com meu anticoncepcional. Mas Rick, meu ex, sempre reclamava de usar camisinha, porque, oi, era um escroto egoísta, e eu só... achei que não teria problema. Foi uma idiotice. Eu não devia, em primeiro lugar, ter transado com um garoto que reclamava de usar camisinha, mas lá estava eu.

— Lá estava você — repito, e acho que sei aonde ela está indo... Não, eu sei aonde ela está indo, e tem algo crescendo em mim.

— Fiquei grávida — diz ela, e seus olhos estão em mim, me queimando com o tipo de medo que faz meu corpo inteiro latejar, não de dor, mas do desejo de tocá-la, de reassegurá-la: *está tudo bem*. — E eu sou uma pessoa do tipo *e se*, Nora. Você sabe disso. Gosto de planos, detalhes e tomo decisões sobre meu corpo, especialmente meu útero, desde que tinha doze anos e comecei a vomitar de dor a cada menstruação. Então, liguei para a clínica.

Não falo nada. Só espero, a verdade dela me abraçando como uma camisola de seda.

— Eu precisava de dinheiro para o aborto — continua ela. — Então, coloquei algumas das minhas coisas vintage on-line para vender, mas esqueci de bloquear minha mãe de ver os posts. E, quando ela me perguntou por que eu estava vendendo o casaco da Lilli Ann que a minha avó me deu, eu não tinha uma mentira pronta. Ela percebeu tudo, e eu desmoronei.

Ela morde o lábio inferior.

— Ela fez tudo o que eu precisava. Ela me levou à clínica e pagou, e segurou meu cabelo quando vomitei depois, e ah, Deus, vou deixá-la sozinha agora. — Ela pressiona a mão contra o peito como se tentasse evitar que seu próprio coração se rasgasse. — Ela vai ficar sozinha porque agora estou aqui e nós vamos morrer.

— Nós *não* vamos morrer.

O lábio dela treme. Iris tem que absorver duas respirações grandes e estremecidas para conter as lágrimas. Sei como ela se sente:

se ela pensar na mãe, vai desmoronar com a perda potencial. Eu entendo, porque não posso pensar em Lee. Isso me deixaria fraca. Desastrada.

— Ele descobriu — sussurra ela. — Meu pai. E ele sempre foi, hum, protetor? Controlador? Para o nosso próprio bem, é claro. — Ela olha para o teto, piscando furiosamente.

Reconheço nela: a luta contra o que está enraizado em você através do medo e o que você começa a aprender que é a verdade, agora que está livre. Fica girando na minha cabeça: *Somos mais parecidas do que você imagina, somos mais parecidas do que você imagina*, ela tinha dito. Acho que não ouvi de verdade. Mas agora eu sei. Nós duas somos garotas cujos ossos foram forjados de segredos em vez de aço. Não é de se admirar que tenhamos nos atraído como ímãs. Somos feitas do mesmo material, de alguma forma.

— Ele gritava. Esmurrava as paredes e coisas assim. Mas nunca me tocou — ela continua. — Até o dia em que descobriu.

Ela vira a ampulheta do broche de hora do beijo. Cinco minutos. Olho para o frasco, tentando controlar a mistura de raiva e vingança que balança dentro de mim.

— Ele só me deu um tapa na cara — diz ela, e odeio que ainda esteja tentando diminuir a situação, e que eu reconheça isso também. — Mas fez isso na frente da minha mãe. Eu nunca vi ninguém se mover tão rápido. Ela entrou na minha frente, eles gritaram, e ele saiu de repente. Ela chamou minha tia e meu tio, e foi quase como se eles estivessem esperando por isso, porque estavam lá para nos buscar em duas horas. Nunca mais vi meu pai.

Minhas mãos estão bem enroladas ao redor das toalhas de papel que torci em um longo fusível.

— Não quero deixar minha mãe sozinha — sussurra Iris.

— Você não vai deixá-la.

— Você não sabe. Isto é muito arriscado. É perigoso.

— É sobrevivência — falo a ela.

Ela vira o broche. Quatro minutos.

— Temos que começar — anuncia.

— O que devemos fazer?

São necessárias duas voltas da ampulheta — dois minutos sobrando —, mas conseguimos. Arrastamos a lata de lixo cheia de papel higiênico ensopado em álcool em gel para a maior cabine, encaixando cuidadosamente o fusível de papel-toalha lá dentro; depois estendemos o resto ao longo do chão. Então, Iris embebe o fusível com o que sobrou da vodca.

— Tem um lenço na minha bolsa. Molhe e prepare-se para amarrá-lo ao redor da boca — instrui ela.

Eu faço o que ela diz, então ela molha a bainha de sua saia para segurá-la na frente do rosto. Escava no bolso e puxa o isqueiro.

— Acendemos o fusível e deixamos o banheiro se encher de fumaça. Depois, batemos na porta para ele saber que terminamos. Assim que ele abrir, eu atiro o frasco. Deve bater no peito dele, e talvez, se tivermos sorte, derrubá-lo. Pegue a arma, se conseguir. Depois, pegamos Wes e os demais reféns. De acordo?

Repasso mentalmente uma vez e depois faço que sim com a cabeça.

— De acordo.

Ela esfrega o polegar no fundo do isqueiro, um olho no broche de coração, outro no fusível. E aí, abruptamente, me encara de um jeito que me petrifica.

— Quem você é de verdade? — ela me pergunta. — Não quero morrer sem saber seu nome real.

Verdade por verdade. Aqui estamos.

Só que não consigo me fazer pronunciar aquele nome, nem aqui, trinta segundos antes de colocarmos fogo em tudo.

Mas posso dar a verdade a ela. Minhas verdades. As verdades que definiram quem quer que eu tenha me tornado.

— Eu não sou mais ela. Não sei se algum dia fui.

— Isso não é uma resposta — me diz ela, astuta como sempre.

— Sou irmã da Lee — respondo. — Sou melhor amiga do Wes. — Odeio como minha voz vacila, mas me forço a continuar. Devo isso a ela. — Sou alguém que sobrevive. Sou uma mentirosa, uma ladra e uma golpista. E espero ainda ser a garota por quem você está apaixonada, porque eu estou muito, muito apaixonada por você.

— Bom, caralho, Nora — diz ela, o brilho de lágrimas de volta a seus olhos. — Agora, a gente *não pode* morrer.

Minhas mãos se fecham por cima das dela, segurando o isqueiro.

— Eu te disse: sou alguém que sobrevive. Vamos sobreviver juntas.

Em sua outra mão, os últimos grãos de areia caem da ampulheta. Chegou a hora.

50

Raymond: como eu fiz
(em quatro atos)

Ato 1: Virar
Cinco anos atrás

Na noite em que acontece, estamos somente os três em casa. Raymond dispensou todos os empregados mais cedo. *Um dia em família só para nós*, diz ele à minha mãe.

No início, ela está satisfeita. Está tentando atendê-lo, espremendo fatias de limão pelo pescoço fino de suas Coronas, jogando o cabelo por cima do ombro como costuma fazer, mas o humor de Raymond fica cada vez mais sombrio enquanto ele verifica o celular. Quando ela lhe pergunta o que aconteceu, ele murmura algo sobre negócios e *me traz outra cerveja*.

Fico na sala de estar, porque sei o que acontece quando eu a deixo sozinha com Raymond quando ele está assim. Eu fugi da primeira vez, e não foi a última. Mas a maioria dos meus pesadelos é sobre a primeira noite. Pesadelos em que ela não sobe as escadas para me convencer a perdoá-lo... porque ele a matou.

Falho novamente com ela, porque adormeço no sofá.

Quando acordo, está escuro lá fora. Estou coberta por um cobertor e nenhum deles está na sala de estar. A TV está no mudo — algum comercial — e a luz dança através da fileira organizada de garrafas de cerveja vazias na mesa de centro.

Tum.

Há um som específico que um punho faz contra a carne. Um som que, uma vez aprendido, nunca pode ser esquecido.

Levanto-me do sofá, o cobertor caindo, e, ainda não sei, mas esse cobertor é a última coisa doce que minha mãe faz por mim. A casa de Raymond — nunca foi nossa, nunca a nossa casa, nunca foi nada além de uma McGaiola disfarçada de uma McMansão — é toda de azulejos frios, longos corredores e nenhum tapete. Meus pés estão gelados enquanto caminho em direção ao escritório dele, cada passo ecoando.

A porta está entreaberta, e, quando a empurro, nenhum deles me nota. Ele a jogou no chão e já tem sangue, assim como lágrimas, e ela está implorando — ela está *implorando*, e ela *nunca* implora, mesmo quando ele me bate.

— Raymond, podemos falar sobre isso, por favor. Me dá só um segundo. Eu não sei mesmo de que dinheiro você está falando...

Ela está tentando falar racionalmente com ele, mas não há racionalidade para um homem que sempre a viu como inferior.

— Você é a única que poderia ter roubado. Eu investiguei todos os outros. Se você não me disser a verdade... — Sua mão não recua. Em vez disso, avança.

E é aí que as sombras mudam e vejo que ele tem uma arma apontada para ela.

Não sei o que fazer. Não consigo pensar. Não consigo me mover. O medo me envolve e aperta até que meus ossos parecem estar se estilhaçando, e isso quase me leva para longe.

Quase fujo.

Mas, em vez disso, eu me movo em direção a ele, em direção a minha mãe, a terrível constante na minha vida, em direção à arma que sei que está carregada. É a coisa mais corajosa que já fiz. Também a mais idiota. Num segundo, essa arma está apontada para mim, e, agora, ele tem ainda mais vantagem contra ela.

Minha mãe está soluçando, rímel escorrendo pelas bochechas, com os joelhos machucados e ralados. Ele deve tê-la jogado pelo chão, e meus punhos se apertam mesmo enquanto estou lá, parada, tentando fazer com que seus olhos selvagens se concentrem em mim.

— O que você está fazendo? — Não pareço eu mesma.

Minha voz está ofegante. Alta. Será que estou respirando com força demais? Tudo parece acelerado e lento ao mesmo tempo. Pergunto-me se é assim que é ter um ataque de pânico. Não é para eu ter isso. Ela me diz que eu tenho que ser forte.

— Sai — rosna ele. — Isto é entre mim e sua mãe.

Mas eu não saio. Ela nem sequer está olhando para mim. Está caída naquele chão com os joelhos ensanguentados e se parece tanto com uma criança que, por um segundo, me sinto como a adulta.

Não sou. Estou com um puta medo. Mas, naquele segundo, tomo uma decisão.

Se ela não consegue se livrar disso com sua manipulação, seu poder e a maneira como ela torce as pessoas em torno de seus dedos com anéis dourados como se não fossem nada, eu o farei.

— Ela não pegou o seu dinheiro — digo, e agora ele está completamente voltado para mim, então ela está nas costas dele. *Mexa-se!*, penso, mas ela não se mexe. É como se tivesse desistido.

Mas eu não posso desistir.

— *Eu* que peguei.

Eu não peguei. Não tenho nem ideia de que dinheiro ele está falando. Mas eu não ligo. Qualquer coisa para afastá-lo dela.

— Nem fodendo.

É um milagre, mas mantenho minha expressão entediada enquanto dou de ombros.

— Tá bom. Não acredite em mim. Acho que vou ficar com o dinheiro. Foram oitenta e sete mil dólares, certo? — É uma tolice falar um número, mas foi o que eu o ouvi dizer ao telefone antes. E preciso de algo que realmente o convença depois de uma aposta dessas.

Por isso, faço aquilo que nunca, mas nunca mesmo, se deve fazer.

Viro as costas para ele e para a arma.

— Não vire as costas para mim, mocinha!

O alívio me retorce. Ah, graças a Deus, eu tinha razão.

A voz dele o trai o suficiente para me mostrar que ele ainda é o tipo de bêbado que cambaleia. Ele é desleixado e lento quando está assim. Só preciso afastá-lo dela.

Olho por cima do ombro.

— Achei que você queria seu dinheiro.

Tremo quando me afasto, saindo do escritório, pelo corredor.

Mas ele vem atrás.

51

Transcrição: Lee Ann O'Malley + oficiais de Clear Creek

8 de agosto, 12h17

Oficial Reynolds: Os oficiais de Butte County saíram da estação cerca de cinco minutos atrás. Se conseguirmos manter tudo tranquilo até a…

O'Malley: Não vai ficar tudo tranquilo.

Oficial Reynolds: Você não sabe disso.

O'Malley: Algo está para acontecer.

Oficial Reynolds: O que é isso na sua mão? Era isso que você estava escondendo antes?

O'Malley: Nora passou à menina uma mensagem para mim.

Oficial Reynolds: Como assim? E você não pensou em mostrar até *agora*?! O que isso significa — *ele tem um ás na manga*?

O'Malley: Eu não sei, Jess. É isso que eu estou tentando descobrir.

Oficial Reynolds: Não acredito em você.

O'Malley: Estou te contando agora.

Oficial Reynolds: Fumaça. Merda! Fumaça!

O'Malley: O quê? Oh, meu Deus!

Oficial Reynolds: Ei! Ei! Fogo! Pegue o rádio.

[Barulhos de briga]

Oficial Reynolds: Puta merda, Lee!

O'Malley: Minhas crianças estão lá dentro!

[*Briga*]
O'Malley: Me solta, Jessie. *Me solta!*
Oficial Reynolds: Você não vai correr para um prédio em chamas! Você está… Ai!
[*Gritaria*]
Oficial Reynolds: Lee! *Lee!*
[*Fim da transcrição*]

52

12h16 (reféns há 184 minutos)

1 isqueiro, ~~3 garrafinhas de vodca~~, ~~1 tesoura~~,
2 chaves de cofre, 1 faca de caça, 1 bomba química,
1 comburente gigante, o conteúdo da bolsa de Iris

~~Plano 1: descartado~~
Plano 2: pausado
Plano 3: apunhalar ✓
~~Plano 4: pegar a arma. Pegar Iris e Wes. Sair.~~
Plano 5: plano de Iris: Bum!

No início, funciona exatamente como Iris diz que vai funcionar. Ela acende o fusível, e a chama viaja até o comburente da lata de lixo. Ela pega fogo. O papel higiênico encharcado de álcool em gel enche o banheiro de tanta fumaça negra acre que começo a engasgar embaixo do lenço. Bato na porta. Quinze ou vinte segundos arrepiantes, difíceis de respirar, depois escuto quando ele começa a mover o que quer que esteja bloqueando a porta.

Iris pega o frasco da bomba e sacode vigorosamente. O plástico começa a inchar nas mãos dela, as substâncias químicas pegando pressão, mas ela segura firme.

A porta se abre, a fumaça se espalha, e Boné Vermelho começa a tossir. Iris taca o frasco bem na direção do som, há um grito, um som de *fitz* e então *bam*!. Explode em um *zum* forçado de projétil, espalhando mais fumaça.

O grito dele é infernal — unhas arranhando uma louça são fichinha —, mas não deixo me impedir. Mergulho na fumaça; ela continua jorrando do banheiro, e Boné Vermelho está no chão, a um metro, e é feio. Parece que o atingiu bem na barriga, e as mãos dele não estão só sangrentas; estão em carne viva, como se a pele tivesse sido arrancada.

Onde está a arma? Nele? Ele estava com a espingarda da última vez que o vi. Está no chão? A fumaça vibra atrás de mim, e tusso. Meus olhos lacrimejam, tentando lavar a sensação, e me viro para encontrar Iris.

Só vejo fumaça e chamas. Merda. *Merda*. O fogo saltou do cilindro para o teto.

— Iris! — Corro à frente, atravessando o caos, e esbarro nela. Ela se apoia em mim, tossindo violentamente.

— Os azulejos do teto! — diz, com a voz entrecortada. — São velhos. Devem ter amianto. Eu não achei...

— *Vai!*

Empurro-a, ainda procurando pela arma no chão. Onde está? Deve estar com ele.

— Vai! — repito, enquanto me debruço no chão, ao lado do corpo gemendo de Boné Vermelho. A jaqueta dele está com o zíper bem fechado. Ele deve ter guardado a pistola dentro...

O pequeno ofegar de Iris e o *tum* são meus únicos alertas. Olho para cima e o vejo em meio à fumaça, ensanguentado e com raiva. Aí, o cano da espingarda está vindo na direção do meu rosto, e penso com uma clareza repentina e tardia: *eu devia ter ido primeiro*.

53

Raymond: como eu fiz
(em quatro atos)

Ato 2: Bang
Cinco anos atrás

Não tenho para onde ir. Se Raymond começar a avaliar, vai perceber que não tem como eu ter pegado o dinheiro pelo qual ele está bravo. Então, só sigo em frente, minha mente se agarrando à única coisa possível: minha caixa de "só por precaução". Não quero estar aqui, tendo que usá-la.

Ah, meu Deus, vou precisar usar?

— Aonde estamos indo? — pergunta ele bruscamente, enquanto o afasto cada vez mais da minha mãe, pela cozinha e na direção da porta dos fundos que leva ao deque, com escadas até a praia.

É uma das coisas mais difíceis de se fazer, só continuar andando, minha mão girando na maçaneta como se ele não estivesse me apontando uma arma. Algo cresce em mim, um tipo de grito imprudente que não pode sair. Senão, ele vai saber.

— Eu enterrei, dã — digo, e *nunca* sou rude. Garotas não devem ser rudes. Filhas perfeitas não pisam nesse tipo de território real.

Mas não sou perfeita, sou? Ou, talvez, seja perfeita nisto.

Cruzo o deque e desço com cuidado os degraus cobertos de areia. Ele continua me seguindo. Isso é bom. Preciso continuar afastando-o dela.

— Onde? — pergunta ele quando chegamos à praia, andando com dificuldade pela areia. O vento balança minhas tranças duplas, que agora estão soltas e desleixadas. Ashley ficou selvagem; ele só não sabe ainda.

Aponto para o cais no fim da praia.

— Embaixo do cais.

— Eu vou te castigar por isso — diz ele. — Vamos. Vamos pegar.

Ele me agarra embaixo do braço — o que os homens têm com esse ponto, esse ponto dolorido que eles parecem simplesmente saber que devem agarrar para te arrastar? Existe algum tipo de aula sobre isso ou eles só nascem sabendo? — e me puxa pela praia. Agora está falando, irado e distraído, de como pensou que eu era uma boa menina, como eu era tão durona, como ele ficou decepcionado, como me deu tudo o que eu queria e por que eu faria isso?

Não respondo, e ele não percebe, porque não está falando comigo de verdade, assim como nunca me enxerga. Ele enxerga um alvo.

Eu também enxergo um alvo.

Chegamos ao cais e ele se abaixa, franzindo o cenho para o espaço entre a areia e a madeira. Não vai caber ali.

— Eu pego — digo, como se fosse um incômodo.

Estou me encontrando aqui na areia... neste momento. Ele não consegue ver, estou com medo demais de admitir, mas aqui está. Aqui estou eu.

Eu me contorço embaixo do cais, a areia fazendo cócegas na minha barriga onde minha camiseta se levanta, e me sinto segura ali. Ele não pode vir atrás de mim.

Mas a tempestade está se formando e, para o bem ou para o mal, sou o tipo de garota que vem preparada.

— Anda logo — diz Raymond, a voz ecoando pelas tábuas de madeira.

Rastejo com os cotovelos, o coração pulsando nos ouvidos. Queria só poder ficar embaixo do cais para sempre, mas meus dedos inquisidores roçam a beirada dura de uma caixa enterrada na areia, e sei que não posso.

Cavo com as mãos — é mais difícil do que imaginei, usei uma pá para enfiá-lo ali — e o suor desce pelo meu peito e pinga na areia antes de eu, finalmente, conseguir puxar.

Abro a caixa, rezando para não ranger, e graças a Deus não range. Tiro, cada músculo do meu braço tenso no esforço de impedir que minhas mãos tremam.

Use. Você precisa.

Arrasto-me para fora do cais, a caixa nas mãos, e fico de pé, afastando-me dele assim que estou de volta ao ar livre.

— Me dá — ordena ele, apontando para a caixa. A arma está no cinto dele, em vez de na mão... Esse é o nível da confiança dele. — Sem joguinhos.

— Sem joguinhos — concordo.

E, nesse momento, sou perfeita. Perfeita em minha pronúncia, em minha voz, que nunca vacila. Minha vida toda me levou a este momento, e sou a imagem da promessa temerosa, o lindo prodígio da minha mãe: *Não pisque; sorria e convença.*

Ele estende a mão para a caixa.

Dou um passo à frente, como se fosse entregar a ele.

Use.

Mas, no último segundo, derrubo a caixa e atiro nele.

Você precisou fazê-lo.

54

Transcrição: Lee Ann O'Malley + oficiais de Clear Creek

8 de agosto, 12h25

Oficial Reynolds: Não acredito que você bateu em mim.
O'Malley: Tira essas algemas de mim. Juro por Deus, Jessie.
Oficial Reynolds: Para de me ameaçar. O delegado Adams já quer te acusar de agressão a um oficial.
O'Malley: Tire essas algemas. Agora. Minhas crianças estão naquele prédio. Está pegando fogo. Me dá a porra das chaves!
Oficial Reynolds: Os bombeiros estão a caminho. Fica calma.
O'Malley: Eu vou te matar.
Oficial Reynolds: Lee, eu sei que você está chateada, mas precisa *parar*.
O'Malley: Eu... [gritos]
Oficial Reynolds: Merda.
O'Malley: Tira as algemas! Alguém está saindo!
Oficial Reynolds: É para eu ficar com você. Ordens do delegado.
O'Malley: Jessie...
[Gritos]
Oficial Reynolds: Não me obrigue a apontar a arma para você.
[Gritaria indiscernível]

Oficial Reynolds: Ela acabou de dizer…?
O'Malley: Jessie! *Tira essas algemas!*
[*Fim da transcrição*]

55

12h19 (reféns há 187 minutos)

1 isqueiro, ~~3 garrafinhas de vodca~~, ~~1 tesoura~~,
2 chaves de cofre, 1 faca de caça, ~~1 bomba química~~
(detonada), ~~1 comburente gigante~~ (pegando fogo),
~~o conteúdo da bolsa de Iris~~ (também pegando fogo)
~~Plano 1: descartado~~
Plano 2: pausado
Plano 3: apunhalar ✓
~~Plano 4: pegar a arma. Pegar Iris e Wes. Sair.~~
Plano 5: plano de Iris: Bum! ✓

Da terceira vez, não tenho tanta sorte quando ele me arrasta de novo pelo corredor. Estou atordoada, não derrubada, mas ainda zonza, latejando, a fumaça e a pancada na cabeça não ajudam. Desta vez, resisto; não tenho nada a perder, tenho tudo a perder. Iris. Cadê ela? Não consigo vê-la. Ela caiu. Ele a derrubou. Em algum lugar perto da porta ele deu um salto, como um boneco de molas assassino saindo de dentro de uma caixa. Ele não está mais sangrando. Boné Vermelho deve tê-lo acordado e suturado. Homem idiota, idiota, *idiota*.

O fogo. Está se espalhando. Ouço o rugido dele fazendo *crec crec*, vejo a fumaça jorrando do banheiro. A tinta está formando bolhas pelas paredes, e o calor sobe em uma espiral. Logo, vai chegar ao corredor. Precisamos impedir. Wes está preso.

Grito o nome dele e escuto batidas na parede. Punhos socando a porta e palavras abafadas que não consigo distinguir. Grito para ele se abaixar. Grito para bloquear a abertura da porta, e todas as outras regras de segurança contra incêndios *não têm sentido* quando você está preso. Ele está preso. Ele não pode estar preso. Não pode acabar assim. Não com um incêndio. Não assim. Não depois de tudo.

Luto contra Duane agarrando meus punhos enquanto me arrasta, passando ao lado de Boné Vermelho, que ainda é um desastre, gemendo e queimado de Diabo Verde. Ele me joga no fim do corredor, perto demais do fogo, e vira-se para o comparsa. Fico de pé com dificuldade, cambaleando para trás, para o bolsão de ar que está quase escaldante.

É em um piscar de olhos, e percebi que ia acontecer desde a primeira vez que os observei interagindo, mas não dá para se preparar para ver de perto. Em um segundo, Boné Vermelho está em carne viva e resmungando, e, dois tiros rápidos depois, acabou, porque ele não é mais nada.

Solto uma lufada de ar. Preciso continuar gritando. Wes. Iris. Preciso — ah, meu Deus, ele está mesmo, *mesmo* morto. O mundo inteiro se revira na fumaça.

— Fica aí — rosna Duane. Ele se vira, e a fumaça é grossa, a ponto de sufocar, e acre. Minha pele fica rosa pelo calor conforme as chamas rastejam para mais perto da porta do banheiro. Preciso me levantar.

Não... *rastejar*. Preciso rastejar. Ficar baixa. Chegar à mesa que está prendendo Wes no escritório. Buscar Wes. Buscar Iris. Sair.

— Você... — A pergunta morre em minha garganta. Não consigo dizer. Não consigo respirar. Não. Não. Não.

— Só a apaguei. — Ele ri. — Ela dá um bom escudo humano, com todas essas camadas. — Em meio à fumaça, ele levanta para mim a barra da saia e da anágua dela.

Fico mais quente que o fogo, cerrando os punhos contra a necessidade de machucá-lo.

— Venha. — Ele gesticula com a arma.

— Não. Não sem o garoto.

Deixar os demais para trás é monstruoso. Não ligo naquele momento. Estou com Iris na minha linha de visão. Preciso de Wes, e aí posso ir. Vou abandoná-los. Afinal, abandonei minha própria mãe. Eu fui feita para abandonar.

Os olhos de Duane passam por cima do meu ombro. As chamas devem estar aumentando. Finco os pés. Posso vencê-lo na espera. Posso fazer um jogo perigoso.

— Agora — ordena ele.

Faço que não com a cabeça.

Ele atira. Assim, do nada. O gesso acima da minha cabeça espirra para todo lado, e um bloco cai no meu braço.

— Anda, senão ela é a próxima.

Preciso me mexer para sobreviver. Vou morrer se deixá-lo para trás. Preciso proteger Iris. Não posso proteger Wes. Os pensamentos falham em minha mente, em pânico, enquanto ele me empurra à frente.

Não tenho como contornar isso e, se me perguntassem quem sou neste momento, eu responderia: *assustada, assustada, assustada*.

Duane tem nas mãos dois terços de tudo que mais amo no mundo, literal e metaforicamente. Ele agora sabe disso, e vai usar contra mim.

O porão tem um cheiro metálico e carbonizado do equipamento de solda espalhado perto do buraco nas grades que Boné Vermelho fez, a troco de nada. Duane nem olha na direção dos cofres; ele agora tem outro prêmio, só precisa sair comigo.

Não era para meu plano terminar assim. Não era para acontecer desse jeito. Não era para Iris estar jogada sobre o ombro dele, mole como uma boneca de pano, os cachos e os pés pendurados. Não era para Wes estar lá em cima, sozinho, encolhido, tentando fugir da fumaça que entra. Ah, meu Deus, ele está sozinho. Não pode estar. Não assim. Não *assim*.

Estou gritando quando Duane me empurra para fora do banco. Virei uma fera, cada ferramenta e truque inteligente expulso de minha cabeça numa profusão de fumaça e *preso, Wes está preso lá dentro.*

Ele está com Iris atravessada na parte superior do seu corpo, como uma versão humana de Kevlar, e eu na frente, a espingarda pressionada contra minhas costas, mas isso não me impede. Continuo gritando o nome de Wes e *Pega ele, vai pegar ele* para os policiais embaralhados. Mas eles permanecem agachados atrás de suas viaturas, armas apontadas, e vejo no rosto deles: não há uma linha de tiro limpa. Não vejo Lee. *Onde está Lee?*

A fumaça sobe em um borrão, e Duane me empurra adiante. O cano se afunda em minhas costas e não há como fugir nem para trás nem para a frente. Não há como contornar isto. Alguém vai dar o primeiro tiro, e aí...

Meus olhos se prendem na barra da jaqueta dele, e, meio segundo depois, compreendo. A jaqueta. Ele não estava usando uma jaqueta antes.

Ele está com a jaqueta de Boné Vermelho. Por quê?

Tudo clica como um pêndulo de Newton, um pensamento batendo no outro como as bolinhas prateadas, a conexão me atravessando; causa e efeito.

Boné Vermelho era quem entregava as armas, as duas, como se não fosse nada de mais. Achei que fosse por confiança. Achei que fosse estupidez.

Não era.

Ele estava armado o tempo todo.

Ele tem um ás na manga. Foi o que escrevi em meu bilhete a Lee. A coisa mais útil que consegui pensar em dar a ela: minha intuição sobre esse homem. Não percebi quanto eu estava sendo literal.

Ele põe a mão no bolso da jaqueta. Minha mente se acelera, bolas de metal batendo uma na outra, para lá e para cá, para lá e para cá. Pequeno. Portátil. Com efeito suficiente para facilitar uma fuga.

Minha boca se abre para gritar antes mesmo de ele puxar.

— *GRANADA!*

56

12h26 (reféns há 194 minutos)

1 isqueiro, ~~3 garrafinhas de vodca~~, ~~1 tesoura~~,
2 chaves de cofre, 1 faca de caça, ~~1 bomba química~~
(detonada), ~~1 comburente gigante~~ (pegando fogo),
~~o conteúdo da bolsa de Iris~~ (também pegando fogo)
~~Plano 1: descartado~~
Plano 2: funcionando um pouco bem demais
Plano 3: apunhalar ✓
~~Plano 4: pegar a arma. Pegar Iris e Wes. Sair.~~
Plano 5: plano de Iris: Bum! ✓
Plano 6: não morrer

Demorei muito. Ele é rápido demais. Eles são lentos demais.

Ele não joga no ar, não há um arco gracioso. Ele a taca baixo, com o tipo de rolar lento que faz a granada voar saltitante sob a viatura do meio.

Eles se espalham como aranhas, mas não longe o bastante. *Bum.* O carro sai voando para trás, e ele agarra meu braço, puxando tão forte que, desta vez, grito de dor.

É tudo fumaça, fogo e gritos confusos, e ele enfia Iris e eu no banco traseiro de um carro que está estacionado atrás do banco. Saímos do estacionamento cantando pneu antes de os oficiais conseguirem se recuperar.

Ele dá um gritinho enquanto acelera pela rodovia em meio a ranchos, ninguém está nos seguindo por enquanto. O júbilo dele está grosso no ar, o que só significa morte para mim, mas por que ele se importaria? Ele está quase livre.

Seu sorriso fica cruel quando ele vê meus olhos no retrovisor. Minha mão aperta o braço de Iris, torcendo para isso acordá-la. Mas ela continua caída; há um hematoma em sua testa que não parece nada bom, mas, pelo menos, ela não está sangrando. Isso é bom. Né? A não ser que signifique que tem sangramento interno.

— Finalmente quieta, hein? — ele me diz.

Não tenho mais nada, e nem para onde ir. Tenho a faca no bolso, mas não posso esfaqueá-lo com ele dirigindo a essa velocidade. Ele pode atirar em mim ou Iris. Já se provou resistente demais para o meu gosto, já que apunhalá-lo da primeira vez não o parou.

Estou repassando rápido a anatomia que preciso atingir, e vou ter que ir para o pescoço, certo? Mas, aí, ele pode pisar nos freios por instinto. Rápido assim, o carro pode capotar. É velho. Não tem airbags. Não estamos nem de cinto.

O mundo vira um borrão, minha mente gira e gira, tentando encontrar uma solução, porque não há som de sirenes atrás de nós, nem a distância. Eles não estão vindo. Estão ocupados demais lá atrás.

Ele está desacelerando. Meu corpo fica alerta, *ache uma saída, dê um golpe para passar por ela*, e minha mão aperta o pulso de Iris. Preciso que ela acorde, mas isso não está acontecendo. Com quanta força ele a atingiu?

Estamos virando, saindo da rodovia de duas pistas e entrando em uma das rodovias secundárias, que pontilham esse trecho das redondezas. O cascalho é triturado sob os pneus enquanto ele acelera pela estrada, hectares de colinas e carvalhos até o horizonte. Para onde ele está indo?

A estrada de cascalho faz uma curva, e vejo: o celeiro. Ele vai esconder o carro. Eles nunca nos encontrarão. Ele vai matar Iris. Esperar até a noite chegar e me tirar do estado. Eles não podem colocar postos de controle em todo lugar. Há estradas secundárias que são um emaranhado de trilhas de exploração madeireira e de mineração com as quais ninguém se importa, mas, se você pegar as certas, dá para chegar até o litoral.

Preciso fazer alguma coisa. Agora.

Olho para Iris. Não posso deixá-la. Preciso fazer isso. Se vamos ter alguma chance, tenho que afastá-lo dela. Tirar vantagem. Ele vai me seguir. Vai largá-la para trás. Vai ter que fazer isso.

Sou a única coisa de valor que ele tem, no fim desta merda. Ele precisa de mim.

O celeiro está se aproximando cada vez mais. Está dirigindo rápido demais pela estrada.

É agora ou nunca.

Abro a porta do carro com tudo e me jogo para fora, e vou admitir, neste momento, minha camisa de flanela seria útil, porque rolar para fora de um carro no cascalho rasga algodão e pele. A dor se espalha por meus braços e ombros como chumbo grosso, mas me forço a me levantar enquanto o escuto xingar, gritar e parar o carro bruscamente.

Isso. Isso. O carro ainda está à mostra. Se eles colocarem um helicóptero no ar, vão ver. Vá. Fuja. Obrigue-o a te perseguir antes que ele mate Iris.

Corro na direção do celeiro, porque talvez haja uma arma, talvez um ancinho, talvez um trator com que eu possa atropelá-lo. Não estou nem aí. Vou achar. Vou usar. Vou matá-lo, se precisar.

Acho que vou precisar.

57

Raymond: como eu fiz
(em quatro atos)

Ato 3: Cortar
Cinco anos atrás

Atirar em Raymond não o matou. Obviamente. Eu poderia contornar isso. Poderia dizer que nunca quis que ele morresse.

Que tinha apontado para a perna dele de propósito. Eu estaria mentindo. Minhas mãos estavam tremendo, estava escuro, e minha mira era ruim. (Não mais.)

Às vezes, ainda me arrependo de não puxar o gatilho uma segunda vez e acabar com ele.

Às vezes, me pergunto onde eu estaria se tivesse saído daquela praia e continuado, deixando-o na areia e minha mãe na McMansão... e simplesmente sumido no mundo, onde ninguém me encontraria.

Eu sei como desaparecer. Minha mãe criou meninas que podiam ficar invisíveis, nulidades capazes de se transformar em outra pessoa com um frasco de tinta de cabelo de farmácia e um sorriso no espelho, enquanto repetem nomes como um feitiço mágico ao renascerem.

Fiz uma escolha diferente. De parar de fugir. De ficar visível. De ficar parada.

De aprender a ser alguém real, em vez de um punhado de malabarismos de mágoas, golpes e fome.

As coisas acontecem rápido depois que aperto o gatilho. Ele cai, mas não desmaia. Estende a mão para mim, e reajo, como antes.

Como se soubesse o que fazer agora. Desta vez, não falho, mas minha arma é diferente. Eu o atinjo com a borda da caixa de metal, bem na têmpora, e Raymond cai de cara para baixo na areia, mas ainda não desmaia. Então, o acerto outra vez. E mais uma.

Fico imóvel, a caixa erguida bem alto, pronta para outro golpe, e ele finalmente está mole. Meu batimento cardíaco ruge mais forte do que as ondas e quero fugir.

Mas não posso. Porque ainda não terminei.

Há um plano em andamento. Minha irmã vai me tirar daqui. Faltavam apenas oito dias, e agora...

Os planos mudaram. Ah, meu Deus, como eu os mudei.

Fico ali parada na praia; os pés descalços, com areia roçando entre os dedos. Sei como funciona o mundo; sei, especialmente, como funciona virar um X-9. É o que eu deveria estar fazendo. Virar X-9 para o FBI, prender minha mãe e Raymond. Assim, estaremos seguras. Mas o FBI precisa de provas concretas. Esse foi o acordo que minha irmã fez com eles. Eu lhes dou a prova e estou fora do alcance deles para sempre.

Preciso de um trunfo. Preciso entrar no cofre de Raymond.

Minhas mãos se fecham ao redor da caixa. Junto com a arma, há duas outras coisas ali dentro: o telefone descartável que minha irmã usa para entrar em contato comigo. E uma faca.

O cofre de Raymond é biométrico. Requer uma impressão digital. Minha irmã conseguiria um kit para tirar a impressão digital. Mas eu estraguei tudo e agora estou aqui, com hematomas demais, tempo de menos e porra de calma nenhuma, porque *eu atirei nele*. Eu atirei nele e o nocauteei, então, não há como voltar atrás, e tenho uma lancheira de metal com uma faca dentro, e todos sabemos aonde isto está indo, certo?

Não há como voltar atrás. Só há como seguir em frente.

Preciso abrir o cofre.

Então, eu apoio a lancheira no chão e pego a faca.

58

Transcrição: Lee Ann O'Malley + oficial Jessica Reynolds perseguem o sequestrador

8 de agosto, 12h30

Oficial Reynolds: Vai! Vai!

O'Malley: Você está vendo ele?

Oficial Reynolds: Aqui é a oficial Reynolds. Preciso que alguém coloque o helicóptero do hospital ou dos bombeiros na Highway 3, indo em direção ao norte, para procurar um quatro portas branco. Precisamos colocar bloqueios rodoviários na 3 e na 5 imediatamente.

[*Gravação corta por 3 minutos e 56 segundos. Favor consultar o Relatório do Delegado, Parte 3A, para ver a transcrição do despacho.*]

Oficial Reynolds: O helicóptero do hospital está varrendo a área.

O'Malley: Eles precisam correr.

[*Silêncio de 4 minutos e 21 segundos*]

[*Vozes no rádio policial, ininteligíveis*]

Oficial Reynolds: Está bem! Está bem. Preciso de todos os oficiais disponíveis na área. Aqui é a oficial Reynolds. O sedã branco que estamos perseguindo foi visto na Fazenda Williams abandonada, Castella Road, 1723. Sequestrador está armado e é perigoso. Tem duas adolescentes como reféns. Prossigam com extrema cautela.

O'Malley: Vai.

Oficial Reynolds: Lee, precisamos falar sobre o que vai acontecer quando chegarmos lá.

O'Malley: Você tirou minhas algemas.

Oficial Reynolds: Você me deu um soco.

O'Malley: Se eu pedir desculpas, você vai me dar uma porcaria de arma e me deixar te proteger?

Oficial Reynolds: Você vai seguir as minhas ordens?

O'Malley: Vou te proteger.

Oficial Reynolds: Isso não é uma resposta, Lee.

[*Distorção de 2 minutos e 16 segundos*]

[*Porta de carro batendo*]

[*Fim da transcrição*]

59

12h32 (reféns há 200 minutos)

2 chaves de cofre, 1 faca de caça
Plano 6: não morrer

Fugi do carro de Duane. Agora é hora de me esconder.

Passo voando pelas portas do celeiro e as fecho. Mas não há nada que eu encontre para bloquear as portas por dentro, e não quero que ele perca o interesse em mim e volte para Iris. Através das ripas da porta, o vejo caminhando em direção à construção, meu sangue gritando comigo para eu continuar correndo. Ele não está se movendo rápido; a ferida da facada ainda o incomoda, mesmo que a dor inicial tenha reduzido. Ele vai querer tomar cuidado. Precisa estar na melhor forma possível para atravessar o país comigo. Não tem como me colocar em um avião, e ele pode ser o tipo de cara que conhece alguém com um barco para me contrabandear, mas será que tem o dinheiro para isso?

Meu instinto me diz que não. Porque ele fez esta merda toda com Boné Vermelho. Duane está desesperado e falido, e vai tentar me agarrar, por mais arriscado que seja, porque é a melhor possibilidade de pagamento que ele tem. O celeiro está escuro, máquinas cobertas de lona ocupam as baias que costumavam abrigar os cavalos. Inclino a cabeça para cima; há um sótão e uma escada, mas a escada é de madeira e pesada. Eu não seria capaz de puxá-la para cima.

Mas eu poderia ser capaz de prendê-lo lá em cima. Só preciso arrastar esta situação para que o carro possa ser encontrado. Isso é tudo.

Estou tentando me enganar. Não está funcionando. Mas continuo. Eu me inclino e agarro um punhado de terra do chão antes de subir a escada. O palheiro é grande, plano e largo, estendido pela metade do celeiro, por cima das baias e da entrada, e a luz do sol entra por uma grande janela na parte de trás.

Olho em volta, desesperada por algum tipo de arma de longo alcance.

Tenho muito pouca esperança contra ele com uma faca, como sei bem até demais. Vou conseguir dar uma boa facada, e aí ele vai me agarrar. Preciso de algo maior. Um ancinho, uma pá, ou alguma ferramenta letal de agricultor.

A porta do celeiro se abre com um rangido, e congelo no sótão.

Está tudo completamente silencioso. Ele não fala. Não provoca. Acho que seria melhor com a tagarelice escrota dele, porque já me acostumei, e o silêncio é...

Assustador. Assustador pra caralho.

São apenas os passos dele, o batimento do meu coração e o conhecimento de que, provavelmente, estou a algumas respirações de algo doloroso. É isso o que ele quer. Ele quer que eu apodreça.

Ele ainda não descobriu quem eu sou.

Acho que somos dois, mas, pelo menos, sei do que sou capaz. Eu o avisei, mas ele não me ouviu, então agora eu vou obrigá-lo a ouvir.

Arrastando os pés para a frente até a borda do corrimão do palheiro, observo enquanto ele avança pelo celeiro, esperando até passar pela baia mais distante. Em seguida, deixo cair o punhado de terra bem na lona, me abaixando para trás antes que o jato de terra atinja o plástico com um som rascante.

Já estou me movendo quando ele gira em direção ao som, cruzando o sótão enquanto busco por algo... qualquer coisa...

Há uma vassoura. As cerdas estão apodrecidas e o cabo é curto demais, mas é um bastão. Algo com o que bater. Se eu conseguir atordoá-lo primeiro, quebrar no rosto dele ou algo assim, talvez possa usar a faca e correr. Talvez ele não me siga desta vez. Talvez não consiga, se eu puxar a escada para baixo e o prender no sótão.

É um plano horrível, e o único que eu tenho. Minha mão se aperta ao redor do cabo da vassoura enquanto a escada do sótão range.

Eu me escondo nas sombras o máximo que posso, recuando do sol que entra pela grande janela, mas não é suficiente. A cabeça dele coroa pela abertura do sótão e ele me avista imediatamente.

Espero até ele pisar no palheiro, longe da escada, e é um erro. Percebo tarde demais, porque não há tempo suficiente para atacar. Desvio para a direita, mas ele está se movendo com muito propósito, e esse objetivo é me ferir o suficiente para que eu finalmente me quebre. Não apenas os meus ossos. Inteira.

Não vai acontecer.

Balançando o cabo da vassoura, miro alto, mas ele bloqueia o golpe. A madeira velha se quebra ao meio contra o braço dele, e Duane uiva porque acertei seu cotovelo, pelo menos. Tenho tempo suficiente de recuar alguns passos, fora do alcance das mãos dele, e puxar a faca. Abro-a, colocando-a entre nós, e é um déjà-vu; aqui estou outra vez — uma menina, uma lâmina e um homem mau. Parece que isso nunca muda, mas eu, sim.

Dou dois passos para a direita. Se eu conseguisse simplesmente chegar à escada...

Mas ele se atira e eu o apunhalo, não por instinto, por prática. Com uma faca, você precisa colocar seu peso no golpe. Tem que ser forte. E rápida. Neste momento, não sou. A faca pega desajeitada no antebraço dele, fazendo um corte irregular e comprido, não profundo. Ele grita, batendo com tanta força no meu braço que a faca cai com um clangor. Duane fecha a mão sobre o braço sangrando, assoviando por entre os dentes, a faca está longe demais, e esta pode ser minha única chance, esta pequena janela de dor que causei, então saio voando.

    Estou a meio caminho da escada quando ele a agarra, sacudindo-a para a frente, de modo que me atira para trás como um brinquedo velho. Tenho um segundo para decidir: *cabeça ou costas, cabeça ou costas*, depois me ajoelho e tento girar no ar enquanto minhas mãos sobem para proteger meu crânio. Os arranhões que ganhei pulando do carro na estrada retardam meu tempo de reação, e bato desajeitadamente no chão do celeiro com uma pancada terrível, mas minha cabeça não bate, ainda bem. Depois o choque do impacto irradia para baixo, alcançando meu cérebro e meu coração, e estou sugando ar que já não está mais presente enquanto meu corpo inteiro se contrai de dor.

    Meus pulmões tremem, e, por um instante, não tenho certeza de se é porque a queda me tirou o fôlego ou porque há uma costela espetada no meu pulmão, ou algo assim. Certamente parece a última opção, não a primeira. Tenho medo de me mexer, não só porque vai doer, mas também porque não serei capaz. Fico olhando para o teto do celeiro, piscando lentamente.

    Sei que preciso me levantar. Ele vai descer do sótão agora. Vai me machucar.

    Eu não consigo me mover. Não consigo nem me concentrar. Minha mente fraturada está passando por memórias como um mosquito voando em cima de uma poça.

    Wes e o olho roxo de um valentão e meu punho; o dia em que nos conhecemos; *foi um belo soco*; a mão dele no meu braço... a primeira vez em séculos que não me encolhi.

    Iris e espirais douradas na sala; ela se virando na calçada, *não se fazem mais roupas assim, Nora...* o sorriso dela pegando o meu, iluminando meu mundo inteiro.

    Lee. O cabelo dela, loiro-mel em vez de castanho-escuro. Debruçando-se para encontrar os mesmos olhos azuis. Um sorriso triste demais nos cantos da boca. *Sou sua irmã.*

Lee. Um pedaço de papel. Um número rabiscado. Uma mão estendida. *Você sempre pode usar.*

Lee. Uma senha. Uma promessa sussurrada. Uma verdade admitida. *A mãe não vai te defender.*

Lee. Madrugada. Menina assustada. Areia ensanguentada. *Estou indo.*

Lee. Lee. Lee.

Ela é como uma batida de coração dentro de mim, minha irmã. A pessoa que me ensinou o que era ser forte.

Como era ser livre.

Ela me salvou antes. Não sei se vai conseguir desta vez. Acho que também não vou.

Mas preciso tentar.

Mexo os dedos dos pés. Então, giro os tornozelos. Bom começo.

Tump, tump, tump. Ele está descendo a escada.

É hora de me levantar.

É hora de deixá-la orgulhosa.

60

Raymond: como eu fiz
(em quatro atos)

Ato 4: Fugir

Ainda está escuro lá dentro quando volto para a casa. Não acendo as luzes. Já fiz a parte mais difícil, então, vou até o cofre dele e consigo o que preciso para conquistar minha liberdade.

Coloco-os no gelo quando termino. Não sei por quê, no momento. Mas vou passar horas pensando nisso depois. Quem me dera poder dizer que era um *foda-se* para ele, por causa de sua história de bebedeira favorita. A verdade é que só choque, horror e sangue corriam por mim, e por toda a parte.

É porque tenho medo do que ele possa fazer comigo se ele voltar e tiver perdido os dedos de vez.

Mesmo depois de tudo isso, eu opero como se ele fosse entrar pela porta dos fundos e agarrar meu braço com a mão boa.

Então, coloco os dedos no gelo porque estou com medo, ainda, e depois vou até o escritório dele, porque por enquanto não posso ficar com medo. Tenho que continuar andando.

Ela está no chão. Bem onde ele a deixou.

— Mãe, vamos, levanta.

Ela afasta minhas mãos. Seus joelhos esfolados deixaram pequenas luas ensanguentadas no tapete.

Ela está no meu caminho. Não tenho muito tempo.

— Onde ele está? — E ela não está perguntando porque está assustada, mas porque o quer. Quer ser consolada por ele depois de ele ter feito isso com ela. Nunca vou entender. Sempre odiarei isso. Mas acho que já chega para mim.

— Vamos lá. — Eu a ergo, o mais gentilmente que posso, e a levo para cima para dormir. Ela pergunta novamente onde ele está.

Não respondo.

Deixá-la deveria ser difícil.

Mas não é.

Desço as escadas, e é como em um sonho. Não tenho muito tempo. O escritório está escuro, e o mantenho assim enquanto coloco os HDs que tirei do quarto dele a salvo na mesa. Puxo o celular descartável e digito o número dela enquanto conecto o primeiro HD ao computador dele e o ligo.

Toca duas vezes. A voz dela crepita no meu ouvido.

— Alô?

Diga. Faça. Você tem que fazer.

— Azeitona.

A respiração da minha irmã falha.

— Estou indo.

Não me despeço. Desligo, como ela me mandou fazer.

Não tenho muito tempo.

Verifico cada HD — os quatro grandes são criptografados com uma senha. Mas, quando ligo e conecto o pen-drive que quase não vi jogado na parte de trás do cofre, aparecem linhas de código pela tela. Quando o código finalmente para de rolar, um cursor vermelho pisca. Devo inserir algo.

Fico olhando para o pen-drive e depois pressiono Esc, puxando-o para fora e enfiando-o no bolso. Coloco os HDs na lancheira.

O celular descartável toca. Minha irmã está na porta. Está aqui.

Não sei como chego à porta. Não percebo como devo estar mal até abrir e ver o rosto dela.

— Você está coberta de sangue — diz ela, me alcançando.

Eu me afasto. Não posso ser tocada. Agora não. Nunca? Não sei mais.

— Não é meu. — Pelo menos, não a maior parte.

O rosto dela muda novamente, tão rápido que me deixaria atordoada, mas estou entorpecida, tão entorpecida. Eu fiz o trabalho. Consegui os HDs. Agora estou desaparecendo. Não sou eu mesma. Eu não sou Ashley.

Quem sou eu agora?

O *que* sou?

Ashley. Eu sou Ashley. Deveria ser Ashley.

Uma filha perfeita não teria atirado no padrasto. Uma filha perfeita não teria pegado aquela faca, ou sabido como fazer isso. Uma filha perfeita teria dado a Raymond o que ele precisava; teria simplesmente deixado que ele a matasse.

— O que houve? Cadê ele? Cadê ela?

— Ela está lá em cima. Ele está... ele está... — O mundo está girando. Trave os joelhos.

— Olha para mim. — Meu queixo está entre os dedos dela, meu olhar é forçado a encontrar o dela.

A tontura para. Respiro. Pequenos sopros bem no rosto dela. Me pergunto se estou com mau hálito.

— O que você fez?

Consigo responder isso. Sei o que fiz.

— Atirei nele. Precisei fazer isso. Ele apontou uma arma para ela. Então, o afastei e atirei nele.

— Foco. — Ela estala os dedos na frente do meu rosto. Estou balançando de novo. — Cadê ele?

Ótimo. Outra pergunta que sei responder. Gosto delas.

— Eu arrastei ele para baixo do cais.

— Ele está morto?

Faço que não com a cabeça.

— Eu atirei na perna.

O corpo todo dela muda, os ângulos de seus ombros mais afiados, alertas e à flor da pele.

— Cadê a arma?

Levanto a caixa.

Ela assente.

— Vamos embora — diz. — Agora. Você não vai voltar aqui.

Não protesto. Não tento agarrar minhas coisas. Não tento me despedir. E não pergunto se podemos levar nossa mãe junto.

Eu apenas a sigo. Como se fosse fácil.

E é. Afinal, o que tenho à minha espera para trás? Não é nada de bom. E o que está esperando à minha frente? É tudo o que eu quero.

Ela pressiona a mão entre meus ombros, e eu me movo, um passo, depois dois, três, quatro. Perco a noção do que acontece em seguida. Estamos no carro dela, então dirigindo pela rua, longe, e a praia está desbotando. As mãos dela estão apertadas ao redor do volante, e as minhas apertadas ao redor da caixa.

— Você está bem? — pergunta Lee, finalmente, depois de longos silêncios.

— Eu peguei os HDs — digo, em vez de responder. — Todos os quatro.

Algo ronrona em aprovação sob minha pele quando minto. O pen-drive queimando em meu bolso. Meu trunfo. A minha nova caixa "só por precaução".

Eu amo minha irmã e confio nela. Mas só até certo ponto. Esta vida me ensinou que *só até certo ponto* alguma hora termina.

Os lábios da minha irmã se apertam.

— Bom trabalho — diz ela, e as palavras, ela não tem ideia do que significam para mim. Algum dia eu poderia tentar dizer a ela.

Eu apenas fico olhando pela janela, meus olhos embaçados, as roupas manchadas e cheias de areia no meu corpo, as únicas coisas que possuo, e a liberdade em minha língua tem gosto de sangue e sal.

61

12h36 (reféns há 204 minutos)

2 chaves de cofre
Plano 6: não morrer

— Você definitivamente vai para o porta-malas — Duane me diz, descendo do último degrau da escada com um pequeno gemido na respiração que não dá para não perceber.

— Está com medo de eu te esfaquear de novo? — Enquanto me esforço para me endireitar, meu corpo gostaria muito que eu parasse, mas ignoro. Preciso continuar até não conseguir mais. Senão, vou acabar no porta-malas.

Dou um passo para trás, na direção das portas do celeiro, e ele faz um ruído, puxando a arma da cintura.

— Lembre, eu tenho muito mais valor viva do que morta.

— Agora que te conheci, tenho a sensação de que seu padrasto não se importaria se eu te levasse de volta morta. Ele provavelmente simpatizaria comigo quando eu contasse o quanto você deu trabalho.

— Você não o conhece tão bem quanto eu. Definitivamente, não é o que ele quer.

Estou tão concentrada nele e em qualquer maneira de escapar que quase não percebo o movimento lá em cima, no palheiro. Acho que é uma ilusão, porque realmente não há saída, mas aí vira realidade, porque Iris Moulton está rastejando pelo palheiro, sua anágua gigantesca arrancada de debaixo da saia e presa na mão como uma arma. Meu estômago inteiro se revira como se eu tivesse saltado duas vezes de um trampolim porque, caramba, eu sou a donzela em apuros e pode muito bem ser que esteja sendo salva. Ela está com o isqueiro na outra mão, e entendo instantaneamente o que tem planejado. É perfeito. Ela é perfeita, e nem consigo saborear o quanto a amo naquele momento por causa daquele idiota e do perigo.

— Você vai ficar quieta agora? — ele me pergunta, e sua voz vacila. Ela não treme. Já dei uma surra nele, o enganei e o esfaqueei, e ele está finalmente onde quero que ele esteja: no limite.

Ela está no corrimão. Ele não a vê; todo o foco, raiva e frustração estão em mim.

— Só uma última coisa — digo, abafando o *snick* do isqueiro enquanto Iris coloca fogo em sua anágua. — Talvez seja uma boa ideia você olhar para cima.

Ele ri. Não olha para cima.

— Acha que eu vou cair nessa?

— Não. — Balanço a cabeça enquanto Iris solta o tule e a anágua cai em um *vush* de fogo e renda. — Mas acho que minha namorada se veste melhor do que você.

Vejo apenas o mais leve tremor no olhar dele, confuso com minhas palavras, antes que o tule flamejante o envolva. Camadas sobre camadas caem em sua cabeça, as chamas consumindo avidamente o tecido. Ele grita e o instinto animal toma conta, exatamente como ela dissera no banheiro. Ele deixa cair a arma enquanto tenta arrancar a anágua, mas ela ruge em torno de seus ombros, e ele tem que se jogar no chão, rolando na terra, sem mais nenhuma calma, com o instinto de *sobrevivência* atacando.

A arma cai no chão com um estrépito e *pega, depressa, caralho, caralho*, meus joelhos raspam a terra dura e, quando minha mão se fecha em torno da arma, quero chorar. Quero deixá-la cair. Não quero estar aqui.

Não quero ser ela outra vez, mas me certifico de que a trava esteja desligada, aponto para ele, e Ashley murmura sob minha pele como um hábito ruim, empolgada com o gatilho, e, ah, tão traumatizada e muito sobressaltada.

Ele rola na terra e as chamas se apagam. Puxando freneticamente, consegue arrancar a maior parte do que resta de tecido de cima dele, mas há um grande pedaço brilhante de renda derretida em sua bochecha. Ele fica ali, deitado, finalmente derrotado, soltando pequenos gemidos furiosos e se encolhendo cada vez que a queimadura em seu rosto se contrai.

Aponto a arma para ele com mãos que não tremem.

— É por isso que não dá para mexer com a garota de vestido bufante, Duane — digo enquanto Iris desce a escada e o contorna. Só relaxo quando ela chega ao meu lado.

— Você está... — Ela ofega.

— Sim. E você?

Ela faz que sim com a cabeça.

— Como você...

— Tem uma escada lá atrás. — Ela aponta. — A tranca na janela estava quebrada.

— Você foi... — Não consigo nem pensar em uma palavra. — Foi incrível. Não consigo... Você me salvou.

— Eu te disse que colocaria fogo neles se tentassem te levar — diz ela. — Estava falando sério.

— Vacas de merda — resmunga ele, só por resmungar, acho.

— Cala a sua boca! — irrita-se Iris. Então, ela cai em prantos, o que o faz rir e me faz querer atirar nele. Eu deveria atirar nele.

Ashley atiraria. Rebecca não saberia como fazer isso. Samantha talvez reconsiderasse. Haley atiraria com certeza absoluta. Katie foi a primeira a me mostrar do que eu era capaz.

Então, onde isso tudo me deixava?

— Iris — falo, porque não sei para onde ir depois disso.

Estou apontando uma arma para alguém. Hoje foi um dia terrível. Não sei se Wes está bem. Iris fez uma bomba e derreteu a cara de um homem com uma anágua. Ela me ama. Ela é perfeita. Eu a amarei para sempre. A aparência dela reflete como me sinto: como se estivesse perto de desmaiar. Não sou capaz de ir muito além de pronunciar o nome dela neste ponto.

Duane não se mexe, mas me observa, só caso haja uma abertura. Não vou dar uma a ele.

— Escutou isso? — A cabeça de Iris se levanta na direção do teto. — Helicóptero.

Então quero cair em prantos também. Socorro. Está chegando.

Meus dedos se apertam na arma. Punição. Já chegou.

— Eles logo vão estar na estrada — digo a Iris. — Você consegue ir até lá e acenar para eles?

— Não quero te deixar sozinha — insiste Iris.

— Eu cuido dele — digo a ela.

Ainda assim, ela hesita.

— Iris, não quero que eles não nos vejam — enfatizo, embora saiba que eles vão ver o carro.

— Tá. Eu já volto.

Ele começa a rir quando ela sai. O sangue enche os espaços entre os dedos dele, o branco lavado de cor-de-rosa.

— Meu Deus, você é boa — diz ele enquanto as sirenes uivam a distância.

— Ela não precisa estar aqui para isso.

Ele ri ainda mais.

— Eu devia ter atirado em você quando tive a chance — ele me diz.

— A vantagem de olhar em retrospecto, né? — Meu dedo descansa bem ao lado do gatilho, mas não em cima. Ainda não.

— Você tem coragem?

É aí que está: não sei. Não? O mais inteligente seria atirar nele. Ele sabe disso. Ele vai contar.

Foi por isso que mandei Iris sair, não foi?

Mas meu dedo não se mexe no gatilho. Ouço sirenes a distância. A qualquer minuto agora.

O sorriso dele se alarga, apesar da queimadura.

— Você vai deixar eles me levarem — suspira ele. Ele está se vangloriando com uma risada de alma penada, e odeio que esteja certo. — Menina idiota. Sorte a minha.

— Você não vale uma bala. — É uma mescla de fraqueza e verdade. Estou escolhendo algo que não estou pronta para nomear, em vez do que sei que é a rota mais certa de sobrevivência.

As sirenes ficam mais altas.

— Você se escondeu bem — diz Duane. — Mas não vai mais conseguir se esconder. Eu sei de tudo. Como você é, onde você mora, quem você ama. Ele vai saber também. — O sorriso dele estica a queimadura derretida por renda, medonhamente larga e aberta. — Ele vai te achar.

Ele fala como se fosse uma revelação, e não a verdade que guia minha vida, então sou eu que dou uma risada.

— Ele ia me achar, mais cedo ou mais tarde — respondo. — Mas hoje foi o dia em que aprendi que estava pronta para qualquer coisa. Até para ele. Então, obrigada. Eu andava me sentindo um pouco insegura. Mas agora já sei: da última vez, não foi só sorte. Eu sou boa. — Sorrio, um daqueles sorrisos afiados que são quase um grunhido, e sei que assustam. — Eu sou ótima.

— Você vai morrer — retruca ele, mas é um fio de derrota quando as sirenes berram e o cascalho borrifa contra a parede do celeiro, freios guinchando.

Balanço a cabeça.

— Não. Estou só começando.

Aí, elas entram com tudo, Jessie e Lee, com aquele olhar insano que não vejo há cinco anos.

Estou segura.

O alívio arranca toda a minha força, e tenho que fincar os calcanhares no chão para lutar contra a corrente. Mais oficiais chegam e é um borrão de barulho e ação, minha audição indo e voltando, sangue escorrendo pela lateral do meu corpo, dos arranhões da estrada. Entrego a arma a Jessie enquanto o delegado coloca algemas em Duane, e então Lee está tapando minha visão.

— Cadê Wes? — quero saber.

— Ele está bem — responde ela. — Ajudou todo mundo a sair. Todos estão bem.

Meus olhos quase se reviram de alívio. Eu me apoio nela, meus joelhos ficam bambos por um segundo antes de eu me endireitar novamente, procurando por Iris. Não a vejo.

Duane ainda está rindo quando eles o levam para longe, o som flutuando no ar e se enganchando ao redor das vigas do celeiro como ferraduras rachadas, o pior tipo de azar.

Os braços de Lee me envolvem com tanta força que grito, porque dói. Ela berra para os paramédicos e estala os dedos para as pessoas com uma das mãos, enquanto a outra continua me segurando e tremendo tão discretamente que não consigo ver, mas sinto.

— Iris — falo, mas sou ladeada por Jessie e Lee, meio apoiada, meio levada para fora do celeiro. As luzes da ambulância estão piscando a distância, e paro quando vejo a maca para a qual os paramédicos estão nos levando.

— De jeito nenhum — digo.

— Sem discussão — devolve Lee, e me empurra para a maca, e subo, embora estivesse planejando protestar mais. Caio como devo fazer, e quem imaginava que minhas pernas estavam tão dormentes? Eu não.

O mundo gira e desvanece um pouco, mas escuto Lee o tempo todo, então sei que estou segura. Fecho os olhos. Só por um segundo. Aí, vou me sentar e prestar atenção.

Mas não me sento. Apago completamente, porque sei que Lee vai estar lá. E Iris. E Wes. Todos estão seguros.

Sei que, quando o mundo voltar a se aguçar, precisarei enfrentar a verdade da qual andei fugindo: que nunca estive segura.

Que nunca estarei.

Não até inclinar o solo de volta para mim... agora, de vez.

Parte quatro

———————

... é só mais uma coisa a se perder

(de 8 a 30 de agosto)

—— 62 ——

13h20 (livres há 38 minutos)

2 chaves de cofre (escondidas no bolso do jeans)

Volto à Terra rápido quando as enfermeiras do hospital começam a limpar os arranhões. Mesmo com a lidocaína, arde e lateja. Elas puxam pedaços de cascalho, terra e detritos dos meus ombros e lateral do corpo, e Lee fica tentando segurar minha mão enquanto repito para ela ir checar Iris e Wes: *Vai atrás deles, vai ver como eles estão, por favor, Lee, por favor.* Preciso saber onde eles estão.

— Por favor — imploro, mas ela faz que não, teimosa como eu.

— Então vou encontrar os dois — ameaço, mas, quando tento resistir à enfermeira, ela me prende na cama, não com o corpo, mas com um olhar que só podia ter sido talhado por um pronto-socorro cheio do tipo de gente do norte da Califórnia.

— Você quer que fique infectado? — a enfermeira me pergunta.

— Eu quero meus amigos — respondo, não a ela, mas a Lee.

— Ela sempre é assim? — a enfermeira pergunta a Lee.

— Ela é durona — diz Lee, uma nota de orgulho brilhando na voz.

— Ela está bem aqui e não precisa que falem dela como se não estivesse — digo, mal-humorada.

— Desculpe, querida — devolve a enfermeira com um sorriso. — Você fez um ótimo trabalho hoje. Ouvi os oficiais conversando.

— Por favor, vai achar Wes e Iris — peço a Lee.

— Chega, Nora — diz ela, e minha boca se fecha com um estalo de irritação, porque ela nunca usa essa frase, a não ser que esteja falando sério. Ela ainda está pálida que nem papel, como se tivesse acabado de descobrir como voltar a respirar.

— Você está bem? Será que não era bom darem uma olhada em você? — pergunto, e, ah, foi a coisa mais errada a se dizer.

O arquear sarcástico de sobrancelha que recebo de volta é tão repressor que quase entro na linha bem ali.

— Vou pegar mais gaze — diz a enfermeira, e, assim que ela sai do quarto, Lee endireita os ombros.

— Precisamos ir embora? — ela me pergunta.

Ela continua esfregando os dedos contra o polegar, nervosa de uma forma que raramente é. Se eu disser uma palavra errada, vou parar do outro lado do oceano antes que consiga convencê-la com minha lábia.

Faço que não com a cabeça.

— Estamos bem. Está tudo bem.

Ela solta o corpo, aliviada, e eu deveria me sentir terrível, não é?

A única coisa que sinto é um alívio diferente, embora aumentar a pilha de segredos que escondi dela não seja o ideal. Ela vai me descobrir um dia, e vai ser um ajuste de contas para o qual nunca estarei preparada.

Desde que não seja hoje. Hoje já foi ruim o suficiente. Quero dormir por um mês. Quero nunca mais acordar. E quero muito, muito, que minha boca e meu ombro parem de doer.

— Você pode ir ver Wes e Iris por mim agora? — pergunto.

— Nora — diz ela, e é só meu nome, mas depois ela começa a *chorar*, e é a coisa mais surpreendente que aconteceu durante todo o dia.

É nesse instante que me toco: ela não estava se recusando a encontrar Wes e Iris para poder ficar comigo. Ela estava se recusando porque alguém está ferido. Wes. Wes está ferido, e é agora que ela vai me contar. Quando estamos sozinhas, eu já estou sentada e toda a minha visão se estreita como se já não houvesse luz no mundo. Eu estou tentando respirar, tentando me preparar para ouvir de verdade, mas ela continua *chorando e não falando nada, e eu preciso mesmo que ela fale agora.*

— Meu Deus do céu, o que você fez com ela?

Solto o nome dele com a voz fraca.

Ele está de pé na porta e, mesmo daqui, consigo sentir o cheiro da fumaça em sua pele e suas roupas. Há um curativo no braço dele, e só. Começo a sair da cama do hospital, mas sou puxada de volta pelo soro. Sinto-me enjoada e cambaleando de *Wes está preso* para *Wes está bem* para *pior cenário possível*. Porque é quase sempre o pior cenário possível. Mas não hoje.

— Acabei de fugir da minha mãe e fui ver Iris — diz ele. — Ela está bem. Eles só precisam fazer mais alguns exames. Hum, Lee?

Lee está se esforçando ao máximo para fungar as lágrimas de volta, e falhando.

— Nora? — ele chama, precisando de um bote salva-vidas para lidar com minha irmã que chora, porque, bem, não é realmente uma coisa que alguém tenha visto, há... bom, *nunca.*

Balanço minha cabeça dolorida e me esforço muito para me segurar.

Mas as lágrimas escorrem pelas minhas bochechas, e, em vez de fugir — o que, vamos ser sinceros, é o que eu teria feito se fosse confrontada por duas pessoas em lágrimas —, Wes entra na sala. Ele se senta na beira da cama, e fecha a mão em torno do meu pé como se fosse o único lugar onde ele tem certeza de que não estou ferida. Nós três ficamos sentados ali, uma pequena unidade quebrada-depois-colada que, de algum modo, formamos através de amor, noites de filmes, trilhas pela floresta, feridas remendadas, livros compartilhados e esquemas de chantagem dos quais nunca me arrependerei. Uma família reunida quando eu tinha certeza de que não voltaríamos a estar assim.

O mundo lá fora é duro, e eu também. Mas aqui, com eles, é seguro chorar.

63

15h (livres há 138 minutos)

2 chaves de cofre (escondidas no bolso do jeans)

Depois de limparem toda a porcaria do meu ombro e corpo, e garantirem que não vou entrar em coma, eles finalmente me deixam ver Iris. Aí, me liberam, e o médico me dá o telefone de uma dentista — tenho uma consulta de emergência amanhã de manhã para ela consertar meu siso.

Lee concorda em descer para pegar meus antibióticos na farmácia enquanto me sento com Iris, e Wes tem que ir acalmar seus próprios pais, então, sou só eu, pairando na porta do quarto dela.

Ela customizou a camisola do hospital para usar como robe por cima de sua camisolinha rosa de raiom. Conheço muito bem as florezinhas azuis bordadas na gola... ou meus dedos conhecem. Retirar todas as camadas de Iris — metafóricas e decorativas — é um treino lento e cuidadoso.

De início, acho que ela está dormindo, mas, no segundo em que piso dentro do quarto, os olhos dela se abrem.

— Nora — arfa ela.

— Ei. — Chego mais perto.

Minha lateral lateja, e acho que isso não vai mudar tão cedo, então, estou tentando ignorar a sensação.

— Como você está? Eu vi Wes...

— Eu também. Estou bem. Lee está só pegando meus remédios. Como você está?

Aparentemente, o hospital é o lugar para chorar, porque os olhos dela se enchem de lágrimas.

— Por favor, me tira deste hospital — pede ela, os olhos castanhos ficando tão grandes, molhados e infelizes que estão quase no território Bambi-depois-de-a-mãe-morrer. — Por favor. Odeio hospitais. Eles disseram que minha cabeça estava bem. Me deram analgésicos. Só não me liberaram porque minha mãe ainda está em Nova York.

— Você conseguiu falar com ela?

Ela assente, e faz uma careta, a mão voando para tocar o enorme galo na testa. Está um roxo mais escuro do que antes. Iris está péssima, pálida, contundida e manchada de fumaça. Ela está linda, viva, respirando e tão minha quanto sou dela. Quero entrar naquela cama, me enrolar nela e tirar cada centímetro de dor.

— Ela está voando de volta para casa. Mas só vai chegar amanhã de manhã. Quero sair daqui, quero uma bolsa de água quente, quero um filme idiota para ficar assistindo e desligar de tudo. Nora. Por favor.

Ela agarra minha mão e aperta quase com mais força do que apertou no banco.

— Tá bom — digo, porque a forma como ela me olha está tingida do tipo de coisa ruim que deixa minha garganta amarga. — Vou pedir para Lee arrumar.

— Vai mesmo?
— Prometo.

São necessários dois telefonemas, uma discussão com a enfermeira-chefe e uma conversa sussurrada entre Lee, o médico e a mãe de Iris antes que ela seja liberada sob a responsabilidade de Lee. Quando, finalmente, vêm soltá-la e permitir que ela se vista, o sorriso que se abre em seu rosto é como a luz do sol em quilômetros de neve.

Eles também a colocam em uma cadeira de rodas, mas ela não protesta.

— Cadê Wes? — pergunta ela. — Ele ia voltar.

— Ele estava lá embaixo — diz Lee.

— Vamos buscá-lo — falo a Iris, mas Lee me lança um olhar e balança um pouco a cabeça.

— Ele está com os pais, Nora — diz ela, como se fosse importar para mim.

— Vamos buscá-lo — repito, e não deveria ser malcriada quando minha irmã está tão arrasada, mas não vou deixá-lo depois deste dia horrível que deveria começar com donuts e sentimentos magoados, e acabar com, sei lá, batatas fritas, perdão e nossa amizade intacta.

Mas aqui estou eu de novo, mudando no intervalo de alguns minutos e de escolhas que talvez tenham sido ruins, talvez tenham sido boas, e às quais talvez não seja possível sobreviver.

Ele está no saguão, como Lee disse que estava. Seus pais estão um de cada lado, como se ele precisasse de proteção do mundo exterior, não do pai dele.

— Calminha — diz Lee baixinho enquanto saímos da baia dos elevadores e entramos no saguão.

— Nora. — A sra. Prentiss vem e me abraça. — É breve, dolorosamente suave, e bem-intencionado. Ela sempre tem boas intenções, lembro a mim mesma enquanto trinco os dentes e deixo acontecer. — E, Iris, querida, vocês duas estão bem?

— Estamos — respondo. — Estamos indo para casa. — Olho para Wes por cima do ombro dela.

— Eu vou — diz ele imediatamente, e a sra. Prentiss está bem na minha frente, a centímetros; vejo-a ficar tensa.

— Wes. — É a primeira vez que ele fala, mas meus olhos se apertam para o prefeito.

— Querido, eu gostaria muito que você voltasse para casa comigo — pede a sra. Prentiss, e a súplica na voz dela é real, porque Wes está a meses de completar dezoito anos, e ela não pode fazer muito para resolver o fato de que ele ficou anos evitando passar tempo na casa dela. — Lee Ann, por favor — a sra. Prentiss abaixa a voz, as bochechas tingidas pelo tipo de humilhação que uma mãe nunca quer sentir.

Wes se abaixa e beija o rosto da mãe.

— Eu te amo — diz ele. — Amanhã estarei no café da manhã antes de precisarmos ir todos para a delegacia dar meu depoimento.

Ela acaricia o braço dele com a mão trêmula.

— Tudo bem — diz, tentando manter as aparências, mas perdendo o jogo.

Atrás dela, o prefeito está em um silêncio pétreo, a decepção irradiando dele. Provavelmente, deseja que eu tivesse levado um tiro ou morrido queimada. As coisas seriam bem mais fáceis para ele.

Lee empurra a cadeira de rodas de Iris até sairmos do hospital, com Wes e eu atrás como se ainda precisássemos proteger um ao outro.

O sol está brilhando quando atravessamos o estacionamento na direção da caminhonete de Lee. Parece estranho ainda estar claro do lado de fora e nem ter se passado um dia inteiro, sendo que tudo mudou nesse intervalo.

Lee coloca todos nós com cuidado na cabine traseira, e estamos feridos e sensíveis em mais de um sentido. Leva um tempo, porque os analgésicos que os médicos me deram estão começando a fazer efeito e meu cinto de segurança não está funcionando do jeito que deveria.

— Meu senhor — diz ela, dando tapinhas gentis nas minhas mãos e me prendendo. — Você está toda drogada. E vocês dois?

— Eles só me deram oxigênio e pomada de queimaduras — explica Wes, e Iris só acena com a mão, letárgica, o que acredito que Lee entende como um sim.

— Então você é o amigo sóbrio da rodada — diz ela a Wes. — Não deixe as duas caírem na piscina nem nada do tipo quando chegarmos em casa.

— Eu estou bem — protesto.

— Eu não. — Iris se apoia na janela. — Quero deitar.

— Já, já — promete Lee, entrando no banco da frente. Os dedos dela se flexionam no volante. — Preciso admitir, crianças — murmura ao ligar a caminhonete. — Minha vida com vocês nunca é sem graça.

— Você ama a gente — responde Wes com facilidade, como se fosse simples, embora nunca tenha sido, nem para mim nem para Lee, e talvez seja por isso que nós duas o misturamos na nossa família como o ingrediente que faltava.

— Sim — concorda Lee. — Amo mesmo.

64

19h25 (livres há 403 minutos)

2 chaves de cofre (guardadas no meu quarto)

O sol se põe, e ainda estamos vivos.

Nós nos deitamos no lounge de paletes perto da piscina. Está quente nesta época do ano, seco a ponto de ser perigoso, já que nos encaminhamos para a pior época de incêndios. Mas esta noite está calma, o céu cintilando com o calor alaranjado enquanto a escuridão se instala.

Iris está vestindo meu pijama, a camiseta de Wes da Faculdade de Siskiyous era da Lee, embora ela nunca tenha estudado lá, e eu me embrulho no meu roupão, porque a ideia de colocar uma camiseta por cima do meu ombro em carne viva é infernal. Estou com um saco de gelo contra a bochecha e mais dois em cima da mesa para quebrar e usar em seguida.

Lee nos observa de casa, mas não tenta nos obrigar a entrar para dormir. Durante muito tempo, Iris olha para o reflexo das estrelas na piscina, e Wes joga paciência com um baralho que trouxe de seu quarto. Ele só para quando ela finalmente fala:

— Eu não queria que ele morresse.

Levo um segundo para perceber que ela está falando de Boné Vermelho. Suponho que descobriremos o nome dele nos próximos dias.

Será que ele tem amigos próximos? Uma família?

— Você não matou o cara — diz Wes, suavemente. — Foi o parceiro dele.

— Mas, se eu não tivesse feito a bomba de Diabo Verde, talvez...

— Ele ia ser morto por Duane desde o começo, Iris — digo, e não é gentil, porque não dá para ser gentil com esse tipo de verdade horrível. — O plano de fuga estava no bolso dele o tempo todo. Não tinha como ele sair de lá. E, se você não tivesse feito a bomba, nós também não sairíamos.

Ela balança a cabeça como se estivesse tentando afastar a culpa. Lee lhe deu uma bolsa de água quente para as cólicas, e ela se enrolou em torno de si mesma como um daqueles tatus-bola.

— Não pense nisso — continuo, porque esse é meu lema. — Tranque bem longe.

— Ou fale sobre isso, se quiser — contraria Wes, olhando fixamente para mim. Percebo que não estou reagindo da maneira certa. *Ela não é normal.* Ecoa em minha cabeça. Essas palavras, como o próprio Raymond, vão me assombrar para sempre.

— O que vamos dizer amanhã ao delegado? — pergunta Iris.

— A verdade — digo. — Que ficamos quietos até vermos uma oportunidade de agir quando eles nos deixaram sozinhas no banheiro. Aproveitamos, mas eles levaram a melhor. Então, nós levamos a melhor no celeiro.

— Só os destaques. E se *ele* falar alguma coisa?

Balanço a cabeça.

— Acho que não vai. Ele já tem ficha, sabe que vai ser preso por muito tempo, não importa qual informação entregue. Saber quem eu sou... é muito mais valioso para onde ele está indo.

— Você vai fugir?

Não é Iris quem pergunta. É Wes.

Olho para ele do outro lado do lounge, a profundidade de tudo o que ele sabe e do que enfrentamos juntos e separados quase me engolindo.

— Não — respondo. — Mas é por isso que precisamos tomar cuidado. Por causa da Lee. Não. Não olha para ela — digo quando

Wes instintivamente se vira para a casa, onde ela provavelmente ainda estava nos olhando.

— Lee não pode saber — continuo. — Ela acha que meu disfarce está intacto. Precisa continuar assim.

— E se não ficar assim? — pergunta Iris.

— Ela se manda — fala Wes, e dou de ombros, impotente, quando Iris me olha esperando que eu discorde.

— Se achasse que Raymond pode descobrir que Ashley Keane virou Nora O'Malley, Lee ia me dopar e me enfiar em um avião antes de eu acordar.

— Quanto tempo você acha que vai demorar para ele descobrir? — questiona Wes.

Ele está sendo tão casual, mas há algo implícito em sua voz, no brilho de seus olhos. Ele tem anos não só de conhecimento a respeito do que aconteceu, mas de convivência com os resultados. Esteve do outro lado do corredor, me ouvindo gritar durante o sono, tanto quanto eu estive do outro lado do mesmo corredor, ouvindo-o andar para lá e para cá, numa agitação noturna que é parte insônia, parte para evitar seus pesadelos.

Entendo aquele brilho em seus olhos. Pude estrangular metaforicamente o homem mau que feriu o único garoto que amei neste mundo. E Wes quer *realmente* asfixiar o homem mau que me machucou. Mas ele vai ter que entrar na fila.

— Sim, quanto tempo temos para nos preparar? — Iris se endireita, como se fosse tirar um caderno do bolso do pijama.

Dou de ombros de novo.

— Raymond pode já saber. Ele pode descobrir em seis meses. Depende só de quem Duane conhece e com que rapidez conseguem entregar a notícia a ele na prisão.

Mas vou achar surpreendente se levar mais de um mês. Duane vai estar determinado. Raymond vai estar ansioso. Os dois provavelmente vão ficar amigos com uma boa festa temática de *Ashley*

Levou a Melhor. E aí, Duane vai contar, e Raymond finalmente vai saber, e serei a coisa que minha irmã mais teme: um alvo vulnerável.

— Podemos falar mais sobre consequências depois de darmos os depoimentos ao delegado — digo. — Mas, antes de fazermos planos, vamos garantir que a gente sobreviva a amanhã.

Repassamos nossa história três vezes até que esteja perfeita. Wes entra na casa por alguns minutos enquanto Iris se estica no lounge, aconchegando-se com um dos travesseiros sob a cabeça. Quando ele volta, traz uma bolsa de água quente nova para ela, cobertores para todos nós, e Iris já está meio adormecida. Seus cílios tocam as manchas escuras púrpura sob seus olhos, e estendo o braço e coloco uma mecha de cabelo atrás de sua orelha. Ela treme sob o toque e depois se acalma, caindo no sono enquanto Wes e eu nos esticamos, cada um de um lado dela.

— Dormir? — ele me pergunta.

— De jeito nenhum. — O entorpecimento da dor está começando a chegar; vai me sustentar até amanhã. Vou capotar depois de conversar com o delegado.

Ele me entrega uma garrafa de água.

— Falei para Lee que ia te obrigar a beber água.

— Porque ficar hidratada vai resolver as coisas.

Pego a garrafa dele e coloco no colo.

— Mal não vai fazer. — Ele dá de ombros.

O telefone dele vibra. Está soando a cada poucos minutos desde que ele saiu do hospital comigo em vez de com os pais dele.

— Ele ou ela?

— Ela — responde Wes, e sinto uma pontada de culpa.

A sra. Prentiss não é uma má pessoa. Ela ama Wes. Mas não deixa o prefeito. Tentei muito não ter ressentimentos por isso e, em boa parte do tempo, fracasso. Já me perguntei por que e senti ódio dela de forma vergonhosa, como se fosse sua culpa, quando só existe um culpado.

Ela também é uma vítima. Uma parte de mim entende isso.

Mas uma parte maior de mim escolherá o bem-estar do filho dela em vez do dela, porque alguém precisa fazer isso.

— Você tem que ir?

— Não vou a lugar nenhum — diz ele. Ele olha para Iris, a pele ao redor dos olhos se enrugando quando ele sorri. — Queria ter visto ela jogando a anágua pegando fogo na cabeça daquele escroto.

— Foi incrível.

— *Ela* é incrível — diz ele, e seus olhos encontram os meus, de repente sérios. — Você fez com que eu me sentisse um babaca mês passado quando falei que achava que ela gostava de você.

— Desculpa. — Estou sendo sincera. Podia ter achado um jeito melhor de contornar em vez de ir no *gaslighting* fácil.

— Você podia ter me contado.

— Eu não queria. — É cortante como uma faca, mas é verdade e faz com que ele se recoste em uma pilha das almofadas amarelas e ria suavemente para não acordar Iris. — Estava evitando tudo isso que nem uma covarde — continuo. — Achei que pudesse controlar desta vez. Como ela descobriria sobre mim. Como você ia descobrir sobre nós duas. Achei que pudesse fazer tudo direito, de um jeito novo e... palatável, acho.

Não consigo olhá-lo e mordo o interior do lado não inchado de minha boca antes de prosseguir:

— Foi infantil achar que eu podia fazer meu passado parecer bom ou normal de algum jeito. Não é.

— Mas você é — diz ele, com muita simplicidade, me cortando até o osso com essas três palavras. Elas sacodem meu mundo ainda mais do que as três palavras que ele disse quando tínhamos quinze anos, quando estávamos todos quebrados, nos curando e nos apaixonando de uma vez.

Mas será que era verdade? Eu *sou* normal? Eu *sou* boa?

— Eu apontei a arma para Duane — conto baixinho. — O delegado ainda não tinha vindo. Eu podia ter...

— Não — diz ele com suavidade. — Não podia.

Não.

Eu não podia.

— *Ela* teria feito isso — falo, e não preciso esclarecer que estou me referindo à minha mãe. Ele consegue ler minhas entrelinhas como ninguém mais consegue, porque é o único que conhece todas as histórias das garotas que me criaram. — Ela não teria hesitado. Ele ou ela. Teria sido fácil.

— Você não é ela.

— Você não sabe disso. Não conhece ela.

— Eu conheço você.

— Conhece mesmo — digo, e, no escuro, não consigo ver o sorriso dele, mas consigo sentir.

— E você me conhece — continua ele.

— Conheço mesmo — respondo.

— Eu rasgaria o mundo inteiro por você — diz ele, e não é romântico, embora devesse ser. É tão direta essa verdade secreta que brota entre nós, como meu nome, a cor verdadeira do meu cabelo e as histórias das minhas cicatrizes; também coisas que só ele sabe.

— E eu queimaria tudo por você.

— Você quase queimou tudo ao meu redor hoje — aponta ele, e, entre nós, de repente, Iris murmura:

— Na verdade, fui eu. — Isso arranca uma risada dolorosa dos meus pulmões, que parece estranha porque não é vazia.

— Retiro o que disse — fala Wes, tentando suprimir um sorriso.

— Não posso deixar que ela fique com o crédito pelas minhas habilidades pirotécnicas — continua Iris, parecendo empertigada, até amassada, entre os travesseiros e nós dois. — Agora, vocês precisam deitar e tentar dormir. Podem fazer votos de lealdade um para o outro como cavaleiros medievais na semana que vem. Eu tranço coroas de flores e uso um vestido bonito para o evento.

— Eu gosto de papoulas — diz Wes.

— Anotado.

— Todos os seus vestidos são bonitos — completo.

— Eu sei. Agora, *por favor*, alguns de nós precisam dormir. O avião da minha mãe pousa em algumas horas e ela vai estar um tornado de emoções.

— Lee vai buscar sua mãe no aeroporto. Vai ter acalmado ela quando chegarem — falo gentilmente, mas ela faz que não com a cabeça.

— Eu fui refém num assalto a um banco. Minha mãe nunca mais vai ficar calma. Vai comprar uma daquelas coleiras de mochila de criança do meu tamanho e me obrigar a usar.

Wes aperta os lábios com tanta força para não rir que eles desaparecem.

— Você está bem agora, *e*, além disso, salvou o dia — eu a lembro quando tenho certeza de que não vou rir, porque a mãe dela é superprotetora... e agora entendo um pouco o porquê.

— Essa última coisa *não vai* ajudar.

— O que vai? — pergunta Wes.

— Dormir — diz ela, as pálpebras caindo de novo. — Só preciso dormir um pouco até o próximo alarme programado de quase concussão.

Então, ele se deita à direita dela, e me deito à esquerda. Nós nos curvamos ao redor dela como parênteses; Iris é uma frase preciosa entre nós que precisa do abrigo de nossos joelhos tortos e mãos enfiadas sob o queixo. A respiração preenche o espaço do meio que agora compõe nós três, juntamente com nossos segredos, expostos e não expostos.

O mundo está se inclinando novamente. Mas tenho pessoas a quem me agarrar. Pessoas pelas quais lutar. E isso é tão diferente de apenas lutar por mim mesma. Não durmo. Em vez disso, os observo, as pessoas que se tornaram o meu núcleo tanto quanto as garotas que viveram sob minha pele, e penso no que tenho a perder.

É demais. E não sou suficiente.

Mas, de alguma forma, terei que ser.

65

18 de agosto (livres há 10 dias)

2 chaves de cofre (guardadas no meu quarto)

Leva dez dias até que certas partes da internet se iluminem com a discussão sobre Ashley Keane. Ainda não há detalhes específicos.

Não é barulho o bastante para ser totalmente incomum nesta época do ano. Mas o suficiente para me dar a confirmação de que preciso: ele sabe onde estou.

Wes aparece depois do café da manhã no dia em que meus alertas começam a ficar loucos. A mãe tem insistido para ele ficar em casa com ela, e é o tipo de cabo de guerra que não temos há muito tempo.

— Você já viu? — pergunta ele.

Aceno que sim com a cabeça, mas seguro um dedo contra os lábios. Lee ainda está na cozinha, comendo o mingau de aveia que eu fiz. Ela finalmente vai trabalhar hoje.

— Vamos dar uma volta de carro — digo.

Ele nos leva além dos limites da cidade até um dos pontos de vigia na subida sinuosa em direção às nuvens. Saio sem perguntar quando ele estaciona, antes de puxar a porta traseira para baixo e subir na caçamba.

Ele se acomoda de um lado e me sento do outro, de costas contra o cubo da roda.

— Estão falando de Ashley de novo — diz ele. — Eu esperava que levasse mais tempo.

— Mas não tem nenhuma descrição ou localização real. Ele não está divulgando informações reais.

— O que vamos fazer? — ele me pergunta.

A caçamba da caminhonete se abre entre nós, um abismo cada vez maior, e só ele tem a corda para atirar para mim. Quando lhe disse quem eu era, contei tudo. O que significava contar do meu mecanismo de segurança do qual nem mesmo Lee sabe.

Ele tentou me dissuadir de começar a cavar esse buraco uma vez, e, quando percebeu que não conseguiria, começou a ajudar. Mas me preocupa que isto — contra-atacar desse jeito — seja demais. É arriscar muito mais. É colocar em risco ele, ela e todos nós.

Talvez eu deva ir, e, quando expresso isso em voz alta, ele faz a única coisa que pode.

— Que merda hein, Nora? — pergunta ele, e sua incredulidade me tira da minha autoaversão apenas o suficiente. — Você quer mesmo passar a vida fugindo?

— Não estamos todos fugindo de alguma coisa?

— Isso pode parecer profundo em uma caneca ou foto de uma estrada sinuosa, mas fala sério.

Este é o negócio com Wes: ele tolerou minhas palhaçadas por mais tempo do que qualquer outra pessoa. E, agora que consegue identificar essas tais palhaçadas, nunca mais vai tolerar.

— Você me disse que não ia fugir — fala ele baixinho. — Disse isso para Iris. Ela não vai entender que, a não ser que você prometa, suas verdades não são lá muito confiáveis.

— Ei — começo a protestar, mas morre em meus lábios, desaparecendo no ar.

Ele tem razão, eu não prometi nada. Só por precaução. E ele percebeu. Iris ainda não sabia que precisava prestar atenção a isso. Wes provavelmente a informaria durante a próxima reunião do clube *Nora mentiu para mim*.

— Não vou fugir — digo de novo a ele. — *Prometo*.

Há um afeto nos olhos de Wes que ele não esconde, mas não quer que eu veja, então ignoro e continuo.

— Desde que Lee não descubra, tenho um plano para o dispositivo de segurança, que é arriscado, e provavelmente fadado a fracassar, mas é o único em que consigo pensar com uma chance remota de eu não acabar morta.

— Me conta.

Eu conto. Conto tudo o que estive pensando e, quando termino, ele fica em silêncio. Não sei se é por choque ou contemplação.

— Sabíamos que isso ia acontecer — falo, quando o silêncio é demais e o rosto dele é demais e *tudo é demais pra caralho*.

— O FBI... — ele começa a dizer, e para quando balanço a cabeça. Ele suspira e passa uma mão pelo cabelo, frustração emanando dele. É uma discussão velha.

— Não sei mais o que fazer.

Espero mais silêncio dele, mas, em vez disso, consigo concordância.

— Nem eu.

— Não quero fazer isso. — Preciso que ele saiba disso tanto quanto preciso admitir em voz alta.

Não sou nenhuma fodona; estou com medo. Vou enfrentar aquilo de que me escondi desde os doze anos. As consequências estão chegando rápido demais... e não vejo escolha, a não ser enfrentá-las de frente.

— Eu sei. — Ele inclina a cabeça para o céu, o sol lavando-o de dourado. — Você vai contar para Iris?

— Se eu não contar, você vai.

Os olhos dele se enrugam.

— Vocês duas — diz ele.

— A maldição da sua existência? — sugiro, uma mescla de mel e acidez que faz a boca dele se retorcer.

— A família que sempre quis — responde Wes, porque não há acidez nele; só há doçura, e talvez um pouco de sarcasmo quando a situação exige, mas esse não é o caso.

Sei que vou começar a fazer alguma coisa tipo chorar se responder como me sinto, então chuto o pé dele com minha bota e falo:

— Molenga. — Isso dá uma saída aos dois, e ele aceita com alegria, dando um chutinho de volta no meu pé, porque ambos somos bons em desviar de questões emocionais como se fossem minas terrestres.

— Ela não vai gostar. Vai querer ir com você.

Por um segundo, só consigo olhar para o remendo que Iris costurou no jeans dele, a pequena explosão de amarelo do tecido que ela usou contra o denim.

— Preciso ir sozinha.

— Eu sei. Mas ela quer te proteger — fala Wes. — Vai levar um tempo para perceber que você é quem protege.

— Você acha isso ruim? — Não consigo evitar a pergunta.

— Não — responde ele. — É que antes eu achava que era responsabilidade minha. Agora, acho que é a coisa mais sincera em você.

— Eu não precisava da sua proteção — digo baixinho.

— Eu sei.

— Não, Wes. — Não estendo a mão. Não entrelaço nossos dedos. Mas minha voz, a profundidade dela, o faz mudar de posição. — Não precisava. Porque você foi o primeiro cara que conheci *do qual* eu não precisava me proteger.

Acho que nunca coloquei dessa maneira antes, porque seus olhos ficam suspeitosamente brilhantes, e eu o amo por isso. Eu o amei de mais maneiras do que qualquer outra pessoa em minha vida. O amei alegremente como amigo porque era tudo descoberta, e me apaixonei por ele antes até de saber como, e agora nós sobrevivemos, passando juntos por tudo isso, e virando os Franken-amigos. Família.

— Quando você quer ir? — pergunta ele, e sigo a mudança de assunto, porque estou tentando aprender a graça que ele e Iris têm.

— Da próxima vez que Lee estiver fora da cidade em um trabalho — digo. — Vai ser em cima da hora. Vou precisar que você me dê cobertura.

— Você vai ter que ser rápida para ela não descobrir.

— Vai ser entrar e sair.

Seu telefone toca no bolso e ele o puxa.

— É sua mãe de novo? — pergunto, tentando não me irritar.

Ele faz que não com a cabeça.

— Amanda.

O sorriso bobo no meu rosto é recebido com um tímido dele.

— Ela me mandou mensagem uns dias depois do banco, quando Terry saiu tagarelando para todo mundo que conhecemos como a gente tinha sobrevivido a uma experiência de quase morte.

— Fico surpresa ter demorado tanto. Terry tagarelar, não Amanda mandar mensagem. Vocês dois andam conversando? Ela ficou preocupada com você? O que ela disse? Posso ler?

Ele segura o telefone contra o peito.

— Não!

Faço uma careta.

— Aposto que você vai deixar Iris ver — murmuro.

— Ela dá conselhos amorosos melhores que os seus.

— Fui *eu* que namorei você!

Ele ri, e quase não resisto a chutá-lo de novo.

O sol está alto no céu. Rimos, e inspiro o momento como se logo fosse ser roubado, sabendo que, amanhã, quem vai roubar sou eu.

66

19 de agosto (livres há 11 dias)

2 chaves de cofre, 1 certidão de nascimento falsa

Esperei até não ser mais a cena de um crime, a fumaça se dissipar e os operários terem começado a trabalhar. O banco continua fechado, claro, mas, das duas vezes em que passei dirigindo por ali e fiz o reconhecimento, o carro de Olivia, a atendente, está no estacionamento. Então, avanço.

— O banco não está aberto — o operário na frente me diz.

Mas Olivia levanta os olhos da mesa onde está sentada e me vê. Está com o braço em uma tipoia; ele a cortara durante o assalto. Era isso que tinha sido a gritaria do outro lado do corredor. Mas parece que ela está se recuperando.

— Está tudo bem — ela diz a ele. — Você é a Nora, né? É esse seu nome?

Faço que sim com a cabeça.

— Acho que não fomos formalmente apresentadas da última vez. Como você está? Tudo bem?

— Só meio dolorida — diz ela, os olhos passando pelos hematomas e pelo inchaço que quase desapareceram do meu rosto. — E você?

É um pouco estranho estar aqui com ela, porque, da última vez, estávamos o mesmo tanto de assustadas, mas não o mesmo tanto de arrasadas. E, agora, estamos aqui de volta, ela é a adulta e é para eu ser a criança. Mas não sou uma criança, e ela pode até ser adulta, mas também é o alvo.

— Estou bem. Mil desculpas por te incomodar. Sei que a agência está fechada. Mas a minha irmã guarda os documentos importantes no nosso cofre desde o incêndio florestal há alguns anos. — Puxo as chaves. — Tenho um prazo de bolsa estudantil em dois dias e preciso da minha certidão de nascimento para a inscrição.

— Ah, puxa. — Olivia franze o cenho. — Não é para eu deixar ninguém entrar lá.

— Tudo bem — respondo. — Entendo totalmente. A bolsa era uma possibilidade remota, de qualquer forma. E sempre tem o financiamento estudantil.

É o giro certo da faca; eu sei porque pesquisei sobre ela o bastante para saber que pegou um empréstimo para pagar a faculdade dos filhos.

— Se você tiver a chave — fala ela devagar. — Acho que mal não faria.

— Sério? — Sorrio genuinamente aliviada. — Você ia me ajudar demais. Minha irmã ia ficar chateada, porque eu meio que procrastinei a inscrição até a última hora. Tive três meses. Eu devia ter pegado minha certidão antes.

Ela sorri de maneira indulgente para mim, toda maternal e afetuosa.

— Precisei fazer uma planilha para minhas meninas não perderem os prazos das inscrições. É uma época bem ocupada.

— Que ideia boa — digo enquanto ela me leva para os fundos. Ficamos as duas em silêncio quando passamos pelo carpete que foi cortado. Pelo jeito, não conseguiram tirar todas as manchas de sangue.

— Você falou com Casey? — pergunto.

— Falei com a mãe dela — diz Olivia. — Vocês três cuidaram dela. Não consigo nem dizer... — Ela não completa. — Vocês são crianças maravilhosas — fala, finalmente, a voz apertada de emoção.

Coloco a mão no ombro dela, e não é um golpe quando digo:

— Você é corajosa por continuar aqui.

Ela solta uma risada trêmula.

— Ah, querida, não tenho escolha. Tenho bocas para alimentar e uma hipoteca para pagar. — Ela pigarreia ao destrancar a porta reforçada de aço que leva à câmara dos cofres. — Me chama quando terminar, tá bem?

— Pode deixar.

Entro mais para o fundo da câmara, esperando os passos dela sumirem. Aí, me movo: não na direção do cofre onde Lee mantém o Plano de Fuga 3 (de 12). Não, vou à caixa 49 e insiro a chave que achei na sala de Frayn. A porta se abre, expondo a caixa, e tento tirá-la.

Não sei o que eu esperava, mas, quando nem consigo puxar a gaveta, o peso me diz o que deve ser. Eu sabia que seria valioso; achei que talvez fosse dinheiro. Umas moedas antigas. Ações ou arte. Um monte de joias das quais desse para arrancar diamantes. Algo assim.

Não esperei que, quando puxasse a caixa alguns centímetros, o suficiente para destrancá-la, fosse achar lá dentro ouro escondido embaixo de um exemplar antigo de *O vento nos salgueiros*. E não um frasco com pequenas pepitas — estamos falando de seis barras de quatrocentas onças.

Definitivamente é motivo o suficiente para assaltar um banco. Mais de três milhões de motivos, porque esse é o valor em dólares, se a busca rápida em meu celular estiver correta.

Cacete. Olho por cima do ombro, sabendo que estou com o tempo contado. Se levar tempo demais para "pegar minha certidão de nascimento", Olivia vai vir me procurar.

Pesquisei: Howard Miles, dono do cofre, era um viúvo sem família nem herdeiros. Então não havia ninguém a quem dar isto, ninguém que soubesse de sua existência. Será que o sr. Frayn roubou as chaves do velho? Foram confiadas a ele? Eu é que não ia perguntar, e sei que o pai de Casey não vai contar tão cedo, se tiver advogados mesmo que remotamente decentes. Não importa, no fim das contas. Agora, quem tem a chave sou eu.

Um arrepio percorre minha espinha, e a tentação; ah, a tentação...

Dinheiro permite que você fuja, se precisar. E te dá uma chance de lutar, se escolher fazer isso.

Meus dedos se fecham na caixa. Quem estou enganando? Não foi por isso que trouxe minha bolsa-carteiro? Não foi esse o motivo de não ter contado a ninguém que tinha as chaves? Wes não ia gostar disso. Iris... bom, não sei como ela se posicionaria. *Somos mais parecidas do que você imagina.* Será que entenderia?

Isso não tem a ver com satisfazer minha curiosidade. Tem a ver com quem eu verdadeiramente sou: uma garota que acha uma forma de se livrar de tudo que é jogado nela.

Então pego duas das barras. Não pego todas só porque seria pesado demais, não porque sou atingida por algum tipo de firmeza moral. Enfio o ouro e o livro na minha bolsa, colocando a caixa de volta em sua abertura na parede e trancando. Segura e longe, sem ninguém saber de nada, só eu com a chave. Quando os passos de Olivia estalam de novo pelas escadas, já estou do outro lado das barras de aço, com a certidão de nascimento que trouxe de casa agarrada ao peito.

— Você é a melhor — digo a ela com gratidão, e ela sorri de novo para mim. — Se eu conseguir essa bolsa, te devo um jantar.

— Fico feliz em poder ajudar. Depois da última semana e meia, acho que uma ajudinha do universo seria bom para todos nós.

— Eu que o diga. — E acabei de receber uma.

Subo as escadas atrás dela, mantendo os ombros eretos sob o peso adicional em minha bolsa.

— Obrigada mais uma vez — digo a ela, que acena para mim enquanto volta para se sentar à sua mesa... e saio andando do banco tranquila, com o maior negócio da minha vida, como se não fosse nada.

Minhas mãos só começam a tremer quando estou saindo do estacionamento com o carro, mas piso mais forte no acelerador, ganhando velocidade pelo longo trecho reto de rodovia em meio a ranchos, seguindo em frente.

O plano já está se solidificando em minha mente.

Passo um: reservar um voo.

Passo dois: lançar o desafio.

Passo três: sobreviver, de algum jeito.

67

25 de agosto (livres há 17 dias)

1 peruca loira comprida com franja, 1 saia xadrez vintage, 1 cardigã preto de cashmere, uma seleção realmente impressionante de maquiagem

Os dedos de Iris penteiam um cabelo que não é meu. Sinto a pressão através da touca da peruca. Ela se abaixa para ficar na altura dos meus olhos, enrugando os lábios enquanto dá um puxão na parte de trás do cabelo, alisando um pouco.

Ela dá um passo para trás. Batucando o pente no braço, examina sua obra.

Esperamos meu rosto se curar, e, neste momento, meu estômago está revirado de nervoso, como quando eu pedi para ela me ajudar com isto. Agora, não quero me virar e ver meu reflexo no espelho. Não tenho esta aparência desde que tinha doze anos. Não: *nunca* tive esta aparência. A versão quase adulta das garotas nunca andou pelo mundo, e agora estou olhando para Iris, cheia de expectativas, em vez de para o espelho.

— E aí?

— A verdade?

Passo a língua pelos lábios e aí faço uma careta, porque gloss é grudento e não gosto quando é aplicado nos meus lábios, em vez de só borrado dos dela.

— Sim.

— Gosto do seu cabelo curto. E das suas camisetas e botas. Você está esquisita demais. Bom, não, não *esquisita*. Só... não parece com você. Nem um pouco. Na verdade, você parece muito a Brigitte Bardot.

Eu apertaria os olhos para ela, mas acho que o rímel pode borrar.

— Quem?

Ela aponta para minha direita, para sua colagem de várias atrizes de filmes clássicos e anúncios de moda vintage. A mãe dela podia facilmente se tocar da coisa toda de *Iris gosta de meninas* olhando seu quarto, mas gente hétero adora pensar que nós somos amiguinhas em vez de enfrentar a verdade — mesmo quando está pendurada nas paredes.

Olho a atriz para a qual ela está apontando, e depois me viro, olhando no espelho de maquiagem.

Só vejo minha mãe e as lembranças. Mas, antes de conseguir me perder nos espinhos que aparecem com tudo isso, a porta de Iris se abre num rompante.

— Iris, você e Nora querem...

A sra. Moulton entra no quarto de Iris sem bater e para ao nos ver.

— Ah. — Ela franze a testa quando me olha. — Nora! Você está... — Ela para, completamente atordoada com a mudança. Que bom. Não quero parecer Nora quando eu for.

— Estou pensando em fazer maquiagem e cabelo no musical do último ano — explica Iris. — Nora topou ser a minha cobaia. A irmã dela tem umas perucas por ser detetive particular. Que tal?

— É bem Brigitte Bardot — comenta a sra. Moulton.

— Foi o que eu disse!

As duas trocam um sorriso conspiratório e carinhoso.

— Você sempre é linda. — A sra. Moulton sorri para mim. — Mas isto também é bonitinho. Você fez um ótimo trabalho, Iris. Vai ser uma sorte para o departamento de teatro poder contar com você.

— Obrigada — diz Iris, como se não tivesse acabado de inventar aquela mentira.

— Vocês duas querem comer alguma coisa? Eu ia pedir pizza. Meia vegetariana, meia pepperoni?

— Acho bom — responde Iris. — Nora?

— Seria ótimo. Obrigada.

— Eu grito quando chegar — diz ela, fechando a porta ao sair.

Ficamos em silêncio por um momento, Iris mexendo no colarinho do cardigã preto de cashmere em que me colocou. Finalmente, levanta o olhar e encontra o meu no espelho.

— Você é boa em inventar coisas de improviso — comento, tomando o cuidado de não chamar de *boa em mentir*, embora seja basicamente isso.

Ela dá de ombros.

— Passei muito tempo encontrando formas de contornar as regras do meu pai.

De repente, as mãos dela ficam imóveis, como se estivesse tão surpresa quanto eu de ter mencionado ele.

Não falamos do que ela me contou no banheiro do banco. Não quero pressioná-la, mas temo que, se não falarmos em algum momento sem uma bomba que ela construiu entre nós, ela vai achar que o que me contou é um outro tipo de bomba, uma bomba-relógio. E não é. Ela foi forte no momento e é forte agora. É um dos motivos pelos quais a amo.

Queria socar aquele ex-namorado babaca que não gostava de usar camisinha e queria destruir o pai dela... mas isso era outro problema.

— Eu também tinha muitas regras a seguir. — Odeio como sai tímido, mas é como me sinto. Com Wes, tudo saiu em uma enxurrada horrível de histórias que nunca pareciam acabar até que, de repente, não havia mais o que contar, e aí só tivemos que conviver dentro do espaço entre elas.

Isto é diferente. Isto é abrir mão de pedaços e receber outros em troca. O solo estava inclinado na minha direção quando eu estava com Wes, porque eu tinha a verdade e ele não. Mas, com Iris, ela e eu podemos estar em pé de igualdade. Podemos nos conhecer pedaço a pedaço. Podemos construir algo com todo esse conhecimento.

— Imagino — diz ela. — Você está com medo?

Ela brinca de novo com meu colarinho, e aí sua mão se acomoda em meu ombro bom. Sua respiração falha um pouquinho quando meus ombros relaxam sob seu toque e me recosto nela, confiando que vai sustentar meu peso. Seus dedos acariciam meu ombro enquanto minha nuca pressiona o calor macio da barriga dela.

— Não posso ter medo — respondo.

Ela se abaixa, uma mecha de cabelo enrolado com bobe caindo por cima do ombro. Me dá um beijo na testa, depois na ponta do nariz, depois um de cabeça para baixo nos meus lábios grudentos de gloss.

Quando se afasta, ela diz a coisa que queima e elimina a dúvida e a preocupação, substituindo-as por algo mais. Algo forte.

Você pode ter medo comigo.

68

30 de agosto (livres há 22 dias)

a verdade

Estabelecimento Prisional Lowell, Flórida

Não fico surpresa quando eles me levam para uma sala de visitas privada. Ela deve ter feito amigos aqui, encantado um guarda ou dois, talvez até vários. Se tem uma coisa que minha mãe sabe, é como influenciar pessoas e um sistema. É por isso que eu nunca me preocupei muito com ela aqui dentro.

Fico sozinha por um ou dois minutos, e o nervoso palpita. Lee nunca fala de suas visitas aqui, e as noites depois de voltar são os únicos momentos em que ela bebe. Uma taça de vinho após a outra até começar a tropeçar e eu precisar ajudar a colocá-la na cama. Uma vez, enquanto a cobria, a ouvi sussurrar: *Não quero, mamãe*, enquanto ficava em posição fetal, e meu coração queimou na garganta por dias depois, porque eu sabia.

Eu sabia.

O tempo sozinha me dá a chance de avaliar a sala: a mesa e as duas cadeiras aparafusadas no chão, as argolas de metal na mesa e no chão para as correntes.

Eles a prendem aqui? Claro que sim. Que coisa ingênua de se perguntar. Não posso pensar assim. Eu sei como são as coisas.

Minha nuca pinica com a peruca, o peso do cabelo nos meus ombros é estranho, depois de tantos anos. Respiro fundo e mantenho as costas viradas para a porta pela qual sei que ela vai entrar, mesmo enquanto escuto os passos e o arranhar do cadeado, o clangor do que sei que são suas correntes, porque não sou ingênua. *Não* sou.

Ouço-a se acomodar na cadeira, o murmúrio da voz do guarda e os passos dele, nos deixando sozinhas. Definitivamente contra as regras. Não é surpresa nenhuma.

Mesmo assim, não me viro. Continuo mostrando a ela minhas costas e a cascata de cabelo comprido que parece real, e espero.

— Natalie.

É estranho escutar. Meu nome. Mas não é. Não mais.

Natalie foi a pedra fundamental. Era para ser meu segredo para sempre. O nome que guardei para mim. Para minha família, e mais ninguém.

Eu fui Natalie por mais tempo do que qualquer outra das garotas. Fui Natalie por bem mais tempo do que sou Nora, mas, algum dia, isso não será mais verdade.

E esse é meu novo segredo eterno. Assim como todas as garotas e os nomes que carrego.

A garota que minha mãe ama, a garota que ela acha que sou? Não é a pedra fundamental de ninguém. Eu a deixo. Ela virou algo que precisava ser morto para Nora poder florescer.

Deixei um pouco dela na areia ensanguentada, bani outros pedaços com um frasco de tinta de cabelo em um motel xexelento, e ele não sabe — e eu nunca vou contar a ele —, mas o amor de Wes me ajudou a destruir o que sobrava dela, porque a filha de minha mãe não pode ser amada nem conhecida por ninguém.

Natalie se foi. Nora se tornou real. Coisas mais estranhas, mais secretas já aconteceram, acho. Mas é um conhecimento meu, só meu, e sei o valor das coisas que só pertencem a mim.

Finalmente, me viro. Ela prende a respiração, e sei por quê. Deste jeito, eu me pareço muito com ela. Me olhar deve ser como olhar para uma foto dela mesma aos dezessete, e olhar para ela é como ver o caminho em que eu acabaria, se não tivesse lutado para sair.

— Você está tão crescida.

Caminhando, sento-me com delicadeza na cadeira em frente a ela. Vejo o guarda no corredor pela janela minúscula da porta. Pergunto-me quanto tempo temos. Entrelaço as mãos diante de mim, colocando-as na mesa. Enfrento o olhar dela, mas fico em silêncio.

Seus olhos passam por todo o meu rosto, e qualquer um pensaria que era uma mãe deleitando-se com a filha depois de tanto tempo separadas, mas sei que não é isso. Ela está procurando por pistas. Algum sinal que me traia. Qualquer coisa que ela possa colher e usar.

— Estive tão preocupada. Achei que talvez...

— Eu estivesse morta?

— Nos dias ruins — diz ela, e, ah, parece tão sincero. Os dedos dela se entrelaçam, mas não deixo isso me afetar. Sou de vidro. Um reflexo. Tudo ricocheteia em mim em vez de entrar. — Eu te procurei. O melhor que consegui, daqui de dentro.

— Tenho certeza que sim.

A pequena contração de uma sobrancelha — não têm o formato tão elegante aqui, estão um pouco mais selvagens, como as minhas — me mostra que a estou atingindo.

— Fiquei pensando se tinham te colocado no programa de proteção a testemunhas. Sua irmã também anda tentando te encontrar. É por lá que você andou? Com os agentes? Você finalmente conseguiu fugir?

O alívio explode no meu peito. A armadilha que coloquei para Duane funcionou. O disfarce de Lee está seguro, por agora. Minha mãe não sabe como fugi. Ela ainda acha que os responsáveis foram o FBI e os agentes.

— Eu podia ter me livrado dos meus encarregados desde o primeiro dia — falo. — Só não me dei ao trabalho até agora.

— O que está fazendo aqui, querida? Você precisa de ajuda? Está bem?

Os olhos dela nadam em lágrimas que nunca serão derramadas, porque a única motivação por trás delas é encontrar informação, não emoção.

— Você sabe por que eu estou aqui.

Tiro as mãos da mesa e me recosto na cadeira, sem piscar, olhando-a fixamente. Ela respira, inspiração e expiração, estável pra cacete, mas seus olhos estão passeando pelo meu rosto outra vez.

E, aí, ela também se recosta, o melhor que consegue acorrentada à mesa. Aquelas lágrimas somem com uma piscada, e o sorriso que curva os lábios dela?

Essa é minha mãe.

— A peruca é boa — ela me diz quando o sorriso irônico se aprofunda. — Ouvi dizer que você cortou o cabelo.

Ela está tentando me desconcertar, então, deixo o silêncio se arrastar. É o truque mais simples do manual: faça o alvo preencher o silêncio. Mas é também o mais fácil no que diz respeito a ela, depois de tanto tempo. Sei que ela tem muitas perguntas.

Mas não estou disposta a oferecer respostas. Elas só virariam armas nas mãos dela. Tudo sempre vira.

— Você nunca se divorciou dele. — É uma afirmação. Não, não é. Quero que seja; quero ter essa força. Mas sai como a acusação que é.

— Eu amo ele — diz ela, e acho que nunca palavras mais verdadeiras foram pronunciadas por ela.

Porque, caralho, ela ama mesmo, né? É perverso e é distorcido — um reflexo da casa de espelhos que é o amor, como bem sei. Mas o que ela sente é real. É tão real que ela se jogou direto dentro da boca do crocodilo, sabendo que ele poderia morder. E, quando ele fez isso, ela me arrastou junto para a água. Isca para ser devorada.

— Ele ia te matar.

— Mas não matou — responde ela, com a voz suavizando. — Foi um mal-entendido. Você tinha que entrar e se meter.

— Eu entrei na frente da *arma*.

Ela pressiona os lábios, as rugas ao redor se aprofundando. Aqui, não tem preenchimento.

— Você está viva por minha causa — digo a ela. Quero falar pelo menos uma vez. Que seja reconhecido.

— Estou aqui por sua causa — ela retruca de maneira incisiva, porque também é verdade.

Dou de ombros, decidida a ser igualmente cruel.

— Fiz o que você me mandou fazer, Abby. Fui uma víbora.

— Você mordeu o homem errado, querida.

— Porque ele é seu homem?

— Porque você está sendo tola. Você veio aqui sabendo muito bem que, assim que sair desta sala, vou avisar a ele que você me fez uma visitinha. Vou te deixar sair na frente, querida, porque eu te amo. Mas preciso contar para ele.

Deixo a cabeça cair, olhando os pés. O sentimento dentro de mim não é resignação nem mágoa. É uma espécie de clique que tranca bem longe qualquer esperança, para sempre.

Ela não quer que o marido me mate. Mas também não quer que ele fique bravo com ela.

Não dá para ter tudo, Abby.

— O que está fazendo aqui? — pergunta ela, e, desta vez, é real, há confusão verdadeira por trás.

Inclino-me para a frente, meus olhos estão úmidos e minha boca está vulnerável quando, enfim, falo. Suas sobrancelhas se franzem, aquele flash de raiva desaparece e é substituído pela preocupação que sei que é quase real.

— Me faz um favor. — E espero um momento para ela poder pairar na esperança por um tempinho a mais. Para machucar quando eu pronunciar as palavras que vão destruí-la. — E pense bem desta vez. Você me ensinou tudo o que sabia. *Tudo*.

Quero lamber os lábios. Estão secos, mas é um sinal de nervosismo.

— Você esteve tentando montar o quebra-cabeça do que aconteceu naquela noite e logo depois. E, esse tempo todo, ficou se perguntando: *O que a Natalie teria feito?* Mas essa não é a pergunta certa.

Ela engole em seco. Sua garganta sobe e desce — fraqueza. Meus olhos se apertam, e ela sabe que vi. Sua boca se aplaina. Mamãe está brava.

Então, dou o golpe final.

— O que *você* teria feito? — pergunto a ela. — Se ele fosse um alvo, não o amor da sua vida? O que você teria feito, com todos os seus truques e brilhos, se a *sua* mãe deixasse um homem pôr as mãos em você? Não em nome de um golpe. Não por dinheiro. Não por nenhuma das coisas que você me ensinou que eram importantes. Não. Você fez pelo amor de um homem abusivo que tentou te matar e quer me matar. Então, não se pergunte o que Natalie teria feito. Pergunte-se o que *Abby* teria feito. O que a mulher que me criou para contra-atacar teria feito?

Ela treme, e, meu Deus, quero ser o tipo de pessoa que sorri. Quero ser dura assim. Quero me sentir triunfal.

Mas só estou triste.

Estou apenas tentando sobreviver. A ela. A ele. A mim mesma, quem quer que seja.

— O que você teria feito? — pergunto outra vez.

E, desta vez, ela finalmente me dá a resposta:

— Eu teria um plano e aliados. E teria achado minha saída.

Vejo tudo se encaixando na mente dela; dominós caindo em fileiras, levando-a para mais fundo no túnel que cavei com minhas próprias mãos.

— Continue.

— Eu teria conseguido uma arma... dado o bote quando a oportunidade se apresentasse. Eu teria fugido, sem nunca olhar para trás. Teria feito o que fosse necessário.

— E foi exatamente o que eu fiz — digo. — *O que quer* que fosse necessário.

Está lá, a indicação de mais, e a pele dela se arrepia, me mostrando que estou cavando exatamente onde preciso. Desenrolei isto em minha mente centenas de vezes na viagem de avião, no banheiro do quarto do hotel, no caminho de carro até a prisão. Eu tinha um roteiro de como seria, e ela está fazendo bem o seu papel. Agora, estamos no momento.

Não vacile agora, Nora. Estamos na reta final, depois em casa. De volta a eles. *Por favor, deixe-me voltar a eles.*

— Qual é a coisa mais importante, Abby? — Permito que minha voz fique aguda.

Faço a pergunta cuja resposta ela martelou em minha cabeça com cada nome, penteado e personalidade diferente. Imito-a bem na cara dela, usando a porcaria da cara dela, e os arrepios em sua pele se espalham para o pescoço.

— *Sempre ter um trunfo* — sussurra ela.

Sorrio. Desta vez, é cruel, porque cheguei ao momento em que preciso ser.

— O que você fez? — pergunta ela, e finalmente estou pronta para contar. O segredo que guardei tão bem, por tanto tempo.

— Junto com os HDs no cofre, tinha um pen-drive. Estava criptografado de um jeito diferente dos outros. Entreguei as informações grandes ao FBI para eles poderem prendê-lo e eu receber a proteção de que precisava. Não tinha necessidade de saberem sobre o pen-drive.

— Você guardou.

Sigo em frente.

— Levei anos para aprender o suficiente para quebrar a criptografia. Mas consegui. E o que achei...

Então, só sorrio. O que achei não é nada que provoque sorrisos. É desprezível pra caralho, um tesouro de segredos sórdidos e trabalhos sujos, mas também o motivo pelo qual vou vencer.

A forma como vou proteger a todos.

— Ele realmente lidava com o tipo de informação mais suja, né? Almas gêmeas, vocês dois. — Eu a olho, fixamente, e resisto a dar uma jogada com o cabelo, porque tenho medo de ela voar em mim.

Ela nunca pôs as mãos em mim — nunca precisou. Havia sempre uma ameaça maior de sacrificar alguma parte de mim — minha identidade, meu corpo, minha inocência, minha segurança — a eles... seus alvos, e o amor de sua vida, que a transformou em um.

Mas agora somos só nós. Sem alvos. Sem Raymond.

Não há nada exceto a verdade entre nós, e nunca foi assim antes. Foram sempre mentiras e dribles escorregadios. Mas ela não pode mais se esconder.

E eu escolhi não esconder nada também.

— Você tem o arquivo de chantagens dele?

— Estava uma bagunça quando abri. Mal organizado. Mas cuidei disso. Criei um código por cores. Sabe, vermelho para políticos, azul para policiais corruptos, verde para traficantes, etc.

— Natalie... — ela começa a dizer, e há um alerta em sua voz. Há um fiapo de preocupação materna que não consigo ter certeza se é fato ou ficção, porque, neste ponto, o que nela é fato e o que é ficção? — Você precisa fugir. Rápido e para longe.

— Não.

— Querida, ele vai poder entrar com recurso no ano que vem. Vai ser difícil, mas ele tem os melhores advogados.

— E você está torcendo por ele — declaro, e ela não consegue me encarar.

Faltam seis anos na pena dela, e, se ele estiver livre quando ela sair, as coisas serão ainda mais doces para ela. Eles vão brigar, então vão foder, gritar, jogar coisas e fazer as pazes, tudo dentro de um período de vinte e quatro horas, e o ciclo vai girar e girar até que, um dia, algo vai rompê-lo, e eu não vou mais estar lá para inclinar o solo e salvá-la. Ele vai matá-la. É o único fim possível. Ela sabe. Eu sei. Mas ela não consegue parar. E eu precisei largar de mão.

Eu sei do recurso desde o começo do verão. Lee e eu brigamos por causa disso. Ela quis fugir na mesma hora. Eu quis esperar para ver o que aconteceria. Não. Não é toda a verdade. Eu quis esperar e lutar. Foi isso que virei.

Foi isso que amar, perder e virar família de Wes me tornou. Foi isso que amar e manter Iris me tornou. Talvez não esperançosa, mas determinada.

— Natalie, ele vai te matar.

— E você vai ajudar, não vai? — questiono, olhando-a de frente, desejando que fosse diferente. — Quando for a hora de escolher, você vai fazer o que ele mandar.

Ela desvia o olhar. Seu peito encolhido sobe e desce em respirações profundas. Vejo a clavícula dela despontando por baixo do uniforme cáqui. Ela está mais magra. E não do jeito rata de academia de quando eu era criança. De um jeito *a comida é uma bosta, dormir é uma bosta, tudo é uma bosta*.

— Querida — diz ela, a voz falhando, e é a resposta, embora ela não queira que seja.

Uma mulher dividida, esse é o estado constante da minha mãe. Oscilando entre as filhas e o homem; entre o bem e o mal, o verdadeiro e o falso, o amor e a mágoa. Ela é feita de linhas borradas e péssimas ideias, e atraída demais pela ira. Odeio o quanto de mim vejo nela, mesmo agora.

Mas sua lealdade não é a mim, não importa o quanto eu deseje que seja. E minha lealdade não é a ela, não importa o quanto ela deseje que eu caia em suas garras outra vez.

— Preciso sobreviver. Estou aqui há muito tempo por causa do que você fez.

Solto uma gargalhada.

— Você está aqui por causa do que *você* fez. Você o deixou abrir empresas de fachada no seu nome e lavou dinheiro nelas. E se recusou a depor contra ele, mesmo depois de ele te apontar uma arma.

— Você sempre foi hostil com ele...

— Não fode. — Sai como um latido, e soo tão parecida com Lee que acho que a assusta.

Ela se encolhe na cadeira.

— Você não pode mais me enganar — digo a ela. — Não tem mais nada a me ensinar. Como é perceber que eu não só fiquei mais inteligente que você, mas mais madura... aos *doze anos*?

— Tenho tanto orgulho que mal dá para suportar — retruca ela com irritação, e é um raio de verdade entre nós, cortando nossa ira pela metade. — Você é tudo o que eu queria ser. Tudo o que te criei para ser, e tudo o que precisa ser. Mas você não vai ser *nada* se não fugir. Vai estar morta.

— Vai se foder. — E quero rosnar, mas sai num soluço. Ela acabou de dizer tudo o que eu sempre quis ouvir dela, mas não significa mais porra nenhuma, porque ela vai voltar a procurá-lo. Vai contar a ele *tudo* o que eu disse e se ele sair...

Acabou. *Acabou.*

— Você e eu somos iguais — diz ela. — Você deveria conseguir entender por que eu faço o que faço. Você e eu sobrevivemos. Não importa o que a vida jogue em cima da gente. Sempre achamos um jeito. Sei que você vai achar um jeito. Assim como eu fiz.

— A vida não jogou esta merda em mim, foi *você*. Você me fez assim. Você levou ele para nossas vidas. Você levou *todos* eles para nossas vidas. Não somos iguais. Eu nunca faria o que você fez.

— Mas você fez — contraria ela. — Você escolheu a si mesma, querida. Me deixou lá, com os agentes federais chegando. Eu nunca teria feito isso com você.

— É, você só me deixou apanhar em nome do amor e ser abusada em nome do golpe.

As correntes dela arranham o anel na mesa. Nunca falei essas palavras em voz alta. Não para ela, pelo menos. Falei para minha terapeuta e... bom, e só. Só para Margaret. Lee sabe, porque também aconteceu com ela, Wes leu nas entrelinhas de todas as histórias, e, para Iris, contei do jeito que as mulheres às vezes contam umas às outras. Mas aquelas palavras, palavras de verdade nua, são difíceis de dizer desse jeito... em voz alta, e fui ensinada a ficar quieta. É duro, e aprendi a suavizar minhas palavras. Machuca. A mim e a ela.

— Assim que eu percebi...

Ela se recupera tão rápido, como se tivesse aquilo pronto esse tempo todo.

— Para — digo.

Ordeno, porque tenho medo de que, se ela continuar, eu solte sem querer: as histórias que Lee me contou sobre o golpe que veio antes do golpe do baú. E acho que, se as palavras existirem nesta sala entre nós, isso pode matá-la, e não posso, não posso. (Uma parte de mim quer, por Lee e por mim.)

— Você sabe o que fiz para tirar a gente de Washington — sibila ela.

— Não foi o suficiente, e foi tarde demais.

— Isso...

A boca dela se aperta, seus lábios quase desaparecem. Minha pele formiga, arrepios terríveis percorrendo minha espinha. Ela está com raiva. Não remorso. Não culpa. Não, só está puta por eu ter mencionado.

Quero a mão de Iris na minha, apertando forte. Quase consigo sentir, de tanto que quero. Quase fecho os olhos, imaginando. Mas, em vez disso, me endureço.

— Eu vim entregar uma mensagem — digo. — Quero que você dê uma mensagem para Raymond, por mim.

Ela levanta uma sobrancelha, esperando.

— Se algo acontecer comigo, não tem só pessoas que vão garantir que certos itens do pen-drive cheguem ao FBI. Eu escrevi um programa inteiro que vai entrar em funcionamento, se eu morrer. Todo o material de chantagem que ele passou tanto tempo reunindo e usando vai inundar o mercado, e vai parecer que é ele quem está vendendo. Você acha que ele vai sobreviver muito tempo dentro ou fora da prisão depois disso? Acha que *você* vai?

A pergunta faz os lábios dela crisparem. Ela pode até estar orgulhosa de mim por ter sido mais esperta do que ela, mas também me odeia por isso. É por essa razão que ela está aqui: fez um trabalho bom demais em transformar as filhinhas em víboras. Não achou que fôssemos nos virar e mordê-la, embora ela não tenha nos dado alternativa.

Mas Abby não sabe como se comportar quando não é o centro do meu universo. Ela não sabe como existir quando o eixo do meu mundo — e o de todos em sua rede — não está inclinado a seu favor.

Puxei o solo de volta para mim, e agora é ela que está desequilibrada.

— Destruição mutuamente garantida, Abby. Se ele mandar alguém para me matar, no pior dos cenários, ele morre com uma navalha de escova de dentes antes mesmo de chegar o recurso. No melhor, ele sai com o recurso e todas as pessoas cujos segredos vazaram vão atrás dele. Porque eu tive anos de liberdade para percorrer os arquivos daquele pen-drive, rastreando cada fio torcido, e cada pessoa envolvida em cada segredo sujo. Tem muita gente poderosa fazendo muita coisa ruim naquele pen-drive. Sei de Dallas. E sei de Yreka.

— O que aconteceu em Yreka? — pergunta ela, e é descuidado pra caramba, porque me mostra que ela sabe sobre Dallas. Da porra de *Dallas* e do que ele fez lá. Meu estômago dá uma cambalhota. Preciso sair antes que perca toda a compostura. Fiz o que vim fazer.

— Você vai ter que perguntar para ele. Ele tem uma escolha a fazer. É bem simples: se eu morrer, ele morre. Se eu viver, ele vive.

— Ele não vai deixar você ficar com esses segredos. O FBI ter é uma coisa; eles não podem usar da forma que você... — Ela não completa. Balança a cabeça. — Ele vai atrás de você de qualquer jeito. Você precisa *fugir*. Para bem longe. Precisa se mudar. Virar outra garota. Eu sei que você consegue, querida. Você sempre teve o dom de ser outra pessoa. Pode se esconder dele. — A voz dela é como estava naquela noite quando ela implorou a ele. Agora ela está implorando a mim. Parece que é por mim, mas eu sei bem: é por ele.

Eu a assustei, a abalei com o quanto cresci e com o quanto me transformei em algo que ela não consegue pegar.

— Eu não *quero* me esconder.

— O que você quer não importa!

— Ah, importa — digo, e eis a verdade, a que criei para mim mesma. — O que eu quero importa demais. Porque eu tenho a vantagem. Eu fui mais esperta do que você na época. Agora, sou uma golpista melhor. Vou estar por aí, armada com tudo o que você me ensinou e tudo o que eu me ensinei, além disso. E se ele um dia ficar livre e for idiota o bastante para vir pessoalmente atrás de mim? Dessa vez, não vou devolver os pedaços que eu cortar dele.

Ela prende a respiração, mas fico estável e forte. *Ela não é normal.* Ouço a voz de North em minha mente. Vejo essa percepção no rosto de minha mãe.

E talvez eu não seja. Mas talvez eu não queira ser.

— Você não quer jogar esse jogo. — Ela balança a cabeça. — Você é boa em se esconder, querida. Mas não é boa em lutar.

— Você não sabe, nem de longe, no que eu sou boa. — Eu me levanto e, como da última vez que a deixei, é fácil.

É necessário.

Estou na porta, e o guarda dá um passo à frente para abrir para mim quando ela explode:

— Natalie!

Olho para trás. Um último olhar. Uma última vez. Porque, de um jeito ou de outro, se eu vencer, ou se ele vencer, não vou voltar mais. Acabou. Preciso que ela saiba.

— Esse não é mais o meu nome — digo a ela.

Então, me vou.

69

Nora: irmã, sobrevivente, ?

Fico firme até passar pelos detectores de metal e sair no lobby onde havia cadeiras bambas. Afundo em uma, e meu rosto está molhado, mas a guarda da frente não presta atenção em mim. Ela está acostumada.

Eu choro. Me permito soluçar daquele jeito feio no lobby dos visitantes da prisão, como se estivesse em um filme ruim sobre adolescentes superando adversidades. Mas não estou superando nada; estou simplesmente arrasada.

Finalmente, me recomponho. Mais ou menos. E olho na direção das portas e do estacionamento. Preciso chegar ao aeroporto e estar em casa antes de Lee voltar.

O pensamento me preenche. Seco minhas bochechas e respiro fundo, mas há um calafrio e um tremor em meus pulmões.

Garotas como eu são preparadas para a tempestade.

Quando eu tinha doze anos, fiz uma escolha. Ela ou eu. Ele ou eu. Sobrevivência ou massacre.

Abby talvez tenha razão; ele ainda pode vir atrás de mim, mesmo que assine sua pena de morte junto da minha. Mas cansei de fugir e me esconder.

Se precisar, vou lutar.

Se ele vier um dia, não vai encontrar só uma Ashley assustada e em pânico, que pensava rápido, mas não atirava direito. Vai achar todas as garotas que eu fui. Rebecca me ensinou a mentir. Samantha me ensinou a me esconder. Haley me ensinou a lutar. Katie me ensinou a ter medo. Ashley me ensinou a sobreviver.

Nora colocou todas essas lições em prática.

Respire fundo.

Rebecca. Meu nome é Rebecca.

Levante-se.

Samantha. Meu nome é Samantha.

Limpe as lágrimas.

Haley. Meu nome é Haley.

Ombros para trás.

Katie. Meu nome é Katie.

Um pé na frente do outro.

Ashley. Meu nome é Ashley.

Abra as portas.

Nora.

Saio para a luz.

Meu nome é Nora.

Recursos

Boa parte de *As garotas que eu fui* é centrada na jornada de sobreviver ao abuso. Se você estiver passando por momentos difíceis, saiba que não está só. E, se estiver em uma situação abusiva, saiba que não é culpa sua, não importa o que qualquer pessoa diga. As linhas diretas abaixo podem ajudar.

Ligue 180: Central de Atendimento à Mulher — Ministério da Justiça — A Central de Atendimento à Mulher presta escuta e acolhida qualificadas às mulheres em situação de violência. A ligação é gratuita e o serviço funciona 24 horas por dia.

Ligue 197: Violência doméstica — Registre a ocorrência em uma delegacia de polícia, preferencialmente nas Delegacias Especiais de Atendimento à Mulher — DEAMs. Você também pode realizar a denúncia pela Central de Atendimento 197. A ligação é gratuita.

Ligue 190: Emergências — Em caso de emergência, ligue para a polícia no número 190. A ligação é gratuita e o serviço funciona 24 horas por dia. Uma viatura da Polícia Militar é enviada imediatamente até o local para o atendimento.

Ligue 1746: Notifique assédio e agressões — A Central 1746 é um serviço da Prefeitura do Rio de Janeiro que recebe notificações de casos de assédio e agressões na cidade. Ligue ou acesse o site do 1746 e notifique.

Um recado de Tess

———

No capítulo 43, Iris se refere a sua endometriose como "uma doença que me faz ter sangramento intenso" para convencer Boné Vermelho a deixar Nora e ela sozinhas no banheiro.

Embora sangramento menstrual intenso seja um dos muitos sintomas sérios da endometriose, eu seria omissa se não esclarecesse que a endometriose é uma doença que também causa, muitas vezes, dores crônicas, e Iris está simplificando para deixar Boné Vermelho impressionado.

Estima-se que uma em cada dez mulheres cis tenham endometriose — e essa estatística nem começa a incluir *todas* as pessoas que têm endometriose, já que não são só mulheres cisgênero que têm úteros e menstruam —, e leva uma média de dez anos para conseguir um diagnóstico correto, porque dor e problemas menstruais frequentemente não são levados a sério ou são desprezados por serem "normais".

Se você quiser saber mais sobre endometriose e como se defender frente a médicos se estiver lidando com dor menstrual, visite o site endowhat.org (em inglês) ou drauziovarella.uol.com.br/doencas-e-sintomas/endometriose/ (em português).

Se você, como eu, estiver vivendo com endometriose, envio amor e força e todas as conchinhas do mundo.

— TS

Impressão e Acabamento:
LIS GRÁFICA E EDITORA LTDA.